DIE BLAUE REITERIN

Monika Pfundmeier

DIE BLAUE REITERIN

Ein Oberammergau-Krimi

Servus

1. Auflage 2021

Dieses Werk wurde vermittelt durch die Montasser Medienagentur, München.

Medieninhaber, Verleger und Herausgeber:
Red Bull Media House GmbH
Oberst-Lepperdinger-Straße 11–15
5071 Wals bei Salzburg, Österreich

Satz: MEDIA DESIGN: RIZNER.AT
Gesetzt aus der Palatino, Courier, Bauer Bodoni Black
Umschlaggestaltung: www.b3k-design.de, Andrea Schneider, diceindustries
Umschlagmotive: © Library of Congress / Mary Evans / picturedesk.com (APA Olivia Lehenauer) sowie © Alexandru Nika / shutterstock.com
Printed by CPI Books GmbH, Germany
ISBN: 978-3-7104-0237-1

Meiner Familie

Personenverzeichnis

Theresa (Theres) Hack (39), geschieden, Ex-Eventmanagerin, Metzgerin und Jägerin mit Schweinefleischallergie, Auf-den-Kopf-Stellerin der väterlichen Traditionsmetzgerei. Bei all den neuen Ideen für den Familienbetrieb wird sie gelegentlich von der Vergangenheit eingeholt, sodass ihr Privatleben immer wieder hinter den Verpflichtungen rund um die Metzgerei zurückbleibt.

Wolfin, Irische Wolfshündin, graufellig, jagderfahren und treueste Gefährtin von Theres in allen Lebenslagen.

Josef Hack (65), Theres' Vater, gewöhnt sich allmählich an seinen Ruhestand nach Jahren als Oberhaupt des Familienbetriebs. Seine Bedenken zu Theres' Art der Geschäftsführung und seinem fortschreitenden Alter – sowie das ein oder andere aus der Vergangenheit – begräbt er unter wohldosiertem Schweigen und Brummen. Mithilfe der Künstlerin Hanna versucht er seit einer Weile regelmäßig die richtigen Worte aus Kaffee und Kuchenkrümeln zu basteln.

Anton Sollinger (40), Hauptkommissar, Leiter der Polizeistation Oberammergau mit glänzender Verbrechensstatistik – bevor Theres wieder im Ort aufgetaucht ist. Die Metzgerin und Jägerin hat ihm schon zu Schulzeiten schlaflose Nächte bereitet.

Toni Baurieder (42), Kommissar, liebt Schiller, Shakespeare und Ruhe. In den Polizeiberichten lebt er seine schriftstellerische Begabung aus und treibt damit seinen Vorgesetzten Anton Sollinger zur Verzweiflung. Theres' Blick für die

Details schätzt er ebenso wie ihren Wein und ihre Gesellschaft – was die Spannungen mit seinem Vorgesetzten nicht gerade mindert.

Paul Langer (39), Dorfpfarrer und Theres' bester Freund seit dem Kindergarten. Verstärkte Online-Betreuung seiner Schäfchen hat ihn von seiner heimlichen Leidenschaft für Online-Games entfernt. Dass mit Theres eine ganz besondere Konstante zurück in seinem Leben ist, schätzt er sehr. Was immer ihn in Gottes Arme getrieben hat, ist Theres ein Rätsel.

Hanna Schuster (71), Künstlerin, ursprünglich aus Murnau mit durchwachsener Geschichte, hat immer ein offenes Ohr für Josef Hacks Schweigen. Sie sucht die richtigen Worte, um zerbrochene Verbindungen zu knüpfen und die Monster der Vergangenheit zu zähmen, bis etwas sie aus der Balance wirft.

Stenz, Hannas Australian Shepherd, wachsam und seinem Frauchen treu ergeben.

Klara Schuster (21), Hannas Enkelin, Studentin (Informatik und Kunstgeschichte), computerverliebt, nerdy, versucht Daten und Geschichten an die richtigen Plätze zu bringen.

Thoralf Schuster, Hannas Sohn, Klaras Vater, lebt getrennt von seiner Frau, besucht seine Mutter regelmäßig, gleichgültig wie sehr sie manchmal nicht einer Meinung sind.

Familie Langmann, Hannas Onkel (†2001), dessen Sohn Gerd (Hannas Cousin, 74) und seine Frau Ute (71), Franz (deren Sohn, 33), haben Hanna seit den 1970ern aus den Augen verloren.

Lisa Höglinger, Hannas kontaktfreudige, aber viel beschäftigte Nachbarin und dreifache Mutter.

Der Kofel, Oberammergaus Haus- und Wächterberg.

Boandlkramer, Theres' besonderer »Kumpel«, der Tod, der Senser.

Gabriele Münter, (19.2.1877–19.5.1962), prägende Künstlerin Anfang des 20. Jahrhunderts, Hannas private Kunstlehrerin.

Elli Zöpf, Hebamme in Murnau.

1. Still

Murnauer Moos, Nähe Ähndl, Frühjahr, Montagmittag

Hanna hielt inne, blieb ein paar Meter auf Abstand zu dem Auto. Sie zog ein Lächeln in ihr Gesicht, versuchte, es zu halten, bis die Fahrertür sich öffnete. »Wir hätten uns an einem gemütlicheren Ort treffen können«, rief sie. Hanna steckte ihr Handy weg, dann winkte sie grüßend.

Über den Parkplatz und die schmale Straße am Ähndl jagte der Wind, riss an Hannas grauem Zopf und ärgerte sie mit ihren eigenen Haarsträhnen. »In Murnau gibt es doch schöne Cafés – zum Beispiel das im Alten Schloss. Und der Abstand zwischen den Tischen ist ausreichend.« Hanna zog den Schal enger und schlug den Kragen ihrer gefütterten Regenjacke hoch.

Ihre Verabredung hob Kinn, hob die Braue. Kein Gruß, keine Worte, nicht der Anflug eines Lächelns folgten.

Hannas Blick schweifte über das Autodach zu den ewig blauen Bergen und zurück. Bäume streckten ihre Äste wie ausgezehrte Finger gegen die graue Wolkenwand. Der Biergarten neben dem Kirchlein war heute unbesetzt, im Schummerlicht hinter den Gasthausfenstern duckten sich nur ein paar zerfranste Schemen. Daneben der Turm des Ramsachkircherls. *Ähndl,* schoss Hanna der volkstümliche Name der kleinen Kapelle in den Kopf. *Ahnin. Als wäre sie eine Wächterin über die Vergangenheit.* Ein wenig musste sie schmunzeln.

»Ist das hier nicht gut genug für dich?«, schnaubte Hannas Verabredung mit einem angespannten Lachen.

»Du wolltest dieses Treffen. Ich dachte, deinem Anliegen wäre dieser Ort angemessen – am Drachenstich. Ein kleiner Ausflug in die Vergangenheit. Oder nicht?« Die Autotür knallte zu. »Und dein Hund bekommt seinen Auslauf. Und niemand stört.«

Stenz knurrte und bellte kurz. Sein kupferfarbenes Fell um die Augenpartie wirkte wie die Maske eines Rächers. Der Australian Shepherd hielt seine eisblauen Augen auf die ankommende Person gerichtet.

»Ist gut, Stenz«, sagte Hanna, wuschelte kurz durch die Fellmischung aus Kupfer, Schwarz und Weiß und wandte sich wieder ihrer Begleitung zu. Sie zwang sich, ihre Mundwinkel oben zu halten und das Lächeln, das ihr entgegensprang, nicht in die Kategorie *heuchlerisch* einzuordnen. »Ich war zuletzt vor fünfzig Jahren hier, mehr sogar. Aber das weißt du. Du hast alles gelesen so weit, nehme ich an.« Nach einem Moment fuhr sie fort. »Nur um transparent zu sein: Auf meiner Website wird zu meiner Geschichte noch etwas mehr erscheinen. Das ist aktuell noch als Entwurf nicht veröffentlicht, aber das betrifft dich nicht.«

Hanna schnalzte mit der Zunge. Stenz trottete voraus, Hanna und ihre Begleitung folgten. Entlang des nassgesogenen Sträßchens verdichteten sich auf der einen Seite die Stämme zu Gehölz. Auf der anderen Seite legten die Wiesen einen grünen Teppich vor der kantigen Majestät der blauen Berge aus.

»Deine Geschichte, ja. Ich denke, die Vergangenheit ist das eine. Aber sie gehört nicht einfach dir allein.« Mit jedem Wort schnitt die Stimme von Hannas Begleitung schärfer, dann zuckten die Schultern. »Wie dem auch sei … Du hast dich gemeldet, du hast gefragt um – nennen wir es: *Hilfe*. Und du weißt, wie's ist: Ein wenig Entgegenkommen deinerseits wäre nett.«

»Entgegenkommen? Ich denke, wir sind eine Familie, und es ist an der Zeit, sich endlich auszusprechen«, seufzte Hanna und musterte das Profil ihrer Begleitung. »Weder Vergangenheit noch Zukunft werden besser, je größer die Lügen und dunklen Geheimnisse sind, die man hinter sich herschleift oder unter den Teppich zu kehren versucht. Gerade du müsstest das verstehen.«

»Gerade ich?« Ihre Begleitung schnaubte. »Glaubst du, du kennst mich und meine Situation? Du bist deinen Weg gegangen. Ich wünschte, ich hätte so viel Glück wie du.«

»*Glück* nennst du das, was mir passiert ist?« Hanna spürte einen Stich. Sie mahnte sich zur Ruhe.

Die Gestalt neben ihr lachte kurz auf. »Zufall, dann eben ... Kein schöner – aber wenn man aus heutiger Sicht darauf blickt, hat er dich dorthin gebracht, wo du jetzt stehst. Und nun willst du allen deine Geschichte unter die Nase reiben! Deine Geschichte, deine Sicht der Dinge, wie es dir passt.«

»Als wäre es reiner Selbstzweck«, murmelte Hanna, dann lauter: »Geschichten und Erfahrungen entstehen nicht aus sich selbst heraus, sondern mit und um und durch uns. Natürlich erzähle ich aus meiner Sicht. Das hat mich geprägt, so habe ich mein Leben geformt. Dabei war nicht alles richtig. Ich habe meine Fehler gemacht und beim nächsten Mal versucht, es besser zu machen. Darum geht's doch.« Hanna marschierte weiter. »Nichts zu tun, zu schweigen, im Alten zu verharren und Fehler zu vertuschen, anstatt aus ihnen zu lernen, ist zu wenig. Zu behaupten, dein Schicksal wäre dir einfach so passiert, anstatt einen besseren Weg zu finden – dafür kannst du wirklich keinen Orden erwarten.«

Nebeneinander folgten sie der Abzweigung, Stenz ein paar Meter vor ihnen, die Feldwege vollgesogen vom Frühlingsnass. Durch den Hohlweg und die kahlen Äste hörte Hanna schon den Wasserfall. Sie hielt inne. Stenz stoppte und drehte sich nach ihnen um.

»Die Sage vom Drachenstich – kennst du die eigentlich?«, fragte Hanna. Im Schnauben neben sich glaubte Hanna Ungeduld zu hören, Wut.

»Bitte nicht!«, zischte neben ihr die Stimme. »Sentimentaler, jahrhundertealter Schmarrn.«

Aus dem Augenwinkel musterte Hanna das Gesicht neben sich. Einmal mehr rätselte sie, wie es möglich war, so viel Vertrautes darin zu finden und so viel Fremdes zugleich. Ein Schmerz rührte sich, so alt, so tief verborgen – vergessen beinah. *Ganz gleich, wie sehr man sich abschirmt, wie viel Zeit vergeht, wie niedrig man die Hoffnung hält … Die, die einem nahestehen, treffen selbst den kleinsten wunden Punkt*. Hanna richtete sich auf.

»Vor all der Zeit, so sagt man, gab es einen Drachen in Murnau. Hass, Gier und die bösen Taten und Gedanken der Leute haben ihn gelockt. Er fraß von den Herden: Kühe, Lämmer, die Tiere des Wassers, Menschen.« Hanna deutete in die Richtung, in der das Wasserrauschen lauter wurde. »Und hierher zerrte er die Jungfrauen Murnaus. Keine kam lebendig zurück. Er war flink und immer hungrig. Niemand konnte ihn erlegen, kein Murnauer, kein Fremder, kein Ritter. Auf seiner Walz machte ein Schustergeselle halt in Murnau. Er war fleißig und seine Arbeit gut. Einmal kam ihm ein ganz besonderes Schuhwerk unter: das des Kaisers. Der Lohn für seine Arbeit war ein Wunsch. Nicht Gold wünschte sich der Schustergeselle, Kalk und Leder bestellte er. Er nähte das Leder zusammen, stopfte es mit Kalk und formte daraus die Gestalt einer Kuh. Er stellte sein Werk mitten aufs Feld, und Stunde um Stunde wartete er mit seiner Lanze. Der Drache kam und fraß. Im Drachenkörper erstarrte der Kalk, und mit ihm das gesamte Ungeheuer. Dann: ein Stich. Der Drache war vom Schusterburschen erlegt.« Hanna wandte sich zur Seite. »Die Gefahr, die ständige Angst über allem und allen war besiegt. Der Bursche lebte weiter in Frieden und Freiheit. Und mit ihm alle anderen auch.«

»Kein Geld, kein Ruhm? Was für eine dumme Sage, oder besser: was für ein dummer Versager!« Hannas Begleitung schnaubte. »Der ganze Einsatz ohne die kleinste Belohnung.«

»Ein Leben in Freiheit ist nicht die schlechteste Belohnung.« Hanna schob ihren Kiefer nach vorne.

Die Miene, die Hanna entgegenstarrte, verhärtete sich. »Und du glaubst, du erreichst genau das – Freiheit? Mit deinem Vorhaben, deine Lebensbeichte mitten aufs freie Feld zu stellen?«

Seite an Seite wanderten sie vorbei am Wasserfall. Über das Felsgrau schmiegte sich Moos, dazwischen stürzte Wasser in silbernen Streifen hinab. Farne und Äste beugten sich wie Zuschauer darüber. Hanna sog den Anblick ein, die Waldluft, schnaubte. »Darum geht es nicht. Ich bin frei – weil ich mich entschieden habe, frei zu sein.« Hanna ballte die Hand. »Erst habe ich mich gefügt, dann habe ich all die Jahre weggesehen, geschwiegen. So wachsen Ohnmacht und Hass und alles, was uns trennt, immer weiter. Im Kleinen wie im

Großen. Ich hatte immerhin die Möglichkeit, mich zu entscheiden und zu gehen, ich war nur zu blind, das zu sehen. Jetzt ist es an der Zeit, dieses Schweigen und den alten Hass zu überwinden, und die Grenzen, in die er uns presst.«

»Du sagst, du willst überwinden, was uns trennt, und bittest mich um Hilfe für die Veröffentlichung deiner Geschichte. Aber was die Auswirkungen für die Familie sind, sobald jeder davon erfährt, kümmert dich nicht! Was die Leute dann reden werden …« Die Worte fielen wie Kiesel, unscheinbar, scharfkantig.

Neben dem Wasserfall führte der Weg über Baumwurzeln und Erdstufen nach oben. Stenz überholte, nahm die Treppen geschmeidig und flink. Regennass glänzte der Handlauf des Geländers. Hanna fasste danach. Klamme Kälte drückte sich in ihre Hand. Auf dem feuchten Boden, den Nadeln und dem Matsch rutschten ihre Schritte ein wenig. »Ich will den ganzen Müll der Vergangenheit aufräumen. Ich will sauber anfangen auf einem neuen Blatt. Und euch die Hand reichen«, sagte Hanna.

»Du sitzt gemütlich und sicher in deinem Haus in Oberammergau, selbst als Künstlerin musst du dir keine Sorgen machen. Ich habe nicht vor, meine Zukunft ohne eine gewisse Sicherheit wegzuwerfen«, hörte Hanna neben sich.

Hanna nahm Stufe für Stufe, zog sich am Geländer hoch. »Du weißt, ich müsste dich nicht wirklich um deine Hilfe bitten. Ich tue das, weil ich glaube, es ist wichtig. Damit wir als Familie wieder mehr zusammenwachsen.«

Der Wind warf sich durch Baumstämme und Äste, biss Hanna in den Nacken und zerrte an ihrer Jacke, als wollte er sie weiterdrängen, nach oben, hinaus aus der

Schlucht. »Ich glaube nicht, dass Geld dir eine bessere Zukunft erkauft«, setzte Hanna nach.

Ihre Begleitung holte auf, war neben ihr. »Früher oder später geht alles ohnehin an uns, auch an mich«, flüsterte sie. »Ist früher nicht besser – und mit warmer Hand?«

Hanna sah auf, ihr Blick blieb an den Augen, der kalten Miene, ihres Gegenübers hängen. »Mit warmer Hand anstatt mit kalter, im Tode erstarrter? Geht es dir nur ums Geld? Meinst du das wirklich ernst?« Hanna schüttelte den Kopf. »Vielleicht habe ich zu lange geschwiegen. Vielleicht war es ein Fehler, dich um Hilfe zu bitten.«

Sie hörte stapfende Schritte neben sich, Missbilligung in jedem Atemzug.

Annähernd gleichzeitig erreichten sie auf der Hälfte des Anstiegs ein weniger steiles Stück. Hanna presste die Hände in die Hüften, legte den Kopf in den Nacken. Über den Wipfeln bauschten sich Regenwolken. Sie blickte hinunter auf den Wasserfall und die Schlucht zu ihren Füßen, bis ihre Atmung sich allmählich beruhigte. Die ersten Tropfen fielen. Stenz kehrte zu ihr zurück, drängte sich gegen ihr Bein.

»Letztlich entscheide ich, was ich tue«, sagte Hanna. Mit einem leichten Stups schickte sie den Hund wieder voraus.

Ihre Begleitung zog die Kapuze über. Das Wolkengrau und der Wald verwandelten die Gestalt zu einem dunklen Schatten, der an Hanna vorbeiglitt. »Du?«, zischte die Stimme. »Denkst du, alles dreht sich immer nur um dich? Es geht um viel mehr!«

Hanna seufzte, lehnte sich gegen die Steigung, setzte den nächsten Schritt. Rutschte. Ihre Hand schoss zum Geländer, zu hart knallten ihre Finger gegen das Holz.

Stenz bellte neben ihr. Sie fing sich, schnappte nach Luft und wartete, bis ihr Puls weniger in den Ohren dröhnte. »Es geht nicht nur um mich«, erwiderte Hanna.

Durch den Wald klopfte ein Specht sein Stakkato, Äste knarzten aneinander.

Die Schritte stoppten, Hannas Begleitung drehte sich um und kam auf sie zu. Starre Augen blickten sie an. »Es geht dir also nicht nur um dich? Ist es das, was du dir einredest? Dass es dir auch um deine Familie geht?«

Für einen Moment schauderte es Hanna.

»Mit deiner eitlen Beichte machst du mehr kaputt, als irgendwas zu heilen!«, schnappte ihre Begleitung. Sie stapfte auf Hanna zu, die Kapuze rutschte nach hinten. Wut funkelte in den Augen. Ein Stoß traf Hannas Schultern. Sie wich zurück, strauchelte, fing sich wieder.

»Du und deine Geschichte!« Die Stimme überschlug sich, die Gesichtszüge verzerrt. Noch ein Stoß, noch mehr Wut. »Die Familie, unser Ruf! Denkst du auch nur einen winzigen Moment daran? Du …«

Wieder traf ein Schlag Hannas Oberkörper.

»Mit deinem fahrlässigen Eigensinn! Wer kann sich das erlauben? Wer? Ich nicht! Noch nie!«

Ein Blick, so kalt, so hart, bohrte sich in Hannas Augen. Stenz schlug an. Hanna spürte, wie Angst in ihr aufkeimte, und verlor die Balance. Und ein weiteres Mal stießen Hände gegen ihre Brust. Sie schlitterte.

»Vielleicht … vielleicht ist es besser so …«, hörte Hanna ein Zischen.

Hannas Hand fuhr zum Geländer, verfehlte es. Ihre Sohlen glitschten über den schmatzigen Waldboden. Sie kippte nach hinten, fiel. Unter ihren Füßen war nichts mehr, kein Halt, keine Sicherheit.

Als sie wieder zu sich kam, platzte Schmerz in ihren Kopf und ihren Rücken, stach ihr ins Kreuz mit tausend Messern. Hanna versuchte zu sprechen. Sie spürte die Anwesenheit ihrer Begleitung mindestens so stark wie deren noch immer glühende Wut.

Wortfetzen verklangen unter Stenz' Bellen und Knurren. Nebel füllte ihr Sichtfeld, vermischte Grau und Grün und Braun, Himmel und Wald. Sie tastete mit der Hand über ihren Hinterkopf. Etwas Warmes, Feuchtes war unter ihren Fingern, über ihr zwei dunkle Augen.

»Vielleicht braucht es nicht mehr als eine Gelegenheit, um eine Entscheidung richtigzustellen.« Die Stimme schabte unter Hannas Haut. Sie schauderte, konnte sich nicht bewegen. Sie hörte, wie sich die Schritte ihrer Begleitung entfernten.

Dann war Hanna allein. Nur Stenz' Japsen und das Rauschen des Wasserfalls störten die Stille. Kälte umschlang Hannas Glieder, kroch von den Zehenspitzen über die Knöchel nach oben. Sie spürte den Druck eines warmen Körpers neben sich, doch die Kälte war stärker. Ihr Rücken, ihre Unterschenkel – alles wie zu lang in einem zu kalten Wintersee. Ihre Haut brannte, und in ihrem Kopf stach noch mehr Kalt. Wald und Erde und Kiesel schmirgelten ihre Fingerkuppen auf. Hanna versuchte aufzustehen, die Beine anzuwinkeln, wenigstens ihren Oberkörper aufzustemmen. Nirgends war Halt, nirgends in ihrem Körper ein bisschen Kraft. Ihre Muskeln weigerten sich zu gehorchen.

Ihre Hand schaffte es in die Hosentasche. Hannas Finger stippten an ihr Handy, sie entsperrte es per Daumenabdruck. Der Schmerz schnürte ihr die Brust ein, gleißte hell vor ihren Augen. Stenz bellte. Sie presste den

Daumen noch einmal aufs Display, hoffte, sie erwischte den richtigen Knopf, dann glitt das Handy aus ihrer Hand.

Baumwipfel beugten sich auf sie herab, verschwammen. Das Bellen wurde Knurren. Verschwand.

2. Radar

Bundesstraße B2 Murnau nach Oberammergau, Montagnachmittag

Kurz glitt ihr Blick in den Rückspiegel. Die Straße war leer und blieb es. Vor ihr schmiegten sich die Bäume an die blauen Felsen. Dann starrte sie aus dem Seitenfenster durch den Regen. Baumgruppen, Büsche krümmten sich zwischen den grauen Schlieren. Frühlingsgrün lief in dem glatt gezogenen Braun der Felder aus. Auf der Frontscheibe verschmierten Rinnsale die Sicht.

»Moos. Murnauer Moos heißt das hier. Wieso sagt keiner, was es wirklich ist: Ein Moor. Ich hab's nie verstanden. Als würde etwas allein dadurch hübscher, nur weil man es mit einem neuen Namen versieht.«

Sie drückte das Gaspedal tiefer. Der Regen der letzten Tage stand in überdimensionierten Pfützen auf den Wiesen. So grau wie der Himmel, so grau wie die Bundesstraße. Dann starrte sie wieder nach vorn, auf die Steinkanten dieser Berge, an denen Bäume in sattem Grün nach oben ragten. Alles schien von ihnen umgeben.

Sie griff nach ihrem Handy und wählte eine Playlist aus der Musik-App, die wütend genug war. Und düster. Über das Lenkrad schaltete sie ihr Radio lauter. Der Bass vibrierte, und das Schlagzeug schickte kleine Stöße bis in den Fahrersitz, ins Lenkrad und in ihre Knochen. Weiter vorne sah sie Autos von der A95 auf die Bundesstraße einfädeln. Sie drückte aufs Gas und zwang damit den nächsten Abbieger zu bremsen. Unter dem Beifahrersitz schepperte etwas metallisch, kurz runzelte sie die Stirn, doch der Verkehr forderte ihre ungeteilte Aufmerksamkeit. Nach der nächsten Ortschaft Richtung Ettal beschleunigte sie erneut.

»Ach, fuck!« Alles in ihrem Sichtfeld blitzte mit einem Mal rot. »Verfluchter Blitzer!« Sie blinzelte und verriss für eine Sekunde das Lenkrad. Ihr Auto schlenkerte aus der Spur, der Fahrer im Gegenverkehr hupte. Auf das Kopfschütteln des anderen antwortete sie mit einem gestreckten Mittelfinger. Er war längst viel zu weit entfernt, um die Geste zu sehen. Im Rückspiegel entdeckte sie den Golf mit dem Radargerät. Sie krallte ihre Hände fester um das Steuer.

»Kann eigentlich noch mehr schiefgehen an einem Tag wie heute?«

Erneut fand ihr Fuß das Gaspedal. Die Nadel neigte sich in Richtung 120 km/h.

»Auch schon egal«, knurrte sie. In ihrem Bauch spürte sie Wut und Ärger gleichermaßen. »Fuck!«

Mit der flachen Hand schlug sie auf das Lenkrad.

»Kurz vor Oberammergau. Da nimmt man schon mal den anderen Weg, und dann das!« Ihr Fuß wechselte kurz auf die Bremse.

»Und Hanna …« Sie schluckte. »Ich hoffe, das reicht aus.«

3. Babba – Montagskaffee

Oberammergau, Theatercafé, Montagnachmittag, ca. 14 Uhr

»Hat dich dein Date heut versetzt, Sepp?«, flachste der Bursche neben der riesigen Siebträger-Kaffeemaschine des Theatercafés, begann, die Milch aufzuschäumen, und zwinkerte Josef Hack zu. Gegenüber der Eingangstür spannte sich die Holztheke in einer Mischung aus gemütlich und modern durch den Raum. Im helleren Eingangsbereich des Cafés fiel das Licht fast golden auf die gebackenen Leckereien in der Vitrine. »Heut ist doch euer Montagstreff, oder nicht? Du und Hanna.«

Josef Hack zögerte kurz. Er rieb sich den Nacken, als könne er das seltsame Kribbeln vertreiben, dass sich dort einnistete. »Hanna«, wiederholte er. Sein Blick glitt auf das undefinierbare Graunass vor der großen Fensterfront. Unbeeindruckt stand das Passionstheater auf der anderen Straßenseite. Auf dem Brunnen hatte sich der bronzene Esel mit seinem Jesus nicht bewegt, so wenig wie irgendetwas anderes. Josef Hack wandte den Kopf und blickte nach drüben in den großzügigen Nebenraum des Theatercafés. Im Eck hinten hatten zwei Wanderer einen Platz gefunden. An den Tischen gegenüber der Theke war er der einzige Gast. Er musterte den jungen Mann.

»Was macht die Ausbildung, Jonas? Oder übernimmst du jetzt hier bald das Theatercafé?«, fragte er.

»Ich? Oje!« Ein kleines Lachen keckerte über die Vitrine. »Ich helf hier immer gern aus. Aber ich glaub, das ist nichts für mich. Ich bin ja jetzt fast fertig mit der Ausbildung bei der Gemeinde.«

»Ausbildung.« Josef Hack runzelte die Stirn, tippte sein Handy neben der Kaffeetasse an. Die Uhrzeit leuchtete auf. »Zeit vergeht. Ich weiß noch, wie du dich an meiner Wursttheke auf dem Arm der Mama nach den Gelbwurstscheiben gestreckt hast.«

Jonas stellte zwei Platten mit Kuchen auf den Tresen. »Schon eine Weile her mit der Wursttheke.«

Josef Hack winkte ab. »Wem sagst des.«

Der junge Mann legte den Kopf schief, lächelte. »Aber so ein Fast-Ruhestand ist nicht verkehrt, oder? Mein Großbabba jedenfalls ist recht glücklich damit. Und andernfalls wären deine Montage nicht so entspannt. Was die Theres alles aus eurer Metzgerei gemacht hat, seit sie aus Wien zurück ist, mit der Tages-Bar und dem Lieferservice und allem, was sie sonst noch so treibt ... Das müsst dir doch gefallen?«

»Vor allem: was sie sonst noch alles macht, meine Tochter!«, brummelte Josef Hack kopfschüttelnd. »Aber ist schon recht! Meine Res und ihre neumodischen Ideen fürs Geschäft.« Er konnte sich ein Grinsen nicht verkneifen. »Sag, Jonas: Wie geht's deiner kleinen Schwester eigentlich?«

»Laura studiert das letzte Semester Kunst in Florenz. Grad hat sie ein Angebot aus Madrid gekriegt. Bestimmt freut sich Hanna, wenn sie's hört. Damals beim privaten Unterricht hat Hanna gleich gewusst, wohin es die Laura zieht.« Er unterbrach sich, deutete zur Tür. »Wo bleibt sie denn jetzt? Nach euch beiden kann man normalerweise die Uhr stellen. Ich kenn Hanna immer nur pünktlich.«

Im Hintergrund ratterte die Kaffeemaschine. Josef Hack beobachtete, wie sein Lieblingskuchen kleiner wurde – seine Unruhe nicht.

»Sie müsst längst da sein.« Wieder tippte er das Handy an. »Seit einer Stunde. Gehört hab ich nichts von ihr, geschrieben hat sie auch nicht.«

»Und geht sie nicht ans Telefon?«

Josef Hack beobachtete die Crema in seiner Kaffeetasse. Die schwarzen Kringel klumpten sich zusammen wie das ungute Gefühl in seinem Bauch. Er schluckte, sah auf.

»Die Hanna? Hast sie angerufen?«, hakte der Bursche nach.

Er seufzte. »Freilig.«

»Und …«

Die Eingangstür schwang auf. Eine tropfnasse Figur stocherte mit ihrem Regenschirm in den Raum. Halb hing sie noch am Griff der Eingangstür. Einem Windstoß folgten donnernde Schritte, die erst mitten im Raum stoppten. Im Gegenlicht verschwand alles, bis sich Josef Hacks Augen an den Kontrast gewöhnten.

Um ein *Mμ* hob Josef Hack die rechte Braue, dann rutschte er an seinem Tisch ein Stück zur Seite. Er presste die Tasse gegen seine Lippen, trank, als er erkannte, wer dastand. Die Augen riesig klappte Jonas' Mund erst zu, als die Gestalt ihre Kapuze nach hinten zog.

Über die Jacke perlten Tropfen, sammelten sich in einer Pfütze am Boden. Die schweren Stiefel glänzten nass. Theres Hack wischte sich den Regen von der Stirn. Die andere Hand seiner Tochter stoppte auf Hüfthöhe kurz oberhalb des regenzauseligen Fells ihrer Irischen Wolfshündin. Noch einmal drehte sich Theres um zum Wetter, das von draußen hereindrängte. Sie knurrte ein »Servus« in den Raum, das vermutlich erst kurz vor den Wanderern im Nebenbereich ausrollte. Ihre Augenbrauen hoben sich, wie immer, wenn ihr eine Frage auf den Lippen brannte. Ihr Blick ging zu Jonas.

»Passt schon!« Der Bursche winkte Herrin und Hündin herein. »Bei dem Sauwetter musst Wolfin nicht draußen lassen.« Mit einem Tablett kam er hinter der Theke hervor und trug Kuchen und Kaffee zu den Gästen im Nebenraum. Hinter Theres tappte die Wolfshündin über die Fliesen.

»Merci dir!« Theres stapfte weiter. Mit einem Lächeln rief sie hinter ihm her. »Milchkaffee, bitte, Jonas.« Die klamme Jacke warf sie auf einen Stuhl und setzte sich neben ihren Vater auf die Bank. »Servus, Babba!« Sie sah ihn an, die Uhr ihres Handys und wieder ihn. Stirnrunzelnd. »Sag mal …«, ihre Geste umfasste die freien Plätze am Tisch. »Stellst 'nen neuen Rekord auf: Wie schweige ich meine Mitmenschen am schnellsten in die Flucht?«

»Depp«, knurrte Josef Hack, drückte das zuckende Grinsen in seinen Mundwinkeln fort. »Deppin«, korrigierend. Er hielt den Blick seiner Tochter. Unter dem regenfeuchten Braun der Haarsträhnen wirkten ihre Augen dunkler, der Spott grimmig.

»Was machst du hier? Bist schon fertig im Geschäft?«, fragte er.

»Alle Bestellungen vorbereitet, das ganze Wild, den Rest schaffen unsere Leute allein«, fasste sie zusammen.

»Die beiden sind ein Glücksgriff für die Metzgerei & Tages-Bar«, bestätigte er. »Und für das Catering und den Lieferdienst natürlich auch.«

Theres strich sich die Strähnen aus der Stirn, lehnte sich zurück. »Wo wir gerade dabei sind: Catering. Langsam brennt es mit Hannas Event. Wir müssen dringend ihre Vorstellungen zum Catering besprechen. Heute Vormittag hat es bei mir absolut nicht geklappt, sie zu treffen. Aber ich weiß ja, ihr seid immer hier. Berechenbare Gewohnheiten sind einfach was Schönes«, grinste sie. Sie richtete sich auf und sah sich im Café um. »Also: Ich hab mir die Zeit freigeschaufelt, hier bin ich. Wo ist sie denn jetzt? Hanna? Auf der Toilette weggespült?«

Josef Hack zögerte. Sein Blick driftete an ihr vorbei durch die Wand. Theres' Blick brannte dennoch auf ihm wie das schlechte Gefühl unter seiner Haut. »Sie war noch nicht da«, antwortete er.

»What? Hanna?« Seine Tochter sah sich um im Café, musterte ihn unter halb geschlossenen Lidern. »Was ist los? So kenn ich das gar nicht von ihr. Hast du …«

»Freilig«, schnappte er. »Die ganze Zeit – Nachrichten, Anrufe. Was glaubst?« Er schluckte, doch der eisige Klotz in seinem Bauch verschwand nicht. »Ich dachte, du wolltest dich schon längst mit ihr besprochen haben wegen des Caterings für ihr Ausstellungs-Event-Zeug«, lenkte er ab. »Was macht ihr denn sonst die letzten Wochen jedes Mal, wenn du bei ihr bist?«

Theres hob die Hände in einer Geste zwischen Abwehr und Fatalismus. »Du weißt, wie's ist. Die ganze Zeit, die ich in Wien war, muss ich ja nachholen mit meiner Firmpatin. Aber heute besprechen wir ihr Event, damit in drei Monaten auch wirklich alles passt, wenn sie die Vernissage eröffnet. Sie hat angedeutet, ihre Ausstellung wird eine Verbindung von Kunst und ihrer Geschichte. Weißt du mehr dazu, Babba?«

Josef Hack runzelte die Stirn, verengte die Augen und dachte an die Unterhaltungen der letzten Wochen. Kurz hielt er inne, dann verneinte er.

Sie musterte ihn eine Weile. »Und sie ist einfach nicht gekommen heut? Meinst, ihr ist was passiert? Sie ist gut siebzig …«

»Nein«, schoss er zurück, winkte hastig ab. »Bestimmt nicht. Sie ist kaum älter als ich. Ihr ist nix passiert.« Er schüttelte den Kopf. »Vielleicht ist einfach was Wichtiges dazwischengekommen. Unerwartet.« Mit dem Zeigefinger schob er das Handy auf dem Tisch hin und her, das Display dunkel, von Hanna keine Reaktion. »Sie ist bestimmt …« Er räusperte sich, seine Stimme brach. »Sie ist nicht so eine wie die ganzen Event-Schnösel aus deiner Zeit in Wien. Bestimmt hat sie einfach die Zeit vergessen.«

»Hanna? Die Zeit vergessen?« Theres stützte die Ellbogen auf den Tisch, in ihren Augen tausend Fragen. »Unsere Hanna?«

Die gefurchte Miene seiner Tochter ignorierte er, nickte mehrmals, wie um sich selbst zu versichern, alles wäre gut. Er versuchte ein Lächeln. »Künstlerin«, warf er ein, hob entschuldigend die Hände. »Und sie wird auch nicht jünger.«

»Babba!«, zischte sie. Der Unterton in ihrer Stimme klang nach Filetiermesser. »Merkst eigentlich, wenn du dir grad selbst widersprichst? Oder werden nur die anderen älter, und du bleibst ewig jung?«

»Theres!«, schnappte er zurück, hielt ihren Blick. Er spürte den Puls an seinem Hals, spürte den Klotz im Bauch, der nach den Worten seiner Tochter noch schlimmer scheuerte und zog. Dann fuhr er sich mit der Hand übers Gesicht, wandte sich zur Theke. »Jonas, den Kuchen – die Prinzentorte. Gibst mir zwei Stück zum Mitnehmen heut. Oder machst drei, zur Sicherheit.« Er senkte die Stimme. »Ich schau nach«, brummte er Theres an, drückte noch einmal die Taste zur Wahlwiederholung. Erfolglos. »Ich geh bei ihr daheim vorbei.«

Sie nickte, fasste seine Hand. »Gute Idee, Babba.« Beide schlüpften in ihre Jacken. »Soll ich mit?«

Josef Hack schüttelte den Kopf, zog seinen Geldbeutel. »Ich schau bei ihr vorbei, dann bring ich sie mit. Wirst sehen: Ist bestimmt alles gut.« Er schluckte. Wieder nickte er, verfluchte das Scheuern in seinem Magen.

Jonas begleitete sie beide samt Wolfin zur Tür. »Bis nächste Woche dann, sagst Hanna 'nen Gruß. Oder schaut ihr diese Woche noch mal vorbei? Ende der Woche kommen neue Torten.«

Gegen den Himmel, das Grau, die schmutzigen Wolken zog Josef Hack seine Kapuze über. Theres tat es ihm gleich.

»Gibst Bescheid, Babba!«, sagte sie, drückte seinen Arm, bevor sie den Weg zur Metzgerei einschlug und er den zu Hannas Haus. »Bis gleich, dann!«

Die Regentropfen prasselten auf Josef Hacks Jacke. Er stapfte am Passionstheater vorbei durch die Gassen, vorbei an der Buchhandlung und weiter. Er blickte auf die Lüftlmalereien an den Fassaden und überlegte, ob sie ohne die Fotoapparate der Touristen eindrucksvoller wirkten oder nicht. Idylle, die sich von einem jahrelangen Sprint zu erholen schien und der Atempause misstraute. Ein wenig schneller marschierte er weiter.

Am Boden vor Hannas Haustür hatte der Regen die Tageszeitung aufgeweicht. Kein Licht fiel durch das Glaselement der Tür. Durch das schmale gekippte Fenster neben der Haustür drang der Ton der Klingel und verlor sich im Haus. Nach einer gefühlten Ewigkeit presste er den Schalter erneut. Und wieder.

Auf seine Schultern drückte die Jacke schwer, klamm, kalt. Die Tropfen trommelten weiter. In einer der Jackentaschen kramte er nach seinen Schlüsseln, spürte deren Kanten an der Kuppe seines Daumens. Den für Haus und Metzgerei, den von Theres und dem alten Schuppen – und den anderen, der nur für den Notfall am Schlüsselbund hing. »Für den Notfall«, murmelte er. *Notfall*. Er ließ den Schlüssel zu Hannas Haus los und trat näher an die Tür unters Vordach. Wieder klingelte er, schnaubte.

Nichts geschah. Ganz gleich wie oft er schellte.

An den Rändern seiner Kapuze vorbei schaffte er einen Blick nach rechts und links, wandte sich um, stapfte los. Ein paar Schritte später war er bei Hannas Nachbarn. Sein Zeigefinger zielte auf die Messingklingel, die Tür schwang unmittelbar auf. Er stolperte beinahe über die Treppe nach hinten. Sein Gegenüber wirkte mindestens ebenso überrascht wie er.

Die junge Frau starrte ihn an. »Ähm? Servus, Sepp!«

»Grüß dich, Lisa!«

»Das ist jetzt unerwartet.« Sie strich ein paar Haarsträhnen zurück, noch mehr Fragezeichen erschienen auf ihrem Gesicht. »Haben wir heut eine Bestellung bei euch gehabt? Ich hol die doch immer selbst, oder einer von meinen Jungs.«

Sie zerrte ihre Hand aus der Manteltasche. Ein knallbunter Haargummi und eine grüne Plastikfigur purzelten heraus, ein krumpeliges Tempo trudelte zu Boden. Schnell stippte sie es mit dem Fuß in den Flur hinter sich. Sie lächelte entschuldigend. »Kinder! Da hat man immer mit allem die Taschen voll.« Sie nickte zur Garage. »Ich muss grad los, den Mittleren abholen.«

Josef Hack klappte seine Kapuze zurück, und im nächsten Moment warf sie sich ihren Schal um Hals und Mund.

»Nein, Lisa.« Josef Hack fröstelte, er schüttelte den Kopf, trabte die Stiege hinunter und deutete aufs Nachbarhaus. »'s ist wegen Hanna.«

Die junge Mutter zog die Haustür hinter sich zu. »Ach so.« Sie runzelte die Stirn. »Oma Hanna?« Ihr Blick blieb am Nachbarhaus hängen.

»Oma?«

»Nein!« Sie lachte, winkte ab. »Na ja, in letzter Zeit war sie so oft meine Rettung, wenn sie mal ein Auge auf die Kinder geworfen hat. Und mit dem Großen hat sie sich durch alles Mögliche am Computer gefuchst, sie ist selbst eine halbe Expertin – und wie eine dritte Oma für die Kinder. Omas kann man einfach nicht genug haben. Hanna gefällt das, glaub ich auch – ein paar Enkel mehr.« Sie legte den Kopf schief.

»Enkel, schon schön.« Josef Hack brummte. »Und jetzt? Weißt du, wo sie ist?«

Die junge Frau wandte sich wieder in Richtung Hannas Haus, dann fiel auch ihr Blick auf die durchweichte Zeitung. »Ja, komisch«, murmelte sie. »Ist schon ein wenig dunkel bei ihr, gemessen an dem trüben Wetter. Gestern Abend war auf jeden Fall Licht. Aber heute? Gute Frage. Heute hab ich sie noch nicht gesehen. Das heißt: Doch! Heut Morgen kurz mit ihrem Sohn.« Sie drehte den Schlüssel in der Tür. »Aber vielleicht hat sie auch einfach nur mal was anderes vor. Vielleicht weiß einer drüben bei den Nachbarn Bescheid. Aber beide arbeiten Schicht. Um die Zeit schlafen die, glaub ich.« Sie lächelte ihm zu, wandte sich zum Garagentor.

Er nickte. »Schon gut. Merci dir, vergelt's Gott!«, haspelte er, korrigierte sich dann, nicht sicher, ob die junge Frau ihn verstanden hatte. »Danke. Ich ruf sie an.«

Sie nickte noch schneller als er und verschwand in der Garage.

Den Rückleuchten ihres Wagens blickte Josef Hack noch eine Weile hinterher. Fünfzehn Uhr sieben zeigte der Bildschirm seines Handys. In seiner Jackentasche wurde das Metall zwischen den Fingern langsam warm. Hannas Ersatzschlüssel. Er klingelte noch mal. Das Türschloss ließ er nicht aus dem Blick.

4. 1956 Zurück – Die Frau mit den Pinseln

Murnau, am Ufer des Staffelsees, Sommer 1956

Hannas Sandälchen trippelten noch schneller den Rest des Weges zum See. Über die riesige spiegelnde Fläche schob der Wind silberne Wellen, die Sonnenstrahlen blitzten und tanzten darauf. *Staffelsee,* hatte Oma ihr erklärt, wie Staffelei, beinahe. Beinahe stolperte sie, als sie den Kopf zurück über die Schulter drehte, fing sich im letzten Moment. Wenigstens war der Mann nicht mehr hinter ihr, sehen konnte sie ihn jedenfalls nicht. Hanna zupfte ihr Röckchen zurecht und das Kleidchen ihrer Puppe, blinzelte über den Uferrand hinweg.

Noch ein Stück tapste sie weiter. Die Puppe schlenkerte gegen ihre Beinchen. Sie entdeckte die Leinwand und die Frau, zu der ihre Mama sie manchmal mitgenommen hatte, lief zu ihr und blieb schließlich neben ihr stehen. Hanna legte den Kopf ein wenig in den Nacken, ihr Blick wanderte am bunt vertupften Malerkittel hoch, die Arme in die Hüften gestemmt.

»Wann bist du fertig?« Hanna setzte die Puppe neben ihren Füßen ab und platzierte sie, bis sie mit ihren Knopfaugen den See sehen konnte. Ein paar Fäden spitzten aus dem Häkelkleidchen der Puppe und Strohhalme spießten sich durch die Maschen. Hanna musterte den See, die Bauminseln darin, die Bergkanten dahinter, dann wieder die Leinwand mit den bunten Flecken. Zum Schluss stierte sie auf die Pinselfrau mit den Runzeln im Gesicht. »Wann, Ele? Wann bist du fertig?«

Die Weißhaarige zog die Brauen zusammen, die wie weißer Flaum waren über ihren Augen. »Dich habe ich eine Weile nicht gesehen, Hannalein. Wie alt bist du jetzt?«

Hanna streckte die Hände hoch. An der linken alle Finger und den Daumen von der rechten. »So viel«, sagte sie.

»Weiß deine Ma…« Die Malerin stoppte mitten im Wort. Ihr Gesicht bekam noch mehr Furchen, und der hellrosa Strich der Lippen verschwand beinahe. »Weiß deine Großmutter, wo du bist?«

Hanna zupfte einen ihrer Zöpfe nach vorne. »Die Oma weiß es, die muss aber noch zur Post, dann holt sie mich hier ab. Die Mama weiß es auch immer, sagt Oma.« Ihr Zeigefinger wanderte gen Himmel.

»Mhhh.« Die Malerin nickte. Mit dem Stiel des Pinsels kratzte sie sich am Ohr, wie Hanna es oft bei ihr gesehen hatte, und schob ein paar Haarsträhnen zurück. Ihre Augen wurden schmaler, ihr Blick schweifte ans andere Ende der Promenade. »Und du wolltest lieber zum See, als deine Oma zu begleiten?«

»Ich …« Hanna rieb sich die Nase. »Zum See hat mich Mama immer mitgenommen. Manchmal auch zu dir.«

Die Frau mit dem Pinsel nickte. Sie war so alt wie die Oma. Die weißen Haare rollten sich um ihre Ohren. *Die Münter*, nannte die Oma sie. *Gabriele* hatte Mama gesagt, gelächelt und die Pinsel eingepackt für die Unterrichtsstunden bei ihr. Manchmal durfte Hanna mit. *Ele.* Die Malerin hatte Hanna erlaubt, sie so zu nennen.

Kuchen oder Backwerk hatte Ele nie im Haus, anders als Oma. Farben stattdessen und den Geruch von Terpentin. Tausend bunte Bilder standen in den Zimmern, Hunderte Träume. Die Malerin sah so ganz anders aus als die

Oma, die ihr Haar immer zu einem dicken Knoten im Nacken band. Oma, die Wangen rot, die Hände rau von den Holzstielen der Harken und Schaufeln und den Rupfensäcken, die im kleinen Laden umzuschichten waren. Bis zu dem Tag, der Schatten und Schwere über ihre Oma warf, der ihr denselben Schmerz in die Augen drängte, den Hanna auch bei Ele schon gesehen hatte.

Heute verschmierte blaue Farbe Eles Wange. Ihr Kopf und die Pinsel bewegten sich immer nur ein wenig – vom Ausblick auf den See zur Leinwand und wieder zurück. Die Malerin zuckte die Schultern. »Übermorgen. Vielleicht bin ich dann fertig. Ich habe keine Eile.«

»Meine Mama hat das gemocht: die Farben, und wie sich deine Berge biegen und die Bäume. Sie wollte malen wie du, seit du dein Bild bei meiner Oma gelassen hast. Als alle böse waren miteinander.« Sie deutete mit ihrem Finger auf die Leinwand, bemerkte ein Lächeln, das über das Gesicht der Malerin huschte. »Meine Oma sagt, meine Bilder sind schöner.«

Hanna verengte die Augen, wie es die Pinselfrau tat, starrte auf den See, seufzte. Wasser, Wellen, der Anleger. Alles wie immer. Mitten im Wasser kuschelten sich die Bäume aneinander, als hätten sie Angst vor nassen Füßen oder davor, von der Insel zu kippen. Nichts von alledem war so rot und gelb und blau wie auf Eles Bild. Die Berge – vielleicht waren die Berge blau.

»Meine Mama wollte dein Bild nie hergeben, und meine Oma hat es aufgestellt und ihr Sterbebild davor gelehnt.« Hanna legte den Finger an die Nasenspitze »Warum hast du es hergegeben?«

»Es war Krieg damals, alle waren böse und haben gegeneinander gekämpft. Es war für die Eier und das

Mehl von deiner Oma. Ich hatte nichts anderes mehr – nur meine Bilder, aber essen kann man die nicht.« Ele hob ihr Kinn und sah zum See.

Hanna kniete sich neben ihrer Puppe ins Gras, drückte die Spitze ihres Zeigefingers in einen großen, glänzenden Klecks Blau. Warm und glibberig schlang sich die Farbe um die Kuppe. Mit der anderen Hand schubste sie ein paar Pinsel der Malerin zur Seite, ließ sich nach hinten fallen. Aus ihrer Schürze kullerte der Apfel, den die Oma ihr mitgegeben hatte, als Lohn für einen Botengang. Neben den Schuhen der Pinselfrau blieb er liegen. Hanna sah hoch.

»Warum hast du nicht mit Geld bezahlt?« Sie drehte den farbbekleckstten Finger im Sonnenlicht.

»Geld vergeht, und ich hatte wenig. Und: Geld berührt das Herz nicht. Aber das Bild bewahrt deine Oma immer noch auf«, wiederholte die Frau.

Hanna hielt ihre blaue Fingerspitze gegen den Himmel. *Mama liebte Blau.* Hanna spürte einen Stich in ihrer Brust bei der Erinnerung. Ein Bild mit all dem Blau. Hanna hatte es in die Holzkiste neben ihre Mutter gelegt. Mama sah aus, als ob sie schliefe. Doch sie wachte nicht mehr auf. Nie mehr. Dann verschwand die Kiste in der Erde, genau wie die zweite mit Papa. Zwei Kreuze blieben. Ein paar Tage zuvor war das Auto ihrer Eltern weggeblieben, nur ein Mann war gekommen. Er sah ein bisschen aus wie ihr Vater, aber wie ein Zerrbild von ihm, und er war grimmig und laut. Und er schrie, dann blieb er wieder fort.

Hanna weinte, Großmutter auch. An dem Tag und an den nächsten und nächsten. Ihr Großvater hatte jetzt immer feuchte Wangen. Er sagte, weil der Wind ständig durch die Fenster zog. Danach waren so viele Tage grau. Nur das Bild hatte noch Farbe – das Bild vom Tausch für Eier und Mehl. Das Münter-Bild. Der Gedanke in Hannas Kopf franste aus.

Hanna blinzelte und sah wieder zur Malerin. Am Ohr bebte ihr schneeweißes Haar ein wenig. Ele beugte sich zu ihr, und in ihren Augen blitzte ein Schmunzeln. »Geld – damit überlebt man. Vielleicht. Aber Leben – *zu leben* bedeutet, das zu tun, was aus dem Herzen kommt«, sagte sie. Ihre Lippen zitterten, genau wie ihr Pinsel.

»Zeigst du mir, wie man malt? Wie Mama? Mama hat von dir gelernt.« Hanna streckte ihren Arm in Richtung der Leinwand. Dann hörte sie ihren Namen über die Liegewiese schallen, die Stimme ihrer Großmutter.

Gabriele strich ihr Wolkenhaar hinters Ohr. »Sag deiner Großmama, sie kann dich freitags schicken. Für dich nehme ich nichts. Sie weiß schon, wieso. Ich hab ohnehin Platz im Haus.« Dann seufzte die Malerin, legte Hanna die Hand auf die Schulter wie zum Schutz und starrte zum anderen Ende der Wiese. »Wie können zwei Früchte vom selben Baum so unterschiedlich sein – die eine Frucht recht und gut, die andere verdorben und übel.« Schließlich richtete sie sich auf.

Hanna verstand nicht, was Ele meinte, aber sie folgte ihrem Blick und schreckte zusammen. Ihre Hand fasste nach der Puppe.

Großmutter stand am anderen Ende der Wiese, das rote Kopftuch leuchtete. Ihr Kopf drehte sich ständig von rechts nach links und zurück, kopfschüttelnd. Neben ihr ein Mann. Hannas Herz klopfte schneller. Oma trat einen Schritt weg von ihm.

Wieder hörte Hanna ihren Namen, sie rannte los. Kurz sah sie zurück, winkte der Malerin zum Abschied. Kiesel flogen an ihre Zehen und in die Sandalen. Hanna stolperte, fing sich in der Mitte des Weges und verlangsamte ihre Schritte.

Das war der Mann! Der Mann, der ihr zuvor gefolgt war, den sie in den letzten Wochen schon häufiger in der Nähe ihrer Oma gesehen hatte. Er redete auf sie ein. Seine Haltung, seine Gesten wirkten vertraut, und mit einem Schlag erinnerte sich Hanna an ihn. Trotz der Sonne auf ihrer Haut fröstelte sie. Er war ein bisschen wie ihr Vater und zugleich wie ein Schatten. Für ihre Eltern war er der Teufel, und sie hatten gemieden, ihn zu treffen, so gut es ging. Sein Kopf ruckte hoch, als hörte er ihre Gedanken. Der halbe Weg lag noch vor ihr.

Mit dem Lächeln um Omas Mund stimmte etwas nicht, dann war es fort. Großmutter stemmte die Arme in die Hüften, und Hanna schien es, als streckte sie sich in die Höhe. Die Stimmen hörte Hanna mit jedem Schritt deutlicher, verstand die Worte aber noch nicht. Dann hob Oma den Arm, wie mit einem Schwert zeigte sie in die entgegengesetzte Richtung. Wut zerrte am Gesicht des Mannes.

Noch ein paar Längen lagen zwischen Hanna und den beiden, die Worte wurden klar. »Du gehst jetzt sofort!«, zischte Großmama. Der Mann starrte von Oma zu ihr, fuhr herum. Er spuckte auf den Weg. Dann marschierte er davon.

Hanna mochte ihn nicht. Sie mochte nicht, wie er zurücksah.

Ihr Onkel.

Dann war sie neben ihrer Großmutter. Oma beugte sich zu ihr, und das Lächeln rutschte an den richtigen

Fleck. Hanna roch Butter und Honig und ein wenig Zitrone. Alles war warm. An ihrem Ohr spürte sie, wie schnell Omas Atem ging, wie schnell das Pochen war in ihrer Brust.

5. Klara – Verabredungen

Oberammergau, in den Straßen,
Montagnachmittag, ca. 15.00 Uhr

Aus dem Vordach trat Klara in den Regen und musterte die Fassade. Obwohl erst Nachmittag, konnte man meinen, der Tag wäre grau und trist genug, um Licht anzuschalten. Anders als bei den Nachbarn entdeckte sie keines in Hannas Fenstern. Und anders als bei den Nachbarn wartete Hannas Mülltonne noch immer vor der Einfahrt.

Klara schnaubte und runzelte die Stirn. Sie klimperte mit ihrem Schlüsselbund in der Hand, fluchte, weil sie vergessen hatte, den Ersatzschlüssel ihres Vaters mitzunehmen. Kurz warf sie einen Blick auf die Regentropfen, die prasselnd auf dem babyblauen Cinquecento in der Einfahrt zerplatzten. Dann steuerte sie erneut die Haustür an. Durch das massive Holz hörte sie die Klingel im Haus, dann nichts mehr.

Das Smartphone vibrierte in ihrer Jackentasche. Sie zog es heraus, das Display zeigte nur eine Terminerinnerung, keine Nachricht. Er war schon überfällig, aber sie hatte ihn noch nicht gelöscht. *Oma – Website und Family.*

Sie suchte Hannas Handynummer und war mit ihrem Anrufversuch so erfolgreich wie mit der Hausklingel. Vielleicht lag ja noch irgendwo ein Ersatzschlüssel? Klara stieg über das kleine Gartentürchen und folgte dem Weg zwischen Haus und Garage nach hinten. Durch die Putz- und Staubschlieren der Garagenfenster erahnte sie den Toyota ihrer Großmutter im Zwielicht. Die Garagentür öffnete sich widerstandslos. Hannas

Fahrrad lehnte an der Wand, das Auto war verschlossen. In keinem der Regalfächer, hinter keiner der Farbdosen, unter keinem Körbchen, auch nicht zwischen den Saattüten für den Garten fand sie einen Ersatzschlüssel.

Auf dem Weg ums Haus lugte sie an ihrer Kapuze vorbei über den Holzzaun. Verlassene Gummibälle und Sandförmchen ergaben sich auf dem Rasen der Nachbarn dem Regen wie versprengte Einzelkämpfer einer Horde Farbkleckse. Hinter den Fenstern zeichneten sich die Schatten der Hausbewohner an den Vorhängen ab.

Auf Hannas Terrasse duckten sich ein paar Pinsel und Wassergläser in die Malecke. Trotz des Regens roch sie Terpentin. Klara rümpfte die Nase. Ein paar Stücke Ton reihten sich auf dem wettergegerbten Tisch – vermutlich zum Trocknen. In der Holztruhe daneben lagerten Polster in einem Plastiksack. Auch hier – weder dazwischen noch darunter – war ein Schlüssel zu finden.

Sie starrte stirnrunzelnd zu den Wolken. Das Glasdach hielt den Regen ab, die Feuchtigkeit kroch ihr um die Knöchel. Durch die Terrassentür entdeckte sie den Schreibtisch und die Couch, eine Leinwand mit einer halb fertigen Landschaft wartete auf die Rückkehr der Malerin. Ganz hinten an der Wand das Bild, das Großmutter so liebte – nicht nur wegen der Farben und des Motivs. Wegen der Geschichte dazu, hatte sie Klara erklärt.

Klara drückte ihre Nase fester gegen die Scheibe. Ihr Blick suchte den Raum ab. Sie schluckte, presste ihre Hand an den Oberschenkel. Dann trat sie einen Schritt zurück und wählte noch mal.

»Verdammt, verdammt, verdammt«, zischte sie und legte wieder auf. »Himmel noch mal!« Klara starrte ihr Handy an. »Der ganze Weg kann nicht umsonst gewesen sein.«

6. Theres – Zurück-Von-Vorne

Oberammergau, Metzgerei & Tages-Bar Hack, Montagnachmittag, ca. 15.15 Uhr

Durch die Fensterfront fiel mit jeder Stunde weniger Licht herein, an diesem immer noch verregneten Frühlingsnachmittag. Wolfins Ohren zuckten vor der kniehohen Heizung unter dem Schaufenster auf und ab. Die Hündin hielt etwas zwischen ihren Vorderläufen, knurrend, knabbernd.

Theres sah nicht sofort auf. Sie hörte den Schlüssel an der Ladentür kratzen, wartete. Die sich nähernden Schritte hatte sie schon zuvor bemerkt, das Stapfen. Das Schnauben hörte sie, als sich der Schlüssel im Schloss drehte. Stimmen hörte sie keine, nicht ein Wort. Theres schob das Schreiben aus der heutigen Post unter ihr Notizbuch, achtete darauf, das geprägte Logo und die Adresse des Forstamts zu verbergen. *Besser, wenn's keiner sieht. Vor allem der Babba nicht gleich. Das beunruhigt ihn heut nur noch mehr.*

Ihr Blick mied die Tür, schwenkte zur alten Bahnhofsuhr an der Wand, die auf einem Flohmarkt zu ihr gefunden hatte. Knarzend glitt die Tür auf und schloss sich wieder hinter ihrem Vater. An seiner Seite: niemand. Auch hinter ihm nicht. *Keine Hanna.* Theres senkte die Lider. Ihre weiteren Gedanken dazu, was das wohl bedeutete, würgte sie ab. Ihre Sorge blieb.

»Bist zurück, Babba?«, würfelte sie das Offensichtliche in den Raum, gegen die drückende Stille. Als würde ihre Befürchtung Realität, sobald sie sie aussprach, oder die eigentliche Frage eine unwillkommene Gewissheit anziehen, die in ihrem Kopf, ihrem Bauch, unter ihren Nägeln brannte. *Was ist mit Hanna, und wieso ist sie nicht bei dir?*

Ihr Vater wich ihrem Blick aus. Mit jedem Schritt setzte er kleine Pfützen auf die Fliesen. »Hm.« Josef Hack ging zum Tisch neben ihr, platzierte ein Päckchen mit Kuchen darauf. »Ja.«

Theres ließ ihn nicht aus den Augen, nicht seine Miene, die sich verkrumpelte, nicht die Brauen, unter denen seine Augen beinah verschwanden, nicht die Falten um seinen Mund, die all die Sorgen verdeutlichten. Seine Hände hielt er zur Faust geballt, die Schultern starr, der Rücken gekrümmt. Er stand neben dem Tisch, als könnte er seine Glieder nicht beugen.

»Keine Hanna.« Ihr Vater sprach aus, was sie nicht hören wollte. Er pellte sich aus der tropfenden Jacke. Josef Hack rollte die Schultern, als kratzte ihre unausgesprochene Frage von rechts nach links über seinen Körper. »Nirgends. Und immer noch keine Antwort von Hanna übers Handy.«

Theres fuhr sich mit der Hand übers Gesicht. »So nass, wie du bist: Hast du auch in der Ammer nach ihr geschaut?«

»Straßen, Flüsse, alles dasselbe. Außerdem: Bewegung ist wichtig, hast du gesagt. Ganz gleich wo, nicht wahr? Zum Denken.« Mit jedem Wort vertiefte sich das feine Liniennetz um seine Augen. »Hat nicht geholfen.«

Sie seufzte, verschwand im Gang Richtung Rückgebäude. »Sturschädel. Eine Lungenentzündung hilft auch keinem«, rief sie über die Schulter zurück, bevor sie aus dem Hinterausgang schlüpfte und den Schlüssel zu seiner Doppelhaushälfte zwischen ihren Fingern hielt. Mit einem trockenen Pulli stand sie kurz darauf wieder vor ihm.

»Danke«, brummte ihr Vater und startete das glänzende Maschinenmonster auf dem Sideboard an der Wand. »Kaffee?« Die Bohnen ratterten durch die Mühle, der Duft zog durch den Raum, die Besteckschublade schepperte, als Josef Hack sie aufzog. Mit zwei Tellern und Gabeln stapfte er zum Tisch, ließ sich auf den Stuhl fallen. Er befreite die Kuchenstücke und schob mit dem Teller Theres' Notizbuch ein wenig über die Kante, es kippelte.

Theres schnappte nach Luft. »Tee?«, fragte sie ausatmend, ablenkend. Das Schreiben des Forstamts spitzte darunter hervor, er schien es noch nicht bemerkt zu haben. »Für dich vielleicht eine ganze Kanne.«

Josef Hack hob seine Augenbraue. »Kaffee«, setzte er beharrlich nach und kaute.

»Ist sie vielleicht einfach bei ihrem Sohn in München und hat vergessen abzusagen?« Theres versuchte einen leichteren, unbeschwerten Ton. »Pläne ändern sich. Hast du seine Telefonnummer?«

In der Metzgerfaust verlor sich die Gabel schier. Er stach in den Kuchen, und ungefähr das halbe Stück verschwand in seinem Mund. Er schüttelte den Kopf. »Ihr Auto steht zu Hause.«

Vor der Fensterfront knurrte Wolfin, nagte aber weiter an dem Etwas zwischen ihren Vorderläufen.

»Sie wäre nicht der erste Mensch, der das Handy verliert oder dessen Akku leer ist«, versuchte Theres zu beruhigen. »Bestimmt gibt es eine logische und einfache Erklärung, wo Hanna steckt.« Das Schreiben des Forstamts rutschte in ihren Prioritäten massiv nach hinten.

»Wo denn?« Er schüttelte den Kopf. »Montagnachmittags. Du weißt doch …« Seine Stimme brach.

Sie lehnte sich zu ihm und legte ihre Hand auf seine Faust. »Ich weiß.«

Ihr Vater beugte sich nach vorn, nahm den Kopf zwischen seine Hände. Dann quietschte sein Stuhl über die Fliesen, er schob ihn zurück, verharrte einen Moment, die Finger um die Lehne gekrallt.

Theres starrte zu ihm, wunderte sich, was er vorhatte. »Wir könnten über die Tonis Hannas Sohn informieren …« Sie kaute auf ihrer Unterlippe. »Vielleicht helfen sie bei der Suche nach ihr.« Wieder fuhr sie sich übers Gesicht, dann zog sie ihr Handy aus der Tasche. »Auch wenn es laut Google zu früh ist für die Polizei.«

Sein Blick war leer. Er drehte sich um, schlurfte nach hinten. »In einer halben Stunde sind die ersten Abholer da«, murmelte er.

»Wirst sehen, das klärt sich mit Hanna«, versuchte sie ihn zu beruhigen. Sie tippte eine Nachricht fertig, folgte ihrem Vater nach hinten in die Kühlung. In den Furchen auf seinem Gesicht las Theres, wie sehr er sich sorgte.

Er nickte. »Ich weiß ja: Ablenkung schadet nicht.«

Ihre Handgriffe waren eingespielt. Die fertig gepackten Holzkisten landeten auf den Rollwagen. Sie waren gefüllt mit dem, was die Kunden der Metzgerei Hack tagsüber und am Wochenende bestellt hatten: Biowurst und Fleisch aus der Region, Wild, Wein. Es gab sogar Weckgläser mit Wildschwein-Leberkäs zum Aufbacken für zu Hause. In den Paketautomaten vor dem Laden sortierten sie die Kisten für all jene, die ihre Bestellungen weder im vorgesehenen Zeitfenster abholen konnten noch den von Theres aufgebauten Lieferservice der *Hack-Flitzer* in Anspruch nehmen wollten.

Über die Klinkerfliesen im Gang polterte der erste Wagen mit Bestellkisten in Richtung Laden, Theres schob. Wolfin hob kurz den Kopf in ihre Richtung, drehte sich gelangweilt wieder ab. In ihrer Hosentasche spürte Theres die Vibration, eine Nachricht ging ein.

Ihr Vater steckte zu jeder Bestellung eine Karte – ein Rezept, ein Gruß. Ein Lächeln schaffte es auf sein Gesicht. »Eine gute Idee war das. Unser Ticket für mehr Freiheit jenseits der alten Öffnungszeiten, und dir bleibt genug Zeit für die Jagd.«

Theres sah auf. Ihr schlechtes Gewissens setzte an zu einem Stich und traf, sie linste zum Tisch. *Vielleicht sollte ich's doch lieber ansprechen … die ganze Sache … Besser früher als später. Das Schreiben vom Forstamt.* »Babba, ich …«

»Eine Strafe wegen nicht erreichter Abschussquote wäre jetzt auch das Letzte, was wir brauchen könnten. Haben die dieses Jahr nicht noch mal die Quote für Rotwild erhöht?«, unterbrach er ihren Beichtversuch. »Die Rehe haben scheinbar mehr Appetit dieses Jahr.«

Wolfin sprang von ihrem Platz am Fenster auf, knurrte, die Ohren aufgerichtet.

Theres' Blick zuckte zu ihrem Vater. »Hast du abgesperrt?«

Er fuhr herum. Das Bimmeln der öffnenden Ladentür ersetzte seine Antwort. Theres versuchte, an ihm vorbeizulinsen.

»Nachmittags haben wir zu, Montag bis Mittwoch«, rief sie und zwängte sich zwischen Rollwagen und Türstock in den Verkaufsraum. Sie verdrängte ihre Enttäuschung darüber, dass es nicht Hanna war, die den Laden betreten hatte. Kurz überlegte sie, wem die junge Frau ähnelte. Einen Moment später fiel es Theres ein.

Die Dunkelhaarige hielt sich noch am Griff der halb geöffneten Tür fest. Der Wind blies ihr die Haare ins Gesicht, braune Strähnen. Ein paar Regentropfen schummelten sich an ihr vorbei in den Laden. Die Stiefel unter dem hochgekrempelten Hosensaum sahen aus, als hätte sie sie ihrem wesentlich größeren Bruder geklaut, genau wie die Jeans. Ein kirschroter Gürtel hielt die Hose an Ort und Stelle, über dem Ringelshirt leuchteten ein gelbes Halstuch und eine sonnengelbe Allwetterjacke.

»Ist sie hier? Hanna Schuster, meine Oma«, stieß die junge Frau hervor wie nach einem Marathon. Die kantige Kinnlinie, die schmalen Lippen, der Schwung, den die Oberlippe nahm, erinnerten an Hanna. Und definitiv die Partie um die braunen Augen.

Josef Hack räusperte sich hinter Theres. »Klara, schön, dich mal wieder zu sehen. Was machst du hier?« Er trat in die Mitte des Ladens, verschränkte die Arme vor der Brust und postierte sich gegenüber der Tür. »Ist schon eine Weile her, dass ich dich in Oberammergau gesehen hab. Wenn du zu Besuch bist, kommt ihr ja nicht raus, aus Hannas vier Wänden.«

»Ist sie da? Hanna?«, stieß Klara erneut hervor. Suchend blickte sie sich um, unruhig. »Wir wollten uns heute treffen. Aber daheim ist sie nicht.«

Theres spürte einen Stich im Magen, sie sah von der jungen Frau zu ihrem Vater. In seinem Gesicht vertieften sich die Furchen weiter. Seinen Ausdruck konnte sie nicht wirklich deuten – etwas zwischen Enttäuschung und … Misstrauen.

»Ich dacht, sie wäre vielleicht hier, weil Montag ist«, murmelte Hannas Enkelin. Sie ließ Josef Hack nicht aus den Augen, er sie ebenso wenig. »Ich dachte, Montag trifft sie sich immer mit …« Klara unterbrach sich, schien verlegen nach dem passenden Wort zu suchen.

Theres unterdrückte ein Lächeln. »Guten Freunden«, vervollständigte sie. »Wir kennen uns ja lange genug.« Ihr Daumen zielte zu ihrem Vater. »Babba und deine Oma kennen sich schon seit …«

»Ewig«, brummte er und musterte Klara mit einem eigenartigen Zweifeln im Gesicht.

»Hat Hanna erzählt.« Die junge Frau nickte, dann seufzte sie. »Aber sie ist nicht hier, oder? Ich dachte, sie wär vielleicht hier … Sie hat mich extra für heute hergebeten.«

»Aus Wien?«, hakte er nach.

Theres hob die Brauen. »Wien? Das ist aber schon ziemlich weit für einen Montagsausflug.«

Klara schüttelte den Kopf. »In den Semesterferien und der vorlesungsfreien Zeit bin ich in München. Ich hab da noch ein Zimmer bei meiner Mutter, seit sich meine Eltern getrennt haben. Und in letzter Zeit war ich mindestens einmal die Woche bei Oma.« Sie räusperte sich, murmelte. »Wegen ihrer Geschichte.«

In Theres' Mitte grummelte immer lauter ein ungutes Gefühl. »Hat Hanna dich angerufen?«, fragte sie. Sie scheiterte daran, ein Lächeln in ihr Gesicht zu setzen. »Oder du sie?«

Klaras Augen verschwanden im Halbschatten des Nachmittagslichts. Sie sah über die Schulter aus dem Schaufenster, als suchte sie etwas, wandte sich zurück und zog ihr Handy heraus. »Hier ist sie also nicht. Und auch am Handy nicht erreichbar.«

Theres öffnete den Mund, dann schloss sie ihn wieder. *Alles wird gut, nichts passiert!*, wiederholte sie den Gedanken gegen den bitteren Kloß im Hals, die dunkle Vorahnung. »Willst du ein Glas Wasser?«

Klara schüttelte den Kopf. »Fällt euch ein Ort ein, wo sie sonst sein könnte oder wo ich warten kann? Hier ist … Ich will euch nicht stören. Vielleicht muss ich mir auch ein wenig die Beine vertreten. Vielleicht krieg ich den Kopf dann auch wieder klar. Einfach zurückfahren will ich nicht, ohne Hanna zu treffen oder zu wissen, wo sie ist.« Sie kaute auf ihrer Unterlippe, starrte auf ihr Handy. »Bestimmt klärt sich alles, und am Ende ist nur ihr Akku leer, nicht wahr?«

Theres und ihr Vater tauschten erneut einen Blick.

»Bestimmt«, sagte Theres und versuchte, überzeugt zu klingen. Sie zählte Hannas Enkelin ein paar Oberammergauer Cafés auf, in denen sie warten konnte. »Melde dich, sobald du was hörst von Hanna. Wir melden uns auch«, sagte sie zu der jungen Frau.

Sie tauschten die Nummern. Hinter Klara verstummte die Glocke über der Tür, die Sorge um Hannas Verbleib nicht.

Josef Hack kratzte sich am Kinn und drehte sich um. »Und ich dachte noch, Hanna und sie hätten Streit gehabt vor Kurzem«, brummelte er und verschwand wieder im Durchgang Richtung Rückgebäude.

7. 1957 Zurück – Überführung

Murnau, Am Russenhaus/Wohnhaus Gabriele Münter, Frühling 1957

Die Stimme polterte vom Gartenzaun ums Eck des riesigen gelben Haussockels, polterte an der Staffelei vorbei und riss Hanna mitten aus ihrer Linie. Sie schreckte zusammen und zog gerade noch rechtzeitig den Pinsel weg. Unter dem viel zu großen Malerkittel, den Ele ihr gegeben hatte, spürte sie ihr Herz stolpern. Dann klopfte es schneller, in ihren Nacken biss wieder diese Furcht. Sie duckte sich hinter ihr Bild und den Rosenstrauch. So leise, so vorsichtig wie möglich, lehnte Hanna sich zur Seite und spitzte Richtung Straße. Sie zitterte und hoffte, der Mann am Gartenzaun hätte sie wegen der Haselnusssträucher und Rosenbüsche am Haus nicht bemerkt.

»Keine Angst«, hörte sie neben sich ein Flüstern. Gabriele Münter stemmte sich hoch von der Bank, die vor dem Haus mit den himmelblauen Fensterläden und dem blauen Dachgiebel stand. In Hannas Augen wirkte es wie ein verzaubertes Puppenhaus.

Vor dem Gartentor, außerhalb ihres Grundstücks, baute sich die Malerin auf, als wolle sie abschirmen, was hinter ihr zwischen dem Lieferwagen und dem Keller ihres Hauses geschah. Noch schwieg ihre Lehrerin. Hanna erkannte, wie Ele die Hände ballte.

»Das hättest du schon deutlich früher haben können – und schneller auch«, grölte der Mann.

Sein Lachen klang in Hannas Ohren eigenartig abgehackt, sein Körper schwankte ein wenig vor und zurück. Hanna schauderte vor der Häme in seiner Stimme, davor, dass er ein bisschen klang wie ihr Vater, ein bisschen aussah wie er. Sie mochte ihn nicht. Seit letztem Sommer war er immer wieder aufgetaucht bei Großmama, und jedes Mal hatte er sie so merkwürdig angesehen.

»Was willst du hier?«, fragte Ele. Ihre Stimme lauter als sonst, tiefer, eisig. »Du bist nicht willkommen hier, warst es nie.«

Hinter ihr balancierten zwei schrankgroße Männer eine in Stoffe gehüllte Leinwand vorbei und verstauten sie in dem Kastenwagen. Auf dem Rückweg ins Haus blieben sie an Eles Seite stehen. »Sollen wir ihm weiterhelfen – zurück in die Stadt?«, grollte einer der beiden.

Sie drehte sich um, lächelte. »Ich bin sicher, er ist schon dabei zu gehen.«

»Das kannst du gern glauben«, frotzelte die verzerrte Kopie von Hannas Vater. »Das ist meine Stadt. Das war sie schon immer. Das war sie, bevor du und dein Russenpack Murnau verschandelt habt.«

»Wir? Ach ja.« Ele winkte ab. »Dort entlang ist übrigens der Weg in die Stadt, oder wohin du auch gehörst … in deinen braunen Sumpf.«

Er hob die Faust, schwankte. »Du wirst auch noch über deinen Stolz fallen, alte Frau! Ich hab's immer gewusst, diese Schandwerke eurer Stümpertruppe! Verräter und Irre seid ihr … Eure Kritzeleien waren irgendwo in diesem räudigen Haus versteckt.«

»Mit Irren kennst du dich jedenfalls gut aus«, unterbrach sie seine Tirade.

»Ich hatte recht!«, brüllte er. »Und bei der zweiten Durchsuchung damals im Krieg war es verdammt knapp, nicht wahr? Beinah hätten wir dich erwischt und diesen entarteten Schund sichergestellt. Dein Glück war nur der seltsame Brand, mit dem mein nichtsnutziger, verräterischer Bruder unseren ganzen Trupp beschäftigt hat. Ganz unvermittelt. Es war wie verhext: Niemals konnte der Brandstifter gefunden werden.« Er hustete und spie ein Lachen aus. Wieder kippte er ein wenig nach vorn, taumelnd, und deutete auf den Lieferwagen mit den bereits geladenen Bildern. »Das wäre ein großartiges Feuer gewesen. Und du hättest endlich vernünftige Arbeit leisten müssen ... Kein Platz mehr für verräterische Gedanken!«, schob er hinterher.

»Das wäre dir recht gewesen: noch einen Menschen ins Konzentrationslager zu bringen! Weil dir die Meinung und seine Nase nicht gefällt.«

»Ordnung war das!«, knurrte er. »Und bald werden die Leute das wieder sehen ... Niemand braucht Schmarotzer wie dich und deine Künstlerfreunde. Niemand braucht Störenfriede, die unseren Kindern Schwachsinn in den Kopf setzen und uns die Haare vom Kopf fressen.«

Eiskalt lief ein Schauder über Hannas Rücken. Ganz leise trat sie noch einen Schritt zur Seite, um besser sehen zu können.

»Früher oder später hat dieser Schwachsinn ein Ende!«, drohte er. Hanna war nicht sicher, was er damit meinte.

»Früher oder später ...«, wiederholte die Malerin. »Eher früher als später werden die Menschen unsere Bilder sehen – in München und überall. Und die Bilder werden die Menschen inspirieren, zu neuen Ideen führen und Fragen in ihre Köpfe pflanzen. Fragen, was das für eine Welt ist, die neue Ideen verbietet, bevor sie entstehen. Was für eine Welt Kunst unterbindet, die Angst davor hat, sich zu entwickeln und sich einzugestehen, dass auch ein anderer oder eine andere, eine Fremde, ein Fremder, etwas Gutes und Neues schaffen kann, von dem alle profitieren, und nicht nur die, die ihren Reichtum beschützen wollen.«

Hanna hörte ein Rascheln, sie suchte eine Lücke zwischen den Rosen und Zweigen. Gabriele stemmte die Hände in die Hüften, ihre ganze Gestalt schien Funken zu sprühen. »Verschwinde!«

»Verreck doch, du …«

Mehr verstand Hanna nicht. Die beiden Männer mit dem Lieferwagen fielen ihm ins Wort. Sie brüllten Worte, die Hanna noch nie zuvor gehört hatte. Im nächsten Moment waren sie neben ihm und jagten ihn davon.

»Ich werde mir holen, was mir zusteht, alte Frau! Wirst schon sehen!«, krakeelte er.

Als Ele neben ihr stand, bemerkte Hanna, wie sehr der Malerkittel ihrer Lehrerin bebte. Ele zitterte. Mit einem Mal wirkte sie grau – wie die Blumen im Herbst, die man abgeschnitten, aber draußen vergessen hatte. Alt. Älter noch als ihre Oma. Vorsichtig legte Hanna den Pinsel weg und fasste nach Eles Hand. Trocken, brüchig wie Herbstlaub und eiskalt war sie. Hanna sah zu ihr hoch, und im nächsten Moment schlug die Malerin ihre Augen wieder auf. Ein Lächeln erschien auf ihrem Gesicht, und sie drückte Hannas Hand.

»Alles gut, Hanna«, wisperte sie. »Mach dir keine Sorgen.« Sie deutete auf die Leinwand. »Du hast das schon sehr gut gemacht.«

Hanna zupfte an dem Malerkittel über ihrem Kleidchen, sie zögerte. »Was passiert mit deinen Bildern? Die werden doch nicht verbrannt, oder?« Ihr Blick glitt zum Lieferwagen.

Ele legte ihr die Hand auf die Schulter, schüttelte den Kopf. »Meine Bilder und die von Kandinsky, von Werefkin, Jawlensky und all meinen anderen Freunden gehen nach München, Hanna. Dort werden sie ausgestellt. Und alle, die nicht nur ihre Augen öffnen, sondern auch ihr Herz und ihre Gedanken, können sie sehen. Zu meinem achtzigsten Geburtstag habe ich unsere Werke dem Lenbachhaus gestiftet. Damit niemand die Blauen Reiter vergisst. Damit niemand vergisst, dass immer etwas zurückbleibt in der Welt, dass man sie manchmal sogar verändert und selbst das schlimmste Unrecht übersteht. Wenn man seinem Herzen und seinem Mut folgt.«

»Du hast Geburtstag und die Geschenke sind für die anderen?« Hanna schluckte, blinzelte.

Ein Schmunzeln tanzte auf Gabriele Münters Gesicht. »Freust du dich über ein Geschenk, Hanna?«, fragte sie und wartete kurz die Zustimmung ab. »Stell dir vor, wie viele diese Bilder nun sehen können, mein Geschenk. Und wie viele sich darüber freuen. Ich gebe etwas her. Und so viel Freude kommt zurück«, schob sie hinterher.

Hanna spürte, wie die Malerin ihr eine Haarsträhne aus der Stirn strich. Beinahe verschwand der Gedanke an den Mann und an die Begegnung von eben.

8. Theres – Ver-Sucht

Oberammergau, Metzgerei & Tages-Bar Hack, Montagabend, ca. 19.00 Uhr

Das warme Licht hielt die Dämmerung vor dem Ladenfenster. Die Lampe über Theres' Lieblingsplatz in der Tages-Bar genügte, um den Raum in dunkles Gold zu tauchen.

Alle Bestellkisten waren abgeholt oder von Theres' *Hack-Flitzern* ausgefahren worden. Gerade verstauten die beiden Kuriere, die die heutige Tour übernommen hatten, ihre Liefertaschen und Jacken mit dem Logo der Hack'schen Metzgerei & Tages-Bar im großen Holzschrank. Im letzten Sommer war Theres beim örtlichen Schreiner, dem Verlobten ihrer Freundin Nayla, über das zeitlos-schlichte Stück Handwerkskunst aus der Region gestolpert. Im Herbst zog das wunderschön gefertigte Mehr an Stauraum in ihrem Laden ein. Dafür wanderten Theres' alte Weinregale zu Hanna ins Atelier. Pinsel und Farben fanden jetzt darin Platz, Stifte und Skizzen, wenn Theres sich richtig erinnerte.

Hanna. Theres spürte wieder diesen Stich im Magen. Ohne zu blinzeln, schlich ihr Blick vom Display ihres Handys zum Bildschirm ihres Laptops und weiter zu ihren beiden Kurieren. Die Stimme von Selina mäanderte durch den Raum, ab und an warf Tobi etwas ein. Theres' Finger schoben ihr Handy auf der Tischplatte hin und her. *Immer noch kein Ton von Hanna, Klara hat sich auch nicht gemeldet. Sehr eigenartig…Und was soll das für ein Streit gewesen sein zwischen den beiden? Aber vielleicht hat der Babba was falsch verstanden …*

»Am Mittwoch ist die nächste Tour, oder?«, riss Tobis Stimme sie aus den Gedanken.

Theres zuckte kurz zusammen. Erst jetzt bemerkte sie ihn und Selina neben sich, beide sahen sie erwartungsvoll an. Für einen Moment hob Wolfin die Hundeschnauze und drehte sich herüber, dann legte sie sie wieder auf ihre Vorderläufe – beinahe wie gelangweilt.

»Sorry! Ich hab den Kopf gerade anderswo. Was hast du gesagt?«, hakte Theres nach.

»Am Mittwoch sind wir wieder da – für die nächsten Auslieferungen der Bestellungen«, brachte Selina den Einsatzplan zur Sprache.

»Gleiche Uhrzeit wie immer«, nickte Theres.

»Dann mach's gut, Res! Pfiadi und: *See ya!*« Selina klopfte auf den Tisch und drehte sich ab Richtung Tür.

Theres schaffte ein Lächeln. Dann fiel ihr noch etwas ein. »Sagt mal: Hanna habt ihr nicht zufällig irgendwo gesehen auf eurer Runde?«

Beide runzelten die Stirn, zuckten die Schultern. »Sorry, leider nein«, kam fast gleichzeitig zurück.

Nach einem letzten Gruß glitt die Tür hinter ihnen zu.

»Babba?« Theres wartete einen Moment vor dem Durchgang zum Rückgebäude. Wolfin tapste zu ihr und schaute den Gang entlang, als würde sie lauschen. Theres wuschelte mit den Fingern durch ihr Fell, rief ein weiteres Mal. Nichts.

»Wo steckt er denn, Zefix.« Seufzend setzte sie sich wieder an ihren Laptop, die Hündin drängte sich an ihre Seite. »Wenigstens du bist da«, murmelte Theres, bevor sie auf ihrem Handy wieder die Anzahl der eingegangenen Nachrichten prüfte – null – und den Browser mit den Tagesnachrichten auf mögliche Unfälle hin überflog.

Im nächsten Moment verfluchte Theres sich. Die Türglocke bimmelte durch den ganzen Raum und fuhr bis in ihre Knochen. Ihr Blick schoss hoch, ihre Mundwinkel unvermeidlich auch. Sofort verbannte sie das Lächeln wieder. Ihr Hirn kickte ihr die Erinnerung zu, dass sie eigentlich wütend war auf die Gestalt im Türrahmen.

»Schau an, der Herr Kommissar gibt sich die Ehre«, grummte sie, richtete sich auf und schaffte es gerade noch, nicht über Wolfin zu stolpern und sich an der Tischkante zu fangen.

»Ohhh, hey, hallo, Grüß Gott, schön, dich zu sehen! Wie geht's? Das wäre wohl eine angemessene Begrüßung« Ein gerüttelt Maß an Sarkasmus spickte Toni Baurieders Worte. Seine Daumen steckten in den Taschen der Jeans unter seinem Trenchcoat, der Schal lose über dem Hemd gebunden. Etwas Grau schimmerte in seinem Bart, in den Haaren fiel es stärker auf, oberhalb der raspelkurzen Seiten seines Undercuts. Er lächelte, als wäre alles wie immer.

Theres stemmte die Hände in die Hüften. »Nicht dein Ernst, oder? Sind deine Daumen kaputt oder dein Diensthandy? Und das von deinem Chef auch? Oder lässt die Oberammergauer Polizeidienststelle die Leute einfach nur gerne warten? War das damals zu deiner Zeit in München auch so?« Sie schnaubte, beugte sich ein wenig nach vorn. »Oder gibt es in eurem Universum montags keine Personen, die unauffindbar und weder telefonisch noch sonst irgendwie erreichbar sind und derentwegen sich jemand sorgt?«

Seine Hände schoben sich abwehrend vor die Brust. »Nur weil du vergangenes Jahr den richtigen Riecher mit dem Thaller-Mord hattest, Metzgerin, bedeutet das nicht, das hinter allen Unregelmäßigkeiten gleich ein Verbrechen steckt. Und auch wenn hier nicht der Hotspot der Crime-Scene ist – Sollinger und ich sind nicht deine persönliche Polizei-Patrouille.«

»Ach, aber ich bin dein persönlicher Wein-Dealer und Essenslieferant, feierabends und feiertags und immer, wenn sich dein Kühlschrank in ein schwarzes Loch verwandelt und dir der Hungertod droht. Früher war die Tages-Bar sogar dein Ersatz-Wohnzimmer. Auch außerhalb der Dienstzeiten. Aber wenn es dir nicht in den Kram passt, gilt das natürlich nicht.«

»Jetzt machst du Äpfel zu Birnen, Frau Hobby-Ermittlerin. Die Polizei ist Ansprechpartner für alle Bürger und nicht nur für manche im Besonderen. Und außerdem …«, setzte er an und steuerte auf den großen Tisch zu, an dem Theres eben noch gearbeitet hatte. Wolfin stellte sich ihm auf halber Strecke in den Weg. Die Hündin drängte sich gegen ihn, bis seine Finger durch das Strubbelfell pflügten.

»Trottel!« Theres dehnte das Wort, eine Angewohnheit aus ihrer Zeit in Wien. »Meinst' ich mach das, weil mir grad öd ist?«

Tonis Kinn schob sich vor. »Außerdem hab ich dir gestern geschrieben wegen unseres Sonntagsspaziergangs. Was war los? Soweit ich weiß, funktionieren Internet und WhatsApp nach wie vor.«

»Jagd«, knurrte Theres. Sie setzte sich auf die Tischkante, die Arme verschränkt. »Als ob du jetzt nicht Äpfel mit Birnen vergleichst, Toni. Es geht um Hanna, vielleicht ist ihr was passiert! Nicht um einen gemütlichen Sonntagsspaziergang, den man jederzeit nachholen kann.«

Er rollte mit den Augen. »Das heißt: Deine Finger sind ans Gewehr gewachsen ohne die geringste Chance, eine Nachricht zu schicken, geschweige denn eine Absage? Bin ich dir nicht mal drei Wörter wert? Ich dachte, der Sonntagsspaziergang ist das beste neue alte Stück Tradition der letzten Monate?«

»Die einzige Konstante im Leben ist die Veränderung«, kramte Theres ein Zitat von Heraklit aus den Tiefen ihres Gedächtnisses.

»Zitate toter Griechen gelten auch nicht als Antwort«, konterte er. »Oder weichst du mir aus?«

Zefix! Himmelherrschaftsmannsbildnochmal! Sie versuchte die Wut zu schlucken, die sein kleinliches Ablenkungsmanöver in ihr zündete, mahnte sich zur Ruhe.

»Schau, Toni: Ich mag unsere Spaziergänge. Aber wenn mal was dazwischenkommt, ist das kein Weltuntergang. Sollte es jedenfalls nicht sein. Und eine Pflichtübung auch nicht.« Sie fuhr sich mit der Hand über die Stirn. »Aber jetzt geht es um Hanna. Ich mach mir Sorgen, der Babba auch. Schließlich ist sie seine älteste Freundin hier in Oberammergau, seit die Mama weg ist. Ihr könnt doch nicht einfach nicht antworten, der Anton und du! Ihr seid doch die Polizei. Und ich bin Bürgerin. Ihr müsst mich nicht besonders behandeln – vor allem nicht besonders ignorieren. Du weißt doch, dass ich keine bin, die sich wichtigmacht.« Theres presste die Lippen aufeinander. »Und der Babba ist jetzt auch noch verschwunden.«

Toni wich ihrem Blick aus, räusperte sich, seine Schultern sanken ein wenig, als lenkte er ein. »Also, Theres, es ist so …« Er unterbrach sich. Dann umrundete er Wolfin und stellte sich neben sie an den Tisch. »Vielleicht hast du recht. Aber wir haben Vorgaben für Vermisstenanzeigen. Oder besser gesagt: Eine große, offizielle Suchaktion können wir noch nicht einleiten. Sollinger und ich haben dir nicht geantwortet, das stimmt. Aber das heißt nicht, dass wir nichts tun. Und jetzt bin ich ja da – wegen Hanna.«

»Aha«, sagte sie, musterte ihn abwartend. »Und was genau tut ihr?«

Sein Handy plingte, gleich darauf ein weiteres Mal und noch mal. Dann klingelte es. Toni zog das Smartphone aus der Tasche, runzelte die Stirn und starrte von ihr zum Handy. Den Anruf nahm er nicht an. Dann war er an der Tür. »Dienstlich«, sagte er und wandte sich zum Gehen.

»Und die Hanna, und der Babba?«, warf sie ihm hinterher. »Du kannst doch nicht einfach …«

Er hob die Hand zum Gruß, drehte sich aber nicht mehr um. »Keine Sorge, alles gut, Theres.« Mehr Erklärung ließ er ihr nicht.

Vor ihrer Metzgerei sah Theres dem Kommissar hinterher. Über ihm schnitt der Berg mit seinen Kanten in das Wolkengrau. Wie immer. Als veränderte sich nichts – für niemanden, niemals. Die Straßen, die Häuser, der Friedhof, die geschnitzten Figuren – alles gleich wie immer. Zumindest schien es so. Bis zu dem Wimpernschlag, der alles veränderte.

Ein Wimpernschlag.

Nur der Berg blieb. Der Kofel.

Drinnen im Laden fluchte Theres noch einmal, lauter und tief aus dem Bauch. »*Kreizkruzefünferl!* Sturschädel. Der kann doch nicht einfach verschwinden!« Dann schnappte sie sich ihr Handy. Sie schrieb dem Einzigen, der sie verstehen würde. Paul. Sie lächelte beim Gedanken an ihn. Keine dreißig Sekunden später war die Antwort da. »Halbe Stunde ist perfekt«, las sie.

Zurück am Tisch, öffnete sie die Facebook-App, flog über die Tagesereignisse. Dann Instagram. Hannas Status wurde als Erstes angezeigt in der Reihe der Kreise mit den tagesaktuellen Fotos und Videos, die sich nach vierundzwanzig Stunden automatisch löschten. Theres runzelte die Stirn, als sie das gepostete Bild sah. Ein bisschen Wald, ein Ausschnitt von einem Wegstück entlang eines Bachlaufs – ein Schnipsel wie von einem ganz normalen Spaziergang, den Hanna noch vor wenigen Stunden unternommen haben musste. *Vielleicht ein Anhaltspunkt, von dem aus sich schließen lässt, wo Hanna verblieben ist,* überlegte Theres. Sofort löste sie ein Bildschirmfoto von Hannas Instagram-Story aus, tippte dazu eine Nachricht an Klara, und eine schoss sie Toni und seinem Vorgesetzten, Hauptkommissar Anton Sollinger, hinterher.

9. Klara – Datenspuren

Oberammergau, in einer Bar, am Computer,
Montagabend, ca. 19.00 Uhr

Klara stemmte die Fersen gegen die Fußstütze des Barhockers und sondierte jeden Winkel des Lokals. *Montagabend in Oberammergau ist nicht gerade Rushhour in Bars.* Sie klappte das Notizbuch neben ihrem Laptop auf.

Ja, warum auch nicht?, dachte sie. Dann beugte sie sich nach unten und hielt Ausschau nach einer Steckdose, entdeckte eine ganz am anderen Ende der Wand. Dorthin, ins Eck, verlegte sie ihren Platz. Bevor sie ihren Laptop wieder aufklappte, bestellte sie über die Handy-App Süßkartoffelpommes und Rhabarber-Schorle. Sie ergänzte die Tischnummer, die sie auf einem runden Magnetbutton in der Tischmitte entdeckte.

»Alles klar, Nummer siebzehn! Kommt sofort!« Der Barkeeper zwinkerte ihr zu. Sein langes, dunkles Haar trug er zu einem Zopf. Seine Brauen waren ebenso dunkel, seine Augen deutlich heller. Einen Bart trug er nicht. »Bist du vor Kurzem hierhergezogen? Ich hab dich hier noch nie gesehen. Und wie ein Tages-Touri siehst du nicht aus.« Er versuchte Small Talk.

Klara versuchte, freundlich zu sein. Sie unterband ein ungeduldiges Schnauben. »Ich bin nicht von hier, ich komme aus München. Eigentlich war ich …« Sie unterbrach sich und deutete auf den Laptop. »Ich bin zum Arbeiten hier und muss dringend noch was fertigstellen.«

»Wir haben WLAN, kostenfrei«, rief er vom Tresen herüber und deutete auf eine Tafel mit den Zugangsdaten. Mit einem Tuch in der Hand angelte er eines der Gläser und polierte es. »Ich bin erst Ende letzten Jahres hergezogen.«

Klara nickte. Ihr Blick wanderte wieder in Richtung Bildschirm. Dann fiel ihr ein, dass ein wenig Konversation und ein Lächeln selten schadeten. »Bist du dann auch bei den Passionsspielen dabei? Nächstes Jahr finden sie doch jetzt statt, oder?«, fragte sie.

»Die Rollen waren schon alle verteilt.« Ganz leicht zuckte er die Schultern. »Zu spät, kann man nix machen. Ich heiße übrigens Erik. «

Ihr Blick glitt durch ihn hindurch, aber ihr gelang ein Lächeln. *Ein kleiner Flirt in Oberammergau – genau das, was mir jetzt zu meinem Glück fehlt … Nicht!*, schloss sie das Ganze gedanklich ab.

»Freut mich, dich kennenzulernen, Erik. Wirklich nett hier«, wich sie aus. Gut konditioniert wechselte ihre Miene zu freundlicher Unverbindlichkeit. Klara richtete den Bildschirm ein wenig auf und versteckte sich dahinter.

Sie startete die Standort-App, deren Aktivierung Hanna Woche um Woche verweigert hatte, Klara starrte darauf, seufzte, wechselte zu Instagram und Hannas Account. Das Bild von dem Waldspaziergang in Hannas Storys, das Bild, von dem Theres ein Display-Foto geschickt hatte, musste irgendwo in der Nähe entstanden sein. Ihr Blick zuckte kurz zur Bar, Erik polierte weiter seine Gläser.

Auf ihrem Laptop ignorierte sie das offene WLAN der Bar, stellte stattdessen über ihr Handy einen Hotspot her. In einem neuen Browser-Fenster öffnete sie Facebook, loggte sich als Administratorin auf der Seite ihrer

Großmutter ein. Als wäre alles wie immer, als müsste sich niemand Sorgen machen und Fragen stellen, setzte sie einen Post für Hanna ab. Als wäre sie nicht vermisst oder verschwunden. *Business as usual.*

»Lass es dir schmecken, Nummer siebzehn!« Neben ihrem Laptop platzierte der Barkeeper ihre Bestellung, zwinkerte erneut und wartete einen Moment. Als sie nur mit einem kurzen Lächeln reagierte und sofort wieder auf den Bildschirm sah, trabte er zurück hinter die Bar.

Anschließend loggte sie sich in die Cloud ein, die sie ihrer Großmutter zu Beginn des Projekts eingerichtet hatte. Die aktuellste Version der Datei mit Hannas Geschichte kopierte Klara auf ihren Rechner. Schließlich öffnete sie noch das Administrationsprofil von Hannas Website. Das Weblog zeigte fünf fehlgeschlagene Anmeldeversuche. *Seltsam.* Klara runzelte die Stirn. Sie passte ein paar Einstellungen an. Die Infos rund um die Kunst, die Werke und Unterrichtsstunden ihrer Großmutter ließ sie aktiv, die anderen Seiten – die neuen, die mit Auszügen aus Hannas Geschichte – deaktivierte sie. *Nur um alles richtig zu machen. Nur für alle Fälle,* versicherte sie sich und legte die Gabel zur Seite.

Im Hintergrund hatte ihr Algorithmus eine IP-Adresse ausfindig gemacht. Die Anmeldeversuche gingen aufs Konto dieser Adresse. Was das bedeutete, oder auch nicht – darüber würde sie sich bei ihrer Rückfahrt nach München Gedanken machen. Erst mal zog sie das Notizbuch näher heran und öffnete parallel die Datei mit Hannas Geschichte.

10. Babba – Stufenweise

Oberammergau, in Hannas Haus,
Montagabend, ca. 19.30 Uhr

Josef Hack hielt den Atem an. Das Klingeln endete. So leise wie möglich balancierte er über die Holzdielen im ersten Stock zur Treppe. Aus dem Fenster über dem Eingang konnte er auf die Straße vor Hannas Haus sehen. Unter dem Glaselement von Hannas Haustür zeichneten sich im Dämmerlicht dunkle Schemen ab. Er tippte auf einen Mann. Wie von selbst krallte sich seine Hand um den Holzlauf des Geländers, die andere schob sich hinter seinen Rücken. »Sacklzement«, zischte er.

Metall kratzte auf Metall – jemand war am Schloss. *Hanna kann es nicht sein – wer klingelt schon an der eigenen Haustür? Die Nachbarn vielleicht?* Er hörte, wie sich die Tür öffnete. Durch den Stoff seiner Hosentasche tastete er nach seinem Handy. Er trat vom Geländer zurück, duckte sich in die Schatten der fremden Wände. Die Tür schnappte auf. Er sah einen Arm. Nur kurz schloss er die Augen und wünschte, er hätte sich mehr beeilt.

»Vielleicht waren all deine Jahre in München doch nicht so nutzlos«, konstatierte jemand an der Tür und trat ein.

Ein weiterer Mann folgte. »Solange nur niemand davon erfährt«, antwortete er.

Die zwei. Josef Hack unterdrückte ein Seufzen. *Ausgerechnet.*

Noch begnügten sich die beiden Männer mit dem Licht von draußen, lauschten. Von nirgends sonst drang ausreichend Helligkeit in den Eingangsbereich. Die Luft, das Haus fühlte sich mit einem Mal voll an. Stoff raschelte irgendwo, als die Tür zugezogen wurde, die Angeln knarzten. Den Luftzug vom zerbrochenen Fenster in Hannas Wohnzimmer spürte Josef Hack bis in den ersten Stock an seiner Wange. *Ich hoff, die meinen nicht, ich war das ...*

Der Erste trat ein Stück weiter in den Gang neben der Treppe. Mitten in der Bewegung hielt er inne, drehte den Kopf. Um dessen Unmut zu erkennen, benötigte Josef Hack kein weiteres Licht. Er seufzte, ging einen Schritt auf dem Treppenabsatz nach vorn und erwischte den Schalter. Mit einem Schlag wurde es hell in Hannas Eingangsbereich. Er blinzelte und schickte ein Stoßgebet zum Herrgott. Seine linke Hand verbarg er hinter dem Rücken – und das, was er darin hielt, eines von Hannas Notizbüchern. *Merken's bestimmt nicht.*

Hauptkommissar Anton Sollinger hob den Arm und winkte ihn herunter. »Oh Gott, Sepp. Ernsthaft?«

Sein Kollege, Kommissar Toni Baurieder, blieb nickend an der Tür stehen und schob die Hände in seinen Mantel. »Die Hacks …«, sagte der ehemalige Münchner Kommissar, grinste noch mehr, »immer da, wo man sie am wenigsten braucht.«

Sollinger räusperte sich. »Ein Besuch im Haus einer vermissten Person ist nicht unbedingt eine übliche Freizeitbeschäftigung, auch wenn man selbst und die eigene Tochter zusätzlich eine Vermisstenmeldung abgesetzt haben. Die Erklärung dafür würd ich jedenfalls gern hören.«

»Was?« Josef Hack rieb sich den Nacken, Stufe für Stufe stieg er herab und hielt den Schlüssel hoch, den Hanna ihm anvertraut hatte. Auf der vorletzten blieb er stehen. »Ich bin nicht eingebrochen, wenn du das meinst, Anton. Den Ersatzschlüssel von Hanna hab ich schon seit Jahren. Wie seid ihr noch mal hier reingekommen?«

»Durch die Tür«, antwortete Baurieder schneller als sein Vorgesetzter.

Josef Hack seufzte. »Hannas Haus auszuräumen treibt mich jedenfalls nicht um.«

Toni Baurieder hob die Hände, ein schiefes Großstadtlächeln auf dem Gesicht. »Wir ermitteln, obwohl Hanna offiziell noch nicht als vermisst gilt. Aber na ja ... Ein, zwei Fragen sind da erlaubt, wenn wir unerwartet jemand in einem Haus antreffen, in dem er eigentlich nicht wohnt.« Ohne eine Antwort abzuwarten, redete er weiter. »Ergibt jedenfalls wenig Sinn, die Terrassentür zu zertrümmern, wenn du einen Schlüssel hast, Hack. Also: Was machst du hier?«

Einen Moment presste Josef Hack die Lippen aufeinander. Der Arm hinter seinem Rücken mit dem Notizbuch wurde schwerer, er richtete sich auf. »Die Tür«, begann er. »Ich war das nicht. Ich war heute Nachmittag hier, irgendwann nach zwei. Da war die Tür noch ganz.«

Anton räusperte sich. »Worauf willst du hinaus?«

»Hanna war nicht wie üblich bei unserem wöchentlichen Kaffee, ich bin hierher, um nach ihr zu sehen. Aber ich habe nur geklingelt, auch bei den Nachbarn. Niemand hat sie gesehen. Am Sonntagabend war aber noch Licht.«

»Du hast den Schlüssel also beim ersten Mal, als du heute Nachmittag hier warst, nicht benutzt?«, fragte Baurieder nach.

»Jetzt hab ich ihn benutzt«, antwortete Josef Hack. »Ihr Sohn war am Sonntag da.« Er fuhr sich über die

Stirn, schnaubte. »Ich dachte, vielleicht finde ich seine Nummer hier. Die Telefonnummer. Vielleicht weiß er, wo sie ist.«

Antons Blick wanderte zu seinem Mitarbeiter. »Und jetzt haben wir eine vermisste Person und einen …«, er machte eine kurze Pause, »… eine zerbrochene Fensterscheibe. Wir sehen uns das gleich mal an.«

Baurieder räusperte sich. »Nur um sicherzugehen: Hanna ist nirgendwo im Haus? Auch nicht bewusstlos oder verletzt, richtig?«

Josef Hack trat die letzten Stufen hinab neben die beiden Polizeikommissare. In seinem Hals drückte dieser riesige, zähe Kloß. »Meinst, ich bin …« Seine Stimme brach. »Nein. Im ganzen Haus nicht – vom Keller bis zum Dachboden – ist sie nicht.« Er schnappte nach Luft und schluckte. Der zähe Kloß blieb.

Anton Sollinger nickte. »Nachsehen müssen wir trotzdem, Sepp. Das verstehst du, oder? Noch mal zu der zerbrochenen Glastür: Ist das ein Einbruch, was denkst du? Oder einfach ein Fenster, das den Ball der Nachbarskinder abgekriegt hat? Hast du irgendwas gesehen, irgendwas bemerkt, das nicht so ist wie sonst, irgendwas verwüstet? Oder kannst du vielleicht schon sagen, ob etwas fehlt?«

Josef Hack öffnete den Mund. Zögerte, biss sich auf die Unterlippe und hoffte, keiner der beiden Kommissare bemerkte sein Zaudern. Er musterte Anton, dann Baurieder, den Ex-Münchner. Er seufzte. »Nicht ganz …« Josef Hack schüttelte den Kopf, dann zog er den Arm hinter dem Rücken hervor und hielt das Notizbuch hoch. »Der Punkt ist: Ein paar ihrer Bücher sind weg, drei Stück.«

Stirnrunzelnd legte Sollinger seine Hand aufs Treppengeländer. »Was sind das für Bücher?«

»Hannas Notizen«, brummte Josef Hack und schlug das Buch auf, blätterte durch die Seiten. »Sie hat daran gearbeitet, die Geschichte über ihr Aufwachsen, ihre Jugend und auch die dunkleren Teile ihrer Familiengeschichte zu veröffentlichen.«

»Notizbücher?« Baurieders Blick wanderte von ihm zum Hauptkommissar. Er wischte sich übers Gesicht. »Hat sie das alles per Hand festgehalten, keine Dateien, keine Sicherungskopien? Das gibt es doch nicht! Wir sind im 21. Jahrhundert! Selbst eine Künstlerin kann sich dem Digitalen nicht verschließen. Und Hanna schon gar nicht. Jedenfalls bin ich heute bei meiner Recherche auf etwas gestoßen: Ihre Website und …« Er runzelte die Stirn. »Wenn ich mich recht erinnere, waren dort Auszüge aus ihrer Lebensgeschichte.«

»Die Notizbücher sind die Entwürfe, die Rohversion. Darin hat sie alles von Anfang bis Ende grob zusammengefasst. Nach und nach wollte sie das übertragen. Auf ihrer Website hat sie … Schnipsel, die sie mithilfe ihrer Enkelin zusammengestellt hat«, erinnerte sich Josef Hack.

»Okay«, sagte Sollinger. »Die Bücher also. Vielleicht hat sie sie aber auch nur woanders verstaut. Das finden wir heraus. Sonst etwas, das fehlt? Wertgegenstände?«

Josef Hack schüttelte den Kopf. »Von allein verschwinden die Bücher nicht.«

Baurieder legte den Kopf schief. »Vielleicht hat sie die Bücher schon ihrer Enkelin gegeben?«

»Depp«, knurrte Josef Hack. »Weshalb dann nicht alle sechs? Wer sollte nur drei mitnehmen und die anderen zurücklassen? Oben in ihrem Nachtkästchen waren nur noch drei Stück. Die Aufzeichnungen, die noch da sind, betreffen ihre jüngere Vergangenheit, also eher die Zeit in München und die letzten Jahre.« Er hielt das Buch hoch. »Die fehlenden erzählen von Hannas Leben davor in Murnau.«

Baurieder richtete sich auf, er runzelte die Stirn. »Vielleicht hat Hanna sie auch bei sich. Ja, wir wissen nicht, wo sie ist, aber im Moment kann das alles heißen, nicht nur das Schlimmste. Jedenfalls glaube ich nicht, dass dafür jemand ein Fenster einschlägt.«

Josef Hack zuckte mit den Schultern. »Sie hat von einem Streit in ihrer Familie erzählt, mit ihrer Enkelin vielleicht, die war fast jede Woche hier. Da kommt es schon mal zu Reibereien. Aber ich bin nicht sicher, und ich will auch keine Gerüchte in die Welt setzen. Jetzt ist Hanna verschwunden und die Bücher auch.«

»Keine Gerüchte, also?« Anton Sollinger zog die Augenbrauen hoch, der spottende Zweifel in seinem Gesicht war nicht zu übersehen. Dann deutete er auf seinen Kollegen. »Okay. Wir machen hier unsere Arbeit, Baurieder und ich nehmen das alles auf. Dann sehen wir weiter. Vielleicht löst sich alles in Wohlgefallen auf.« Der Leiter der Polizeidienststelle Oberammergau musterte Josef Hack. »Gut wäre allerdings, wenn wir dich grundsätzlich zu Hause antreffen würden und nicht zufällig in fremden Häusern.«

Josef Hack grunzte. »Wo sonst?«

»Wo sind die anderen Bücher, sagst du?«, fragte der Hauptkommissar, und Josef Hack furchte die Stirn. Er deutete nach oben zum Schlafzimmer, Sollinger nickte. »Das sehen wir uns an, Baurieder!«

Im nächsten Moment schob sich der Ex-Münchner an seinem Vorgesetzten und Josef Hack vorbei und stieg die Treppe hinauf. In der Mitte angekommen, hielt er noch einmal kurz inne. »Hack, wie sieht's aus mit dem Notizbuch in deinen Händen? Glaubst du, du kannst dich für die polizeilichen Ermittlungen freiwillig davon trennen?«

Josef Hack drückte dem Hauptkommissar das Buch in die Hand.

Anton Sollinger öffnete die Haustür für ihn. »Wir melden uns, sobald wir etwas wissen oder noch Fragen haben«, verabschiedete er sich. Nieselregen begrüßte Josef Hack, als er nach draußen trat.

Nach einem Umweg entlang der Ammer tauchte die Metzgerei & Tages-Bar in Josef Hacks Sichtfeld auf, Theres' Metzgerei, seine, die seiner Familie. *Wie sie sich verändert hat. Alles. Wir.* Er gähnte. Durch das Wolkenband um den Gebirgszug stießen ein paar mondsilberne Strahlen. Er rieb sich übers Gesicht, Bartstoppeln kratzten an seinen Händen.

Vorne im Laden war noch Licht, aber es war nicht Theres, die er dort sitzen sah.

11. 1962 Zurück – Das blaue Haus

Murnau, Am Russenhaus/Wohnhaus Gabriele Münter, Frühling 1962

Noch einmal und so intensiv wie möglich sog Hanna die Aussicht auf. Das Haus mit dem riesigen gelben Sockel leuchtete, die Blüten und Blumen sprenkelten den Garten wie Farbtupfer. Die Fensterläden so blau wie Vergissmeinnicht. Darüber die ebenso blaue Dachkante, die sich in einem Bogen über die weiße Holzverkleidung der oberen Stockwerke spannte. Die Bank vor dem Sonnengelb, die Gestalt, die auf ihr saß, wirkten wie dunkle, zu hastige Pinselstriche – ins Bild gestolpert.

Als Hanna sich dem Gartenzaun näherte, entdeckte sie keinen Pinsel in Gabrieles Hand. Müde sah die Malerin aus, zusammengesunken, ihr schneeweißes Haar wie zu dünne Federn.

»Ele?«

Erst als Hanna vor ihrer Lehrerin stand, öffneten sich die Lider der alten Frau, Fältchen gruben sich um das Lächeln zwischen ihren Mundwinkeln.

»Da bist du ja«, krächzte sie. Ihre Stimme plagte sich mit jedem einzelnen Wort.

»Ele«, wiederholte Hanna. »Heute ist das letzte Mal.« Sie griff nach der Tasche mit ihren Pinseln.

Die Malerin stützte sich auf die Bank und richtete sich auf. Ihr Kopf, ihre Glieder zitterten. Sie reichte ihrer Schülerin die Hand und ließ sich hochziehen. »Ist es jetzt so weit?«, fragte sie.

»Bei meiner Großmutter darf ich nicht länger sein. Es kam ein Brief vom Gericht«, murmelte Hanna und drehte einen ihrer Zöpfe zwischen den Fingern. »Sie ist zu alt, und allein … seit Opa gestorben ist.«

»Hat er dich also geholt.« Gabriele seufzte, strich sich eine weiße Haarsträhne hinters Ohr.

Hanna griff die Tasche mit ihren Pinseln fester. »Gestern wollte er mich mitnehmen, aber gefunden hat er mich nicht. Ab nächster Woche muss ich zu ihm, sonst schickt er die Polizei. Ich hab ihn von der Stube bis in die Dachkammer gehört. Er will mich nicht in der Nähe vom Russenhaus sehen, sagt er.«

Schmale, weise, müde Augen musterten Hanna, Gabriele nickte schließlich. »Ich verrate dich nicht«, zwinkerte sie. »Komm!« Mit gekrümmten Fingern, winkte sie Hanna mit sich. »Es wird Zeit.« Durch die Tür schlurfte die Malerin voran, ihrem eigenen Schatten hinterher. Durch die Fenster fiel noch ausreichend Licht.

»Warum heißt es so: Russenhaus?«, fragte Hanna und zupfte wieder an ihrem Zopf.

Gabriele hielt inne, drehte sich zu ihr. Auf ihrem Gesicht milderte das Lächeln die Jahre und die Sorgen. Sie nahm Hannas Hand und setzte sich auf eine der Treppenstufen. Dann deutete sie in den Raum.

»Keiner hat das hier entdeckt. Bilder und Bilder und noch mal Bilder hatte ich hier. Jedes einzelne hätte mich ins KZ gebracht.« Die Malerin räusperte sich, und ihr Blick glitt in die Ferne. »Murnau war immer Labsal für unsere Seelen. Damals – weit vor dem ersten Krieg – verließen wir im Sommer München, und hier, im Blauen Land, wurden unsere Köpfe frei. Und doch ging es uns immer um unsere Arbeit. Der Austausch machte uns besser. Von Werefkin, Jawlensky, Kandinsky kamen damals aus Russland für die Kunst nach München, dann hierher nach Murnau. Wir kannten nur eine Nationalität: Künstler.« Die Malerin sah für einen Moment zu Hanna, dann erzählte sie weiter. »Das Haus gehört mir seit 1909, seine Türen standen immer offen für Freunde, Kollegen. Mit Franz Marc veränderten wir die Kunst, die Blauen Reiter hinterließen Spuren. Doch, wie es ist, kam Streit. Von Werefkin überwarf sich mit Jawlensky. Kandinsky …«

»… hat dein Herz gebrochen.«

»Gebrochen …«, wisperte Gabriele Münter. Ein Schatten löschte das Lächeln und das Leuchten in ihren Augen. Die Malerin seufzte. »Wir zerstritten uns, trieben auseinander – er und ich, wir alle schließlich.«

Ele fasste sich an die Brust. Ihr Atem ging schneller, ihre Blicke hetzten durch den Raum, als würde sie etwas bedrängen, als würden mit einem Mal seine Wände enger wie in einem bösen Traum. Sie nahm Hanna an der Hand und lenkte sie mit sich zurück in den Garten auf ihre Bank. Mit dem Blick auf den blühenden Blumenkreis, das samtige Gras wurde sie ruhiger. Der seltsame Schatten auf ihrer Miene blieb. *Sorge vielleicht, oder eine dunkle Erinnerung,* überlegte Hanna.

Nach einer Weile fuhr Gabriele fort, kopfschüttelnd. »Die Nationalsozialisten wollten unsere Spuren auslöschen. Kunst wie unsere haben sie als entartet erklärt. Kunst – entartet!« Sie schüttelte den Kopf. »Alles, was sich ihnen nicht beugte.« Sie richtete sich auf. »Auch wenn Groll gewesen war, zwischen den anderen und mir. Von ihren Werken habe ich zusammengeholt, was ging. Hinter der Remisentür zum Keller war alles versteckt.« Sie schnaubte. »Gott, hatte ich Angst. Zum Essen hatten wir beinah nichts – manchmal von deiner Großmutter ein paar Krumen Brot, Eier. Aber die Bilder, die habe ich behalten, oder besser: wir. Johannes und ich. Johannes Eichner war mein Glück in dem Schmerz der scheinbar so Goldenen Zwanziger. Er war meine Stütze.« Die Malerin fasste Hannas Hand, drückte sie. »Die Bilder hätten mich beinah umgebracht. Im Mai 1945 waren die Braunen viermal im Haus, haben es durchsucht. Gefunden haben sie nichts, was sie zerstören konnten. Mit leeren Händen mussten sie davonschleichen.«

»Sie haben nicht das Geringste gefunden?«

Gabriele schüttelte den Kopf, suchte ihren Blick. »Die Wut darüber tragen manche noch immer mit sich. Dein Onkel.«

»War *er* auch dabei, damals? Er, mein …« Hannas Stimme brach.

Die Malerin hob das Kinn, die Furchen ihrer Stirn wurden noch tiefer. »Zwei Dinge merk dir, Hanna: Du kannst dich eine Zeit lang verbiegen und dadurch überleben. Das geht. Aber irgendwann musst du freilassen, was du bist, und dich gegen das stellen, was falsch ist. Sonst frisst es dich auf, sonst fressen dich diese Menschen auf. Satt werden sie nie.« Gabrieles Blick glitt in die Ferne. »Am Anfang hatten wir Angst, aber wir dachten, all das ist nicht so schlimm. Sie haben angefangen uns zu verteufeln, die Künstlerinnen und Künstler, unsere Kunst, die Juden, die Ausländer, die … anderen. Und wir? Wir haben uns angepasst, weggeduckt. Wir dachten, das ist die einzige Möglichkeit zu überleben. Aber überleben ist nicht genug«, sagte sie, ihre Augen wurden glasig. »War es nur Angst, oder war es die Illusion, die wir so gerne glauben wollten, dass wir nicht auffallen und keinen Ärger auf uns ziehen, wenn wir uns nur tief genug in den Dreck ducken? Ich sage dir,

Hanna: Diese Menschen finden dich immer, weil sie dich finden wollen, weil sie wollen, was du hast, und immer mehr wollen … für ihre eigene Gier. Zu schweigen und sich wegducken ist falsch! Damit lässt du dem Unrecht Raum, damit lässt du zu, dass auch anderen dieses Unrecht geschieht, damit trägst du – damit trägt jede, jeder, der schweigt – ebenso Schuld daran. Das ist das eine«, sagte sie. »Dein Vater war nicht dabei. Nie. Aber …«

»Mein Vater ist tot.«

»Durch einen Autounfall starb er«, erinnerte sich die Malerin. »Als du noch sehr klein warst.«

Hanna schluckte, ihr Blick verlor sich. »Aber der andere nicht.« Sie fuhr herum zu Gabriele. »Und er darf immer noch leben, und er darf mich meiner Oma wegnehmen, er darf dich anschreien, er darf immer noch alles tun, was er will und mit wem er will, als wäre er grundgut vor dem lieben Gott und all den Leuten, als wäre niemals etwas Schlimmes geschehen.« Sie ballte die Hand, in ihrem Bauch kochte die Wut. »Wieso hat niemand etwas gesagt? Als es vorbei war, meine ich.«

Gabrieles Kopf ruckte zu ihr, sie kniff die faltigen Lider zu schmalen Schlitzen zusammen. »Als es vorbei war«, murmelte sie. »Ja.« Dann sank ihre ganze Gestalt ein wenig zusammen, als schämte sie sich. Ihre Stimme war kaum mehr als ein Flüstern. »Die Angst«, begann sie, schüttelte den Kopf. »Nein, Angst hatten wir die Jahre davor. Dann war es vorbei – der Krieg, die willkürlichen Verhaftungen, die Menschen, die einfach verschwanden und nie wiederkamen, die Durchsuchungen, all die Jahre der Furcht und des Versteckens, dieses Leben mit dem Fuß in Ketten. Wir erwachten aus einem Albtraum, und jeder wollte ihn so schnell wie möglich vergessen.« Der

Blick der Malerin verlor sich. »Bequemlichkeit, Verdrängen. Wir wollten diesen Monstern und der Erinnerung entkommen – so schnell es ging. Wir wollten die Tür hinter uns verrammeln und in eine bessere Zukunft rennen, ohne zurückzublicken.«

»Aber das, was hinter der Tür bleibt?«, fragte Hanna. »Was dort überlebt?«

Die alte Frau räusperte sich. »Wer will schon daran denken, dass dort etwas überlebt, wuchert. Wir haben die Tür zur Vergangenheit mit all ihren Schrecken geschlossen und unsere Augen verdeckt.« Ganz leicht zitterte sie. »Wie dumm. Als ob etwas verschwindet, nur weil man es übergeht.«

Noch einmal drückte Gabriele Hannas Hand, ihre Haut fühlte sich an wie zu dünnes Pergament. »Merk dir eines, Kind: Menschen, die lieben, tun furchtbare und furchtbar dumme Dinge. Du musst schützen, wen du liebst. Du musst verzeihen. Und gegen Unrecht musst du aufstehen – sei besser als wir! Sonst frisst deine eigene Feigheit dich auf. Sonst verrätst du dich selbst am Ende. Und alles, wofür du stehst.«

12. Paul – Eindrücke

Oberammergau, Metzgerei & Tages-Bar Hack, Montagabend, ca. 19.30 Uhr

»Beinah wie früher«, rief Paul ihr hinterher.

Theres verschwand im Durchgang zum Rückgebäude, wo ihr Büro war und die Kühlung. Sie schickte ihm ein Lachen zurück in den Laden.

»Welches *Früher* meinst du genau?«, fragte sie.

Er starrte ihr nach. Hinter ihm, vor dem großen Schaufenster, streckte sich Wolfin. Er blickte kurz über die Schulter und sah, wie sie ihre langen Glieder neu sortierte, dann drehte er der Hündin wieder den Rücken zu.

Von nebenan drang Theres' Stimme zu ihm. »Früher, als wir als Kinder die Wurst aus der Kühlung stibitzt haben? Oder wir unsere Essenspäckchen aus dem Wurstvorrat zusammengeräubert haben, für die Rock-Festivals, die wir uns so hart von unseren Eltern erkämpft haben? Oder …« Sie verstummte.

Paul hörte ihre Schritte stoppen. Nach einem Moment des Zögerns stapfte sie weiter, die Tür zur Kühlung quietschte, und er hörte die massive Tür zufallen. Er runzelte die Stirn. *Oder …* Das Wort kreiselte in seinem Kopf. Er schreckte zusammen, als sie ein paar Sekunden später wieder bei ihm im Raum stand.

»Oder nach meiner Zeit in Wien – die Abende nach dem Umbau der Metzgerei …«, knüpfte sie an. Ein Schatten lag auf ihrem Gesicht. Sie hob die Brauen, ihre Mundwinkel bewegten sich minimal nach oben. Als wäre ein »Mehr« an einem Tag wie diesem einfach zu viel.

Paul bemerkte, dass Theres' Lächeln nicht annähernd ihre Augen erreichte. Davor hatte er es kurz geschafft, es dorthin zu bringen. Bevor sie nach hinten gehuscht war, um Weißwein zu holen. Sie hatten sich unterhalten, sie hatte ihm erzählt von Hannas Verschwinden und dem ihres Vaters, von ihrem Tag. Er hatte sie abgelenkt, wie früher, und sie hatte gelächelt. Er unterdrückte ein Seufzen.

Auf dem Weg zum Tisch öffnete sie die Weinflasche, dann schenkte sie ihm nach. »Die Abende früher, als wir noch die alten Öffnungszeiten hatten und deine Ohren nach den ganzen Gebeten und Beichten und Gottesdiensten wund genug waren, um den Tag ausklingen zu lassen. Oder was du im Dienste des Herrn sonst noch alles machst«, fuhr sie fort. Theres deutete nach oben, als zielte sie direkt durch die Decke in den Himmel.

Pauls Blick blieb bei ihr, er suchte nach der richtigen Antwort. *All das und mehr…*, schoss ihm durch den Kopf und beinahe auf die Zunge. Im letzten Moment schluckte er die Worte hinunter, schnaubte. Tief atmete er durch.

Hinter Paul schrammte die Ladentür über die Fliesen und streifte die unvermeidliche Bimmel. Er schreckte zusammen, unmittelbar veränderte sich Theres' Miene. Sie sprang auf.

»Wieso sperrt eigentlich keiner ab, wenn der Laden nicht geöffnet hat?«, rollte vom Eingang ein Brummen durch den Raum. Theres' Vater stapfte herein.

Theres war mit drei Schritten an der Tür. Ihre ganze Haltung manifestierte vor allem eins: Erleichterung. »Solang du nicht durch Glas und Wände gehen kannst, beschwer dich lieber nicht!«, frotzelte sie zurück.

Paul hörte die Wärme in ihrer Stimme. Dann tat sie noch einen Schritt nach vorn und schlang die Arme um ihren Vater. »Depp«, mumpfte sie. »Kannst du nicht sagen, wohin du gehst? Es reicht, dass Hanna verschwunden ist. Wo warst du denn, Zefix?«

Josef Hack brummte Unverständliches, umarmte seine Tochter, bis sie sich löste. In Pauls Richtung warf er einen kurzen Gruß. »Servus, Paul. Keine Seelen in der Kirche?«

Paul legte die Hände in den Nacken und dehnte seinen Rücken. »Montagabend – nicht unbedingt Primetime«, erwiderte er, streckte sich nach einem weiteren Weinglas, stellte es auf dem Tisch ab und sah ihren Vater an. »Auch Wein? Zur … zum Abschluss des Tages.«

»Oder Schnaps.« Josef Hack räusperte sich, er zog sein Handy aus der Hosentasche und legte es auf den Tisch. Er berichtete kurz von seiner Begegnung mit den Kommissaren. »Paul«, begann er. »Sag, wann hast du eigentlich zuletzt von Hanna gehört?«

Theres' Augen wurden schmal, ihre Lippen nicht mehr als ein Strich, an ihrem Hals spannten die Sehnen und Muskeln ihre Haut. Sie sah von ihrem Vater zu Paul. »Stimmt, du hast vorhin von deinem Spaziergang mit ihr erzählt, Paul. Wann war das noch? Mein Hirn, das Sieb.« Sie drückte die Hand an die Stirn, dann grinste sie. »Wundert mich eh, dass Hanna so regelmäßig den geistigen Beistand der Kirche sucht. Ausgerechnet sie!«

»Da spricht genau die Richtige! Du Gscheiderl!«, schoss Paul zurück. Übertrieben legte er die Hand an sein Kinn. »Tu mal nicht so überrascht. Als wäre ich als Priester ausschließlich für das Wohl der Seele und die Interpretation von Psalmen zuständig. Wir unterhalten uns ja auch über alles Mögliche jenseits von Kirche und Glaube. Du glaubst doch nicht, Hanna, deine Patin, ist da anders als du?« Paul verdrehte mit gespielter Ironie die Augen und wandte sich Josef Hack zu. »Letzten Freitag war das noch. Jedenfalls: wie jede Woche zum Spaziergang – im Wald, durchs Dorf oder am See. Hanna kennt viele Sagen der Gegend. Mit ihr darüber zu diskutieren, ist immer spannend. Religion brauchen wir da nicht. Das bleibt außen vor.«

»Sagen?« Theres' Augenbrauen schoben sich amüsiert nach oben.

Paul entging der Spott in ihrer Miene nicht. »Geschichten sind wie Codes, wenn man die Augen und den Geist dafür offen hält.«

»Dein neues Hobby?«, zog sie ihn auf.

»Theres!«, zischte ihr Vater, als mahnte er ein Kind zur Ruhe. Deutlich stand die Sorge im Gesicht des ehemaligen Metzgers. »Hat Hanna irgendwas Ungewöhnliches erzählt, oder hatte sie irgendwelche Treffen für diese Woche geplant?«, fragte er und stieg über die Bank neben Theres. Beinah in einem Zug leerte er sein Weinglas.

»Wegen denen sie vergessen haben könnte, euer Treffen abzusagen?«, ergänzte Theres.

Paul zuckte die Schultern, grübelte kurz. »Die letzten Male hat Hanna öfter erzählt von ihrer Zeit mit Gabriele Münter. Und Hanna war unsicher, wie sie damit umgehen soll, wenn sie ihre Geschichte jetzt veröffentlicht – zum einen in Bezug auf ihre Familie, aber auch in Bezug auf sich selbst. Ihre Geschichte beginnt nach dem Krieg, nach der NS-Zeit, aber Hanna sieht sich und manche ihrer Entscheidungen sehr kritisch.« Er kratzte sich an der Schläfe. »Letzten Freitag war sie ziemlich aufgebracht wegen ihrer Familie. Da muss es eine arge Diskussion gegeben haben.«

Theres runzelte die Stirn. »Mit diesen Erlebnissen setzt sie sich gerade wohl häufiger auseinander. Unsere Unterhaltungen gingen auch in diese Richtung. Die Malerin, die Blauen Reiter und der Umgang mit der Kunst und den Menschen in der Zeit des Krieges und danach.«

Nickend stimmte ihr Vater zu. »Wegen Hannas Plänen gab es scheinbar etwas mehr Verstimmungen in der Familie. Sie hat das letzte Woche angedeutet, allerdings nicht konkret mit wem und weswegen. Aber nachdem ihre Enkelin jede Woche da war … Die Jugend hat ja nicht immer dieselben Ansichten dazu, was jemand anderes tun oder lassen sollte.« Er warf seiner Tochter einen vielsagenden Blick zu, begleitet von einem halben Grinsen.

»Babba …«, seufzte sie. Sie schüttelte den Kopf. »Schließt du gerade andeutungsweise von Hanna und ihrer Situation auf dich und mich, oder wie darf ich das verstehen?« Theres beugte sich ein wenig nach vorn zu ihm. »Du weißt doch, Babba, du darfst Beschwerden jederzeit offen äußern, die nächste Woche gibt's dann halt nur Wasser und Brot in diesem schrecklichen Gefängnis, das dir die Jugend mit ihrer anderen Ansicht hier geschaffen hat.«

Über die Ironie in Theres' Worten und ihr spitzbübisches Zwinkern musste Paul grinsen. Josef Hack winkte ab. »Ist ja schon gut. Mein Fleisch und Blut ist da natürlich eine Ausnahme«, gab er in derselben Ironie zurück. »Aber noch mal zu Hanna: Als ob sie kein Recht hätte auf ihre Geschichte oder darauf, diese zu erzählen, so wie sie es für richtig hält.«

»Recht?«, wiederholte Paul. »Sicher hat sie das. Und sie kämpft zunehmend wegen ihres eigenen jahrelangen

Schweigens mit sich. Hanna wollte aber auch mir gegenüber nicht konkreter werden, über was und mit wem sie Streit hatte. Ich habe ihr angeboten zu schlichten. Aber es ist doch immer so: Es gibt nun mal in jeder Familie irgendetwas, über das alle Beteiligten am liebsten schweigen würden – seit Ewigkeiten. Das Schweigen-Wollen könnte genauso gut von ihrem Sohn ausgehen. Bevor wir also Klara den Schwarzen Peter zuschieben, warten wir doch erst mal, ob Hanna mehr dazu erzählt oder ob sich das Ganze in Wohlgefallen auflöst, wie bei den meisten Familienkabbeleien. Nicht wahr?« Er warf Theres und ihrem Vater einen intensiven Blick zu.

Theres' Augen verengten sich. »Wie viel von ihrer Geschichte hat sie dir erzählt?«

Paul zuckte mit den Schultern. »Einiges, denke ich. Und: Ich habe einen USB-Stick von Hanna. Sie hat mich gebeten, noch mal drüberzulesen, bevor sie weitermacht.« Er hielt kurz inne, senkte die Stimme. »Und den Stick für sie sicher zu verwahren.«

»Das hat sie gesagt? Sicher verwahren?« Josef Hack beugte sich vor. »Du hast ihre Geschichte?«

Paul bejahte. »Nächsten Freitag kriegt sie meine erste Rückmeldung dazu.« Er spürte den Blick von Theres' Vater auf sich.

Josef Hack schnaubte, schüttelte erschöpft den Kopf. »Hanna ist seit Stunden nicht erreichbar. Deine Zuversicht in allen Ehren, Paul, aber Hoffnung zu verbreiten, die am Ende zerplatzt wie Seifenblasen … Wem nützt das?«

Theres angelte sich ihr Handy. »Moment mal! Vorhin habe ich noch dieses Bild vom Spaziergang in Hannas Instagram-Story entdeckt …«

»Story?« Josef Hack furchte die Stirn.

»Das sind Bilder auf Instagram, die vierundzwanzig Stunden verfügbar sind und dann wieder verschwinden«, erklärte Paul.

Theres bestätigte. »Ihr Post in der App ist erst ein paar Stunden alt und von irgendwo aus dem Wald, irgendwann gegen Mittag entstanden. Ich hab es direkt weitergeleitet an die Tonis und auch an Klara, vielleicht erkennt sie es wieder. Vielleicht war sie schon mal an dem Ort mit Hanna.« Die grünen Sprenkel im Graublau ihrer Augen traten stärker hervor. »Vielleicht … Was, wenn sie gestürzt ist und irgendwo im Krankenhaus liegt, aber noch niemandem Bescheid geben konnte?« Sie wandte sich an ihren Vater. »Hast du es bei ihrem Sohn versucht?«

»Keine Nummer.« Er verneinte.

Paul überlegte kurz. »Ich seh mal nach, was ich von Hanna alles in meinen Unterlagen finde. Vielleicht ist seine Nummer mit dabei.«

»Meinst du, sie könnte nicht doch mittlerweile bei sich zu Hause sein?«, überlegte Theres.

Josef Hack hob den Kopf, und aus seiner Hosentasche fischte er den Ersatzschlüssel. »Geht ihr? Noch mal nachschauen?« Seine Worte begleitete ein Minimum an Ton. »Zur Sicherheit.«

»Sollten wir im Vorfeld etwas wissen?« Theres suchte den Blick ihres Vaters.

Nach einer kurzen Weile seufzte er. »So wie vorhin hab ich das bei Hanna noch nie gesehen, die Schubladen halb geöffnet, die Rollen mit den Bildern umgekippt, bei manchen ragen die Leinwände heraus. Das macht man doch nicht als Malerin. Und die Papiere auf dem Schreibtisch, alles kreuz und quer.«

»Klingt nach mehr als dem üblichen Künstler-Chaos«, hakte Theres ein. »Ich kenne Hannas Zuhause auch eher ordentlich.« Paul nickte zustimmend, ihr Vater hob die Arme, sie marschierte nach hinten ins Büro und kehrte mit ihrer Jacke wieder zurück.

Vor der Tür beugte Theres sich hinab zu Wolfin, und die Hündin quittierte ihre Geste mit einem zufriedenen Brummen.

Auf dem regennassen Teer, zwischen regennassen Häusern tappten Hundepfoten zwischen Theres und Paul.

Paul duckte sich in den Kragen seiner Jacke, ohne dem Nass von oben zu entkommen. »Was ist das für ein Schreiben, das du in deinem Notizbuch versteckst? Ich hab gesehen, wie du das Blatt vorhin äußerst hektisch weggeräumt hast, als ich in den Laden kam.«

»Nichts«, schnappte sie. Wolfin drehte den Kopf zu ihnen und knurrte leise. Ihr Schwanz sprang hin und her und verriet, dass sie nicht ernsthaft verstimmt war. Auf dem Weg zum Pfarrhaus blieb die Hündin am Eisenzaun stehen, der das Pilatushaus und den kleinen Garten dazu umgab. Die Blätter der Buchsbäumchen glänzten noch dunkler, und der Jesus hing noch einsamer vor der Kulisse der Fassadenmalerei zur biblischen Handwaschung, und im Hintergrund der Kofel.

Theres warf eine Geste in Richtung des riesigen Kreuzes am Zaun. »Oh heiliges Klischee«, schnaubte sie. »Wie im Film, ein dunkles Omen. Wenn ich's nicht besser wüsste, würde ich mich umdrehen und nachsehen, wo die Kamera ist.« Sie warf den Kopf in den Nacken, an ihren Handflächen das klamme Regennass ihrer Jacke.

Paul sah zu ihr. Sie wich seinem Blick aus, seinen Fragen. Er kannte diesen Ausdruck auf ihrem Gesicht nur zu gut und was er bedeutete. *Sie hat etwas angestellt und will die Sache selbst und ohne Hilfe wieder geradebiegen. Wenn das mal nicht wieder schiefgeht …*, schoss es ihm durch den Kopf. Wie von selbst wanderte seine Hand den Unterarm hinauf. Trotz Jacke fühlte er am Ansatz des Ellbogens unter seinen Fingerspitzen den Wulst, der sich dort über den Knochen zog. Die Narbe verdankte er Theres, und er erinnerte sich noch sehr gut, was passiert war und wie leicht die Narbe zu vermeiden gewesen wäre.

Paul stapfte schweigend neben Theres her und hing einer Kindheitserinnerung nach: wie gelb das Kettcar war, auf dem sie gemeinsam den Hang hinuntersausten, wie der Rahmen krachte und brach, wie sie sich überschlugen und im stachelig kalten Weidezaun landeten. Theres riss sich den Stoff ihrer Hose auf, ein Fetzen davon blieb am Gitter hängen. In der Zwischenzeit verlor er den Kampf gegen die Schwerkraft, blieb am Draht des Zauns hängen und rutschte auf der Wunde noch etwas weiter über Kiesel und Erde und Gras. Als sie sich aufgerappelt hatten und nach Hause geschlurft waren, schmuggelte Theres ihn durch die Kellertür ins Haus. Sie fand Tausende Salben im Apothekerschrank ihrer Mutter, und jede brannte schlimmer als die davor. Sie beschwor ihn, niemandem zu verraten, dass sie ihren Hausarrest gebrochen hatte für einen heimlichen Kettcar-Ausflug, an dessen Ende nicht nur das Kettcar kaputt, sondern Paul auch noch verletzt war – durch ihre

Schuld. Er biss die Zähne zusammen, er schwieg. Dann entzündete sich die Wunde. Er erinnerte sich, wie seine Mutter ein paar Tage später im Behandlungszimmer des Arztes würgte, angesichts seines gelb-eitrigen Ellbogens. Wie sie danach wetterte und über dem Haus der Hacks eine Sturmfront lostrat.

Theres' Stimme riss ihn aus seinen Gedanken. »Weißt du was, Paul?«

»Weißt du was, Theres? Apropos dunkle Omen … Diese Geheimniskrämerei, die hat noch niemandem was gebracht. Du brauchst doch nur an die Thallers denken und die ganze unschöne Geschichte um deren Mord. Hätten alle mal mehr miteinander geredet und die Karten auf den Tisch gelegt … Oder unser Kettcar-Unfall, weißt du noch? Willst du denn immer noch alles allein regeln? Also, was war das für ein Brief?«

Sie schnaubte. »Depp!«

»Sagst du's, bevor uns der Regen durchgeweicht hat? Oder willst du testen, wie oft ich falsch rate, was in dem Schreiben steht?« Er beobachtete sie aus dem Augenwinkel.

Ihre Schultern sackten herab. Sie fluchte. »Ich wollt's vorhin auch schon dem Babba sagen, ehrlich!«, schwor sie. »Aber dann war die Sache mit Hanna, und …«

»Und einen weiteren Schock wolltest du ihm nicht zumuten?«, ergänzte er. »So schlimm also?«

Theres starrte geradeaus und nickte. »Es geht um die Abschussquote fürs Rotwild in der kommenden Jagdzeit. Wenn wir in unserem Jagdrevier nicht deutlich mehr erlegen als vergangenes Jahr, blüht uns eine saftige Strafe.«

»Fuck.« Paul wischte sich den Regen aus dem Gesicht. »Ich dachte, es läuft entspannter bei euch?«

Theres zuckte die Schultern. »Eigentlich dürfen wir uns nicht beschweren. Irgendwas wird mir schon einfallen, wie ich das zurechtbiege.«

Der Abstecher zum Pfarrhaus wegen der Nummer von Hannas Sohn hatte am Ende nur die Erkenntnis gebracht, wie lang das Freizeichen ertönt, bis der Anruf durch die Telefongesellschaft beendet wird. Bei Hanna angekommen, bückte sich Paul nach dem zerfledderten, nassen Papierbündel am Boden und deutete auf die Tür. »Du hast den Schlüssel, Theres«, erinnerte er sie daran, aufzusperren.

»Vor allem hab ich ein schlechtes Gefühl.« Der Schlüssel wanderte zwischen ihren Fingern und schließlich ins Schloss. »Wundert mich ja, dass nicht gleich alles mit Absperrbändern verhängt ist.«

»Ich weiß, aber ist ja erst mal nur ein Einbruch. Stell dir vor, was passiert, wenn Toni und Anton hier Absperrbänder aufhängen. Ganz Oberammergau stünde vor der Tür und würde tausend Theorien entwerfen, was mit Hanna passiert sein könnte. Zumindest wissen wir ziemlich genau, was uns erwartet. Aber lass uns dennoch nachschauen. Oder kannst du jetzt einfach so beruhigt nach Hause gehen?«, fragte er.

Theres schüttelte den Kopf. Sie trat ein, Paul folgte ihr. Nach einer nicht allzu langen Weile standen sie wieder am Eingangsbereich.

»Natürlich keine Spur von ihr. Zefix.«

In Theres' Stimme hörte Paul die Enttäuschung. Sie deutete in Richtung Wohnzimmer. »Wie der Babba gesagt hat. So hab ich das bei Hanna noch nie gesehen.«

Paul stimmte ihr zu. »Aber für eine zerbrochene Tür, für einen Einbruch, beinahe zu wenig Durcheinander.

Als hätte jemand etwas sehr Bestimmtes gesucht«, überlegte er.

»Kannst du dich an mehr erinnern, was Hanna dir zu ihrer Geschichte erzählt hat, oder ihren Zweifeln?«

»Alles zusammen – der USB-Stick, den sie mir gegeben hat, ihre eigenartige Stimmung dazu, der Streit, von dem sie mir und deinem Vater erzählt hat, die zerbrochene Tür und das Chaos in ihren Unterlagen – wirkt nicht gerade beruhigend«, fasste er zusammen. »Aber solang wir nicht wissen, was mit Hanna ist und wo sie steckt, sind das alles nur verrückte Spekulationen.«

Unter zusammengeschobenen Brauen musterte sie ihn, dann zog sie ihr Handy. »Ach komm schon, Paul, das ist nicht dein Ernst. Solltest du dir nicht als Erster Sorgen machen? Du, der Hüter der Schäfchen? Ich denke …« Sie hielt kurz inne. »Und ich sage das als die …«

»Du bist auch so ein Schaf«, bellte er durch ihren Satz. »Und bitte – sag's einfach nicht! Du bist die, mit dem *Boandlkramer* im Schlepptau, Frau Metzgerin.«

»Jägerin«, knurrte sie.

»Das hilft uns in Bezug auf Hanna auch nicht weiter.«

»Depp!«, gab Theres zurück. »Ich sag nur: Es ist gerechtfertigt, sich zumindest Sorgen zu machen. Und: Es ist Zeit für einen kurzen Anruf.«

Paul seufzte, gab auf. Er wusste, sie hatte recht. Sein Blick wanderte noch einmal durch den Flur.

»Ihr Stock fehlt«, bemerkte er. »Und ihre Wanderschuhe auch. Aber für Stenz hat sie nur die kleine Tasche für die Leckerli dabei, nicht für sein Futter. Wirkt nicht so, als hätte sie ein längeres Wegbleiben geplant.«

»Ach, Zefix, Paul … Erst willst dir keine Sorgen machen und dann noch mal alles ordentlich aufblasen!«

Er drehte sich zu ihr. »Erzähl mir nicht, du siehst nicht die geringste Wahrscheinlichkeit, dass Hanna etwas zugestoßen sein könnte.«

Ihr Blick lag eine Weile auf ihm, bevor sie antwortete. »Hoffnung … Vielleicht ist das wirklich das Schlimmste überhaupt, Paul.« Dann lag ein eigenartiger Schatten über ihrem Gesicht, sie ließ ihn nicht aus den Augen.

Pauls Gedanken verselbstständigten sich. *Was? Ach Theres, verdammt!* Er runzelte die Stirn. *Was meint sie damit schon wieder? Die Sache mit Hanna? Oder die Situation allgemein, oder etwas ganz anderes … oder uns?* Für einen Moment wägte er ab nachzufragen, im nächsten wandte sie sich ab. Er presste die Lippen aufeinander. Der Moment war vorbei.

13. 1964 Zurück – Besitz & Bekanntschaften

Murnau, Haus von Hannas Onkel, 1964

Hannas Blick gefror über ihrem Schreibheft. Bis nach hinten in die Küche hörte sie das Stochern des Schlüssels in der Haustür, viel zu laut hallte es durch die Stille des Flurs, durch die Stille des Freitags. Die Uhr über der Eckbankgarnitur zeigte kurz nach drei, nachmittags. Eine Zeit, zu der sich ihre Tante immer zu Kaffee und Kuchen mit ihrem Damenkränzchen traf. Ihr Cousin übte irgendwo mit seinen Schützenvereins-Kumpanen Luftgewehrschießen. Und sie sollte längst fertig sein mit den Hausaufgaben – fertig und außer Haus. Sie schluckte. Und er sollte nicht hier sein, nicht an diesem Ort, der jetzt ihr Zuhause zu sein hatte. Ob sie wollte oder nicht.

Ein wenig schob Hanna das Schulbuch von sich weg, über den zerkratzten Küchentisch, lauschte.

Grobes Männerlachen polterte durch den Flur, eine jüngere Stimme dazwischen. Mindestens ein Gast begleitete den Mann, der der Bruder von Hannas Vater war. Sie verschwanden im Wohnzimmer. Ohne zu riskieren, dass die Stuhlbeine über den Boden schrammten, zwängte sie sich von ihrem Platz und schlich zur Tür, linste in den Flur. Zwei fremde Schuhpaare, zwei fremde Jacken an der Garderobe. Durch das kreisrunde Glasfenster der Haustür fiel das Nachmittagslicht. Hanna tat einen weiteren Schritt, näherte sich dem Raum mit den Männern. Unter ihren Schuhen knarzten die Dielen, sofort schallte ihr Namen durchs Erdgeschoss. Sie sank in sich zusammen. Wie eine Magd rief der Mann sie ein weiteres Mal. Ihr Onkel.

Hanna zwang sich weiterzugehen. Sie wusste gut genug, was geschehen würde, wenn sie es nicht tat. Sie rieb ihren Oberarm, erinnerte sich an das letzte Mal, als sie sich davongeschlichen hatte. Schließlich trat sie in den Raum. Vier Bier sollte sie bringen und ihren Cousin. Nachdem sie erwähnte, wo er war: drei. Eins für diesen Jungen, der mit den Männern auf dem Sofa saß, der kaum älter war als sie. Für seinen Vater, der sie eindringlich musterte von Kopf bis Fuß. Er war einer der Männer, die sie auf den Bildern gesehen hatte, in Uniform, dekoriert mit Orden. Die Fotos standen in der Schrankwand im Wohnzimmer. Ein Orden für den Bruder ihres Vaters, der sie geholt hatte, nach dem Tod ihres Großvaters, der sie zwang, ihre eigenen Bilder zu verstecken, genau wie ihre Gedanken und ihre Fragen.

Bei Hannas Rückkehr brannte der Blick des Jüngeren kurz auf ihr. Auf den wulstigen Lippen seines Vaters klebte ein Lächeln, als sie die Bierflaschen öffnete und vor ihnen auf den Tisch stellte. »Von einer Tochter hast du gar nichts erzählt. Ein ordentliches Mädchen für einen feinen Soldaten, ein sauberes Weib, eine pflichtbewusste Mutter für die Kinder der nächsten Generationen.«

Sie wusste nicht, was er meinte. Sie wusste, es gefiel ihr nicht. »Ich? Jemandes Weib? Niemals!«, schnappte sie. Im nächsten Moment brannte ihre Wange von der Ohrfeige ihres Onkels.

»Dummes Ding!«, zischte der Mann, der Widerworte hasste.

Der Freund ihres Onkels wandte den Blick nicht ab, auch nicht, als die Hand gegen Hannas andere Wange klatschte. Nach seinem Bier greifend, grinste der Jüngere, trank. Mehr noch schien er sich daran zu betrinken, wie das Echo des Schlags verklang, wie Hanna im Raum stand und den feuchten Schimmer in ihren Augen wegzublinzeln versuchte.

»Raus!« Sie hörte die Verachtung in der Stimme ihres Onkels. Dann prosteten sich die Männer und der Bursche zu. Sie lachten auf, und ihr Onkel sagte etwas dazu. Dann hörte sie die Worte des anderen, die leiser wurden.

Sie blieb vor dem Wohnzimmer neben dem Türstock stehen, drängte sich näher an die Wand, lauschte und linste in den Raum. Fingerknöchel klopften auf den Tisch, ein Räuspern. »Dein Bericht und deine positiven Zeugenaussagen haben mich vor diesem ganzen Entnazifizierungs-Schwachsinn und Gutmenschentum gerettet. Im Kreisverwaltungsamt hat mir das damals die Abteilungsleitung gesichert. Und jetzt leite ich das Amt«, sagte der Gast.

Ihr Onkel lachte. »Eine Hand wäscht die andere, nicht wahr? Dass du mich befördert hast, hat auch mir nicht unbedingt geschadet, und auch der Familie nicht.«

»Und wir werden sehen, was wir noch füreinander tun können – für unsere Familien, unsere Kinder. Stück für Stück machen wir aus unseren Plänen wieder Leben«, stellte der Freund ihres Onkels heraus und hob das Glas.

»Und füllen unsere Taschen am meisten«, prostete ihr Onkel ihm zu, glucksend. »Mit den richtigen Verbindungen und Verbündeten.«

Der Gast trank einen weiteren Schluck. »Daran erinnert zu werden, was vor zwanzig Jahren war, steht den Leuten bis über die Ohren. Keiner kann es mehr sehen, keiner will mehr darüber reden. Die Leute werden müde. Aber unsere Freunde sitzen immer noch an den richtigen Stellen«, erklärte er. »Wir sind auf einem guten Weg.«

»Kunst, Freiheit, Vielfalt – dass ich nicht lache! Ins Chaos führt das. Seit zwanzig Jahren haben sie all das. Und nun? Sie werden müde. Die Menschen brauchen eine starke Hand und Führung«, stimmte ihr Onkel zu. »Aber die wird wiederkommen. Wir wissen, wie es geht und was uns zusteht. Wie dieses Haus, das meiner Familie zusteht.«

»Hast du nicht schon zum Ende des Krieges hier gewohnt und dieses Pack des Hauses verwiesen?«, fragte der Gast. »Weshalb, überhaupt, durften sie zurück?«

Ihr Onkel nickte und grollte. »Sie hatten noch die Wohnung über ihrem Kramerladen. Ich wünschte, wir hätten damals bedacht, das in die Bücher einzutragen. Nicht nur diese neunmalklugen Kaufleute zu bestrafen, weil sie wieder und wieder gedacht haben, sie stehen über unseren Regeln. Sie haben geglaubt, ihr Geld, ihr dummes Geschäft berechtigen sie, sich mit anderen Dahergelaufenen zu verbünden, wie mit dieser Malerin, die sie immer wieder unterstützt haben, oder anderem Gschwerl, das sie durchgefüttert haben, statt uns zu unterstützen und unsere Kameraden, denen das Vaterland etwas bedeutet. Ein paar Jahrzehnte zuvor waren sie auch nichts als Fremde hier. Eindringlinge, die Glück hatten.« Seine Bierflasche knallte auf den Tisch. »Und die wieder Glück hatten, als der Krieg vorbei war.«

»Die Schwiegerfamilie deines Bruders stammt gar nicht von hier? Aber das war deren Haus, nicht wahr? Und seit ein paar Jahren wohnst du nun wieder hier mit Frau und Sohn?«, fragte der andere.

»Du weißt doch, wie das ist«, begann der Mann, mit dem Hanna unter demselben Dach wohnen musste. Er wartete, bevor er weitersprach. Hanna schob sich ein wenig nach vorn, um besser zu verstehen. Ihr Herz schlug bis in ihre Ohren, dröhnte in ihrem Kopf. Und sie glaubte beinahe zu spüren, wie es erstarrte. Er lachte und fuhr fort. »Man braucht das richtige Druckmittel. Ich hab gedroht, dass das Balg wegkommt, in ein Heim, wenn sie meinen Bedingungen nicht zustimmen. Das Mädchen ist das Einzige, was dieser Schachtel geblieben ist. Und was will sie denn allein, seit ihr Mann unter der Erde ist. Glaubst du, sie hätte eine Chance gegen mich? Eine Treppe, ein kleiner Schubs ...«, deutet ihr Onkel an. »Immerhin hat mir geholfen, dass auch im Jugendamt einer der Kameraden sitzt. Er hat schnell eingesehen, dass eine alte, verwitwete, verräterische Hexe nicht die richtige Wahl ist, um ein Kind großzuziehen.«

»Deswegen ist die Kleine bei dir?«, fragte der Gast.

»Jedenfalls bestimme ich die Bedingungen. Und wenn sie nicht erfüllt werden, endet der Kontakt«, führte ihr Onkel aus. »Das Waisengeld ist ein netter Bonus dabei. Und die Alte ist ... alt. Hanna ist die einzige lebende Erbin. Und Hannas Vormund bin jetzt ich.«

»Wie ich sehe, hast du eine gute Lösung gefunden. Ich habe eine gute Verbindung ins Baureferat, wenn es mal so weit ist. Manchmal kann ja selbst ein kleiner Sturz tödlich sein«, referierte der Freund.

Eine kurze Pause, ein Lachen, Stoff raschelte. Hanna schauderte.

»Und darüber hinaus: Mein Fritz hier ... Er könnte dir sicher eine gute Unterstützung in deiner Abteilung sein, in der Murnauer Kämmerei. Seinen Ohren entgeht nichts, und Gesichter merkt er sich gut.«

Wieder ein Lachen.

»In der Murnauer Kämmerei würde dir Fritz äußerst hilfreich sein. Nicht wahr? Und wer weiß, was sich in ein paar Jahren für deinen Gerd nicht noch alles ergibt. Schließt er nicht dieses Jahr die Schule ab? Mein Mädchen und dein Gerd sind fast gleich alt, meine Ute. Ein braves Kind. Ich könnte sicher eine gute Stelle für ihn finden.«

Flaschen klangen aneinander. Alle drei stimmten ein Prost, einen Trinkspruch, an. »Auf die richtigen Verbindungen – zusammen in allen Zeiten.«

»Eine Hand für die andere!«

Sie hörte die Stimmen, wieder stießen die Flaschen aneinander. Ein weiterer Schauer jagte über Hannas Rücken. Auf Zehenspitzen schlich sie davon.

14. Anton – Zufälle

Oberammergau, Polizeistation, Dienstagmorgen

Der Morgen sprühte Niesel an die Scheiben von Anton Sollingers Bürofenster. Träges Grau stahl sich von draußen herein, besetzte den Raum, dehnte sich über die gesamte Polizeidienststelle Oberammergau aus und streckte sich hungrig nach dem weiteren Tag. Der Fluch seines Kollegen Baurieder schepperte bis hoch zu Anton ins Büro – das Büro des Dienststellenleiters. Hauptkommissar Anton Sollinger hob seinen Blick von den aktuellen Neuerungen und Dienstanweisungen auf seinem Bildschirm und nahm die Hände von der Tastatur. Einen Moment wartete er, ob dem Fluch noch weitere Ausführungen folgten.

»Geht's um die Meldung der Kollegen aus Murnau?«, rief Anton und verließ seinen Schreibtisch. Vom Türstock aus überblickte er die Amtsstube. Nach einem guten Jahr war die Stelle der ehemaligen Kollegin Floriane Dinklmeier noch immer nicht besetzt. Ihr Fehlen fühlte sich nach all den Monaten noch immer unwirklich an. Und noch genauso falsch. Aber die Zeit blieb ebenso wenig stehen wie die glücklichen Momente, und Florianes Geschichte war nun einmal eine, die das Leben fortgetragen hatte. In seiner Dienststelle blieb davon nur eine schmerzhafte Erinnerung, ein verlassener Schreibtisch und ein in Aussicht gestellter Ersatz, den die Polizeiinspektion Oberbayern immer wieder auf den kommenden Monat verschob. Einstweilen arrangierte Anton sich damit, Kommissar Baurieder ausreichend auszulasten, um ihn von den gröbsten Dummheiten abzuhalten. Bei einem, der München gegen Oberammergau getauscht hatte und der nach wie vor versuchte, seine Großstadt-Ecken und -Kanten in und um das Leben im Dorf zu schleifen, konnte man schließlich nie wissen.

Kommissar Baurieder deutete in Richtung Bildschirm, seufzte. »Wenigstens haben sie sie gefunden. Hanna.« Der Ex-Münchner drehte sich auf seinem Stuhl.

Der Hauptkommissar nahm die Treppen nach unten. »Ja. Lebend wäre schön gewesen.« Anton fuhr sich übers Gesicht. »Vermisstenmeldungen hatten wir ja mehr als genug, von vier verschiedenen Personen sogar.«

Baurieder winkte ab. »Drei Vermisstenmeldungen, fünf oder hundert – was macht das für einen Unterschied? Die alte Frau ist gestürzt – verflucht unglücklich. Und du weißt nicht, ob nicht sogar direkt der Tod eingetreten ist. Selbst wenn die Kollegen sie fünf Minuten danach gefunden hätten, bliebe vermutlich kaum ein Unterschied.«

»Du meinst: Tot ist tot?« Anton Sollinger räusperte sich.

»Jedenfalls: Fremdeinwirkung können wir ziemlich sicher ausschließen«, wagte sein Mitarbeiter eine Vermutung. »So traurig der Tod für die Familie ist, aber für uns ist die Sache damit erledigt.« Er hob die Hände, dann klappte er die Akte zu.

Anton legte den Kopf schief. »Freilig, mit unserer dünnen Personaldecke schmerzt es mich nicht, den Vorfall ohne großen Aufwand abschließen zu können. Trotzdem: Ein Unfall wie dieser fühlt sich überflüssig an, so vollkommen unnötig und willkürlich bei einer Frau, die noch derart im Leben stand wie Hanna«, sagte er. »Und dann ist da noch ihr Hund …«

»Da kannst du noch so vorsichtig leben, wirklich sicher ist nur der Tod.« Baurieder runzelte die Stirn, schüttelte den Kopf. »Immerhin gibt es gleich vier Personen, die sie an einem Tag vermisst haben. Ihre Enkelin, ihr Sohn, Hacks. Vermutlich hätte ich nicht mal einen.«

»Mich natürlich. Und umgekehrt«, sagte Anton.

»Dieser Trost hält mich am Leben.« Ironie staubte durch Baurieders Satz.

Dem Hauptkommissar fiel noch etwas ein. »Gingen die Anrufe eigentlich in dieser Reihenfolge ein?«

Baurieder zuckte die Schultern. »Finde ich heraus, wenn es dir wichtig ist. Aber die Kollegen in Murnau sind jetzt erst mal für den ganzen Verwaltungsaufwand zuständig, oder? Der Fundort, das Murnauer Moos, befindet sich in deren Zuständigkeitsbereich.«

Anton setzte sich auf den Schreibtisch des Kollegen. »Jein. Die Vermisstenmeldung ging ja an uns. Sprich dich mal ab mit den Kollegen in Murnau. Nicht, dass ich am Ende von einem deiner literarisch wertvollen Berichte verschont bleibe. Gespannt bin ich jedenfalls, wie Hanna überhaupt dorthin gekommen ist. Das Murnauer Moos liegt eine halbe Autostunde entfernt, und ihr Auto steht nach wie vor in der Garage in Oberammergau.«

»Du vergisst den Bericht wegen des Einbruchs, der geht auf jeden Fall an dich«, erinnerte ihn Baurieder. Dann setzte er sich auf, umfasste die Stuhllehnen. »Ich bin gespannt auf die Rückmeldung ihres Sohnes, ob irgendetwas fehlt. Und vielleicht hat der Murnauer Drache die Hanna ins Moos geflogen und zufällig beim Abflug mit seinem Flügel die Terrassentür eingeschlagen.«

»Sicher«, warf Anton zurück. In seinem Kopf regte sich Misstrauen. Baurieders Aufzählung der Ereignisse, klang nach ein paar Zufällen zu viel. *Aber so ist das vielleicht. Was in einem Buch nach schlimmstem Hirngespinst klingt, schreibt das Leben in den buntesten Farben.* Der Hauptkommissar schnaubte. »Ausgerechnet am Tag ihres Unfalls wird bei ihr eingebrochen. Und gefunden wird sie schließlich, weil ein Anrufer beim zuständigen Förster ein verwundetes Tier meldet. Ein anonymer Anrufer. Wenn das nicht seltsam ist.«

Der Ex-Münchner zuckte mit den Schultern. »Ich weiß es nicht. Hanna war knapp über siebzig, Chef. Das ist nicht unbedingt ganz alt, aber frisch geschlüpft halt auch nicht mehr. Ganz abwegig ist eine Verabredung mit dem *Boandlkramer* also nicht. Du weißt, wie's ist: Wenn du Hufe hörst, steckt manchmal wirklich nur ein Pferd dahinter.«

Antons Augenbrauen hoben sich. Die Worte des Kollegen machten die Unruhe in seinem Kopf nur kratziger. »Um wen es sich bei dem unbekannten Anrufer beim Förster handelt, wäre interessant. Kommst du über deine ehemaligen Kollegen in München an die Telefondaten?«

»Die des Försters, meinst du?« Baurieder runzelte die Stirn, nickte dann. »Ich wusste gar nicht, dass du meine Talente so zu schätzen weißt.«

»Deine Verbindungen«, wiegelte der Hauptkommissar ab und nahm das Augenrollen seines Mitarbeiters zur Kenntnis.

»Wie schön, dass du dich erinnerst, dass ich lange genug einer der Kollegen in München war. Mit dem Gedächtnis und so …« Baurieder räusperte sich. »Ich weiß, ab einem gewissen Alter ist es schwer, aber ich verspreche, es wird auch wieder besser.«

»Depp!« Anton stemmte sich vom Schreibtisch hoch und wandte sich zur Treppe. »Gibst du Bescheid wegen Hanna – also Theres und ihrem Vater?«

Baurieder furchte die Stirn. »Wie überaus gnädig und gerecht – zwei für mich, keiner für den Chef.«

Anton warf ihm vom Türstock aus einen grimmigen Blick zu. »Möchtest du teilen? Theres vielleicht? Josef Hack hat übrigens noch mal geschrieben und sich erkundigt, was wir mittlerweile zu Hanna herausgefunden haben.« Anton rollte die Schultern. »Persönlich. Mehrmals.«

Baurieder warf die Arme in die Luft. »Und jetzt soll ich ihm die Nachricht überbringen, dass der einzige Mensch, mit dem er ganze Sätze spricht, zu früh und ganz eigenartig plötzlich aus dem Leben gerissen wurde?« Baurieder legte den Kopf schief, verzog das Gesicht. Abwehrend schoben sich seine Hände vor die Brust. »Ich glaube, ich hab einen wichtigen Termin in meinem Kalender übersehen. Außerdem hab ich …« Er unterbrach sich, sah auf sein Handy, und seine Miene veränderte sich. »Was ist eigentlich mit Hannas Hund?«

Anton überlegte kurz, biss seinen Kommentar schließlich doch in Baurieders Richtung. »Wie war noch mal die Stellenbeschreibung für deinen Job?«

Als wäre er ein Musterschüler, hob der Ex-Münchner den Finger. »Die Anweisungen meines Vorgesetzten wortgetreu ignorieren, die Bevölkerung vor so viel Kaffee wie möglich schützen und – sofern machbar – den Schreibtisch um jeden Preis verteidigen. Und auf Nachfragen wohlmeinend und nach ausgiebiger Überlegung reagieren.« Er hob das Handy vom Schreibtisch und hielt es hoch.

»Mitarbeiter des Monats.« Anton verdrehte die Augen. »Gibst du auf dem Weg vielleicht auch noch dem Pfarrer Bescheid? Du weißt ja …«

»Beerdigung meinst du?« Baurieder nickte und verbeugte sich in seinem Stuhl mit einer ausladenden Armbewegung. Dann richtete er seinen Blick wieder auf Anton. »Was ist dein Plan? Du schickst mich als Überbringer der Hiobsbotschaften aus und hoffst, dass keiner den Spruch kennt: Don't shoot the messenger?«

Hauptkommissar Anton Sollingers Zeigefinger schwenkte von sich zu Baurieder. »Chef, Mitarbeiter.«

Er verschwand in seinem Büro, ließ sich auf den Drehstuhl fallen und entsperrte den Bildschirm. Die Laute seines Mitarbeiters aus der Amtsstube konnte er nicht deuten. »Ich übernehme Hannas Sohn und Enkelin«, rief er durch den Raum. »Und was den Hund angeht: Die Kollegen in Murnau reichen die Verantwortung ganz großzügig an uns weiter – genau wie das Tier.« Er hörte Baurieder die Treppen des Podests nach oben poltern.

»Dass du dich, als Tier- und Menschenfreund, um den Hund kümmern willst, versteh ich, muss man ja praktisch auch nur gießen, oder?« Baurieder räusperte sich. »Aber hey: Immerhin überleben deine Pflanzen. Pass nur auf, dass die nicht eifersüchtig werden!«

»Depp!« Draußen vor dem Fenster wurden die Regentropfen lauter, hinter Anton surrte die Schreibtischlampe, der Zeiger der Wanduhr klickte auf den nächsten Minutenstrich.

»Soll ich dich auf dem Weg zum Pfarrer bei den Hacks absetzen? Oder übst du erst noch ein wenig für deine Rede?«, stichelte Baurieder.

»Raus! Wir treffen uns nachher wieder hier.« Anton wischte mit einer Geste in Richtung Tür. »Stopp! Was ist jetzt noch mal mit dem Anrufer, der den Förster verständigt hat? Kümmerst du dich darum?«

Baurieder wiegte den Kopf, kippelte die Hand. »Nun ja, die IT-Mädels und -Jungs laufen sicher nicht von alleine los, um diese zu selektieren, wie du weißt. Es gibt kein Ermittlungsverfahren zu Hannas Auffinden – und selbst wenn, dann wären wir nicht zuständig. Zudem war keine Nummer in der Telefonanzeige des Försters, kein Name, Anrufer unbekannt. Das wird schwierig.« Der Ex-Münchner lehnte sich gegen den Türstock.

Anton kratzte sich an der Augenbraue. »Wie sieht's mit deinen Verbindungen zu den Kolleginnen und Kollegen von der Datenanalyse aus? Da gibt es nicht zufällig Münchner Kolleginnen oder Kollegen, die …«, er kratzte sich an der Augenbraue, »… die vielleicht doch kompetent einen Weg finden können?«

Baurieder grinste, dann drehte er sich ab und verschwand in Richtung Amtsstube. »Für heute hab ich ja leider meine Aufgaben schon fast übererfüllt.« Er deutete auf sich. »Mitarbeiter des Monats, weißt schon. Übertreiben sollte man es ja auch nicht! Es sei denn natürlich, die Sache mit den Hacks und Paul ließe sich tauschen.«

Der Hauptkommissar runzelte die Stirn. »Du lässt die Gelegenheit aus, Theres auf die Nerven zu gehen? Muss ich mir Sorgen machen?«

»Ich zähl das mal als Ja«, rief Baurieder wieder zu ihm hoch. »Außerdem kennst du den Metzger doch länger als ich.«

Kurz darauf krachte die Tür der Dienststelle hinter dem Kollegen zu. Anton hörte den surrenden Motor von

Baurieders Hyundai, hörte ihn verschwinden. Kopfschüttelnd sah er den kleiner werdenden Rücklichtern durch den Regen hinterher. »Feigling.«

15. 1964 Zurück – Neue Bewohner

Murnau, Russenhaus/Haus der verstorbenen Gabriele Münter, Anfang Sommer

Hanna kauerte gegen den gelben Sockel des Hauses gelehnt, unter ihren Handflächen spürte sie das feuchtkalte Gras. Das *Russenhaus*. Eles Haus. Zu viele, zu lange Halme wucherten mittlerweile im Garten, eine Blume kitzelte sie am Unterschenkel, brannte ein wenig an der Schramme, die sie sich gerissen hatte, als sie über das versperrte Gartentor gestiegen war. Seit Ewigkeiten hatte keiner mehr gemäht oder wie Gabriele früher die Sense geschwungen, um das Grün zu stutzen. Seit Gabrieles Tod. Hanna schloss die Augen und wünschte sich zurück in jene Zeit. Sie wusste blind, wo die Kräuter im Garten austrieben, die Mäuse ihr Nest hatten und durch die Gartenlaube huschten, wo sich die meisten Bienen um den Flieder sammelten, wo Ele die Nase in die Sonne und den Pinsel gegen die Leinwand gestreckt hatte. Neben Hanna.

Hannas Lider zuckten bei jedem Geräusch, und jedes Geräusch war lauter als das zuvor. Stimmen hörte sie, Motoren, und es wurden mehr – mehr Rufe, mehr Menschen, mehr Unruhe. Sie hielt die Augen dennoch geschlossen. Sie wollte nicht zurück in die Gegenwart, in den Garten des verlassenen Hauses, wo jede Blüte, jeder Grashalm die Malerin ebenso zu vermissen schien wie sie selbst – selbst nach zwei Jahren noch.

Sie presste sich gegen den Sockel. Kälte war das Einzige, was sie spürte – keine Tür, die sich öffnete und sie versteckte vor der Welt und den störenden Geräuschen. Hannas Herz klopfte schneller. Sie hatte geglaubt, niemand würde sie hier finden, konnte sie hier finden. Wie viele Leute auch immer dieses Tohuwabohu verursachten – sie mussten schon ganz nahe sein.

»Was machst du hier?«, fragte eine junge Männerstimme.

Hanna riss die Augen auf. »Ich …«, stotterte sie. Ihr schlechtes Gewissen trieb ihr Hitze in die Wangen und schnitt ihr die Worte ab. Ihr Gegenüber war groß, sein Haar hell und zauselig, ein junger Bursche. Er stand im Schatten, sein Gesicht erkannte sie nicht.

»Das ist unser Haus«, schnauzte der Bursche. »Niemand sollte hier sein, das Grundstück und alle Tore sind abgesperrt, seit dem Tod der Malerin. Aber jetzt sind wir hier.«

»Das ist Gabriele Münters Haus«, schnappte sie zurück und grub die Finger in die Erde.

Er trat noch einen Schritt auf sie zu. Hanna entdeckte Sommersprossen auf seinem Gesicht und Lachfältchen. Im Augenblick konnte sie sich ihn nicht annähernd mit einem Lachen vorstellen. »Wir ziehen hier ein. Heute!«, pampte er sie an.

»Lass doch das Mädchen, Klaus. Du *Stoffel*.« Die Worte kamen von dicht hinter dem Burschen. Die Stimme klang nicht viel älter, ein wenig rauer. Den leichten Akzent konnte Hanna nicht einordnen. Der Neuankömmling trat an Klaus vorbei, und diesmal erkannte Hanna ein Lächeln.

»Ich bin Alexej«, stellte er sich vor. »Alex, sagen alle. Ich wohne nicht hier. Aber ich helfe beim Umzug meinem Freund.« Er beugte sich hinab zu ihr und streckte ihr seine Hand entgegen.

Über die Wortumstellung in seiner Grammatik schmunzelte sie, ihr Herz schlug schneller, und sie wusste nicht, ob aus Wut, schlechtem Gewissen oder Verlegenheit. Sie stemmte sich hoch, griff Alex' Hand. Sie spürte, wie er sie musterte, und ihre Wangen brannten noch stärker. »Aber das ist Gabrieles Haus«, wiederholte sie. »Gabriele Münter, die Malerin. Sie hat keine Kinder. Wie kann das sein? Wieso zieht hier jemand ein?«

Klaus zuckte mit den Schultern. »Ist doch egal. Wir wohnen jetzt hier, und du hast hier nichts zu suchen. Es sei denn, du willst beim Umzug helfen.«

»Buben!« Der Ruf schallte durch den Garten. »Klaus, Alex, wo seid ihr denn? Wir sind noch lange nicht fertig. Ran an die Arbeit!« Schnelle Schritte folgten den Worten, dann eine zierliche Frau. Sie strich ein paar blonde Strähnen zurück in das zusammengesteckte Haar. Ihre Sommersprossen tanzten, als sie die Stirn in Falten legte. Die Fremde stemmte die Hände in die Hüften und öffnete den Mund, dann bemerkte sie Hanna. »Was machst du denn hier?«

»Ich …«, stammelte Hanna zum zweiten Mal auf dieselbe Frage, dann räusperte sie sich und senkte den Kopf. »Ich hatte hier Unterricht … früher. Bei Ele. Manchmal komm ich noch hierher.«

Die Frau trat auf sie zu, hob ihr Kinn und musterte sie. »Bist du nicht die Hanna vom Kramerladen? Ich hab dich auf die Welt geholt. Du warst eines meiner ersten Neugeborenen.«

Mit großen Augen sah Hanna sie an, zuckte mit den Schultern. Die Frau lächelte auf einmal so warm wie die Sonne und redete so schnell wie prasselnder Mairegen. »Das ist schon eine Weile her, natürlich. Damals war ich als Aushilfe hier. Jetzt bin ich fest in Murnau als Hebamme mit meiner Familie. Ich bin Elli, Elli Zöpf. Klaus ist mein Ältester und Alex der Sohn einer Schulfreundin von mir«, sagte sie und biss sich auf die Lippen, als würde sie andernfalls etwas verraten, was ihr nicht zustünde weiterzugeben. Ihrem Sohn warf sie einen mahnenden Blick zu. Elli legte Hanna eine Hand auf die Schulter. Sie deutete auf das Haus, den Garten. Sanft schob sie Hanna mit sich um die Hausecke Richtung Gartentor. »Für unseren Umzug heute sind wir zwar dankbar um jede helfende Hand …«

»Ist auch ein Dankeschön von uns, von Mamutschka und mir«, plapperte Alex dazwischen. »Für alle Hilfe von dir, Elli.«

»Ach Quatsch, Alex, ist doch alles gut.« Die Hebamme drehte sich zu ihm um, winkte ab und wandte sich wieder an Hanna. »Für heute ist es besser, wenn du nach Hause gehst. Aber du bist jederzeit willkommen, sobald wir eingezogen sind. Wenn du noch ein wenig in der Erinnerung an deine ehemalige Lehrerin sein magst. Nur heute haben wir sehr viel zu tun. Das verstehst du doch, oder?«

Hanna nickte. »Danke«, sagte sie noch und drückte Ellis Hand. Sie schlüpfte aus dem Gartentor an jemandem vorbei, der einen Stuhl ins Haus trug. Das Gefühl, Elli Zöpf wollte das Gespräch mit Alex vor fremden Ohren abkürzen, ließ Hanna nicht los. Sie sah zurück über die Schulter zu Ellis Sohn, sah zu Alex, der ihr zuzwinkerte. Seine schlaksige Gestalt, die hohen Wangenknochen … Hanna überlegte, ob er aus Murnau war oder ob ihre Oma etwas wissen könnte über ihn oder wann sie Oma wieder treffen würde, um sie zu fragen. Sie winkte noch einmal zurück und schlug den Weg in Richtung See ein.

16. Babba – Geheimnisse

Oberammergau, Metzgerei & Tages-Bar Hack, Dienstagnachmittag

Er räumte die Tassen nicht weiter aus der Spülmaschine zu den anderen über dem Kaffeemonster. Josef Hack richtete sich auf und verfluchte den Schmerz, der in seine Hüfte und den unteren Rücken schoss. Er wartete. Bis Theres aus dem Flur in den Türstock trat, ihn bemerkte und mitten in der Bewegung innehielt. Im nächsten Moment stieß sie ein zusammengefaltetes Schreiben in die Seitentasche ihrer Schürze, setzte wieder diesen Ausdruck auf, als wäre nichts.

Er versuchte, sich sein Grinsen zu verkneifen und ihr Lächeln zu spiegeln, als würde er nichts von ihren Heimlichkeiten bemerken. *Immer ist irgendwas. Immer. Nach all den Jahren lügt sie noch so schlecht wie damals nach ihren Streichen,* dachte er.

»Gibt's was?«

Theres zögerte kurz und drehte sich zu den beiden Mitarbeitern hinter der Theke, die gerade mit Kunden beschäftigt waren. Schnell schüttelte seine Tochter den Kopf. »Alles gut, beinah schon langweilig«, sagte sie dann. »Bei dir, Babba? Gibt's was Neues von Hanna?«

Josef Hack brummte, winkte ab. »Dieser Einbruch, und dass sie nicht erreichbar ist … Das geht mir nicht aus dem Kopf. Und dann ihre Enkelin, taucht einfach hier auf … Hanna hat erzählt, sie ist so gut wie fertig mit ihrer Geschichte. Klara behauptet, das wäre nicht so. Sie kommt Woche für Woche aus München und weiß das nicht?«

Theres räusperte sich und legte den Zeigefinger über die Lippen. Er folgte ihrem Blick durch den Raum in Richtung der Kunden und überlegte kurz, ob er zu laut gemutmaßt hatte. Aber niemand schien ihnen zugehört zu haben.

»Und der Streit in der Familie, den du und Paul erwähnt habt«, erinnerte sie sich. »Nicht leicht, die Gedanken daran abzustellen, ob es Hanna wirklich gut geht oder ob sie vielleicht mehr Unterstützung bräuchte. Vielleicht hätten wir das Ganze ernster nehmen sollen, waren aber einfach zu bequem und zu sehr mit uns selbst beschäftigt? Hoffentlich machen wir uns nur unnötig Sorgen, unnötig Gedanken … Warum gibt es nicht einfach einen Abschalter dafür?«

Ihre Frage füllte den Raum, und für einen Moment stand alles still. Schließlich löste sich Theres und zog den Schlüssel aus ihrer Hosentasche, den ihr Vater ihr gestern gegeben hatte. Einen Moment später lag er in seiner Hand. »Hätt ich beinahe vergessen«, murmelte sie und stakste zu den Regalen. »Wenn Hanna wieder da ist, ist sie sicher froh um den Ersatzschlüssel bei dir. Wer weiß, wo sie sich herumgetrieben hat.«

»Glaubst du …« Er unterbrach sich selbst, suchte Theres' Blick.

Ihre Hand schnellte zur Seitentasche ihrer Schürze, Papier raschelte. Sie schob ihren Kiefer nach vorne. »Hm?«

Die Weinkisten neben den Regalen schrammten über den Boden. Ohne aufzusehen, stapelte Theres sie um und packte hin und wieder eine der Flaschen in ihre Bestellkisten. Eine Rotweinflasche stellte sie auf den nächsten Tisch. Das Etikett kam ihm bekannt vor, doch der Schriftzug verschwamm vor seinen Augen.

»Heut Abend: Essen bei mir?«, fragte Theres. »Vielleicht sehen wir dann, wie es ausgegangen ist, Babba.«

Wie von selbst schweißten sich seine Lippen zusammen. Er musterte seine Tochter. Wie tief sie die Luft einsog, wie sie die Schultern hob, die Mundwinkel nach oben stemmte. Er schloss die Faust um den Schlüssel, mit der anderen Hand kramte er nach seinem Schlüsselbund und fädelte Hannas Schlüssel dazu.

»Bloß nicht zu viel Zuversicht, nicht wahr?«, brummte er.

Theres zuckte mit den Schultern. »Ist es nicht so: Kaum spricht man eine Hoffnung aus, zerstört sie sich wie von selbst. Lieber nix sagen, lieber …«

»Das hab ich mir auch immer gedacht, in all den Jahren. Aber sicher bin ich nicht: Kann man sich sein Glück verdienen, nur weil man nicht wagt, es auszusprechen?«, schnaubte Josef Hack.

»Babba!« Theres fuhr herum zu ihm, die Augenbrauen nach oben gezogen. »Das sagst ausgerechnet du?«

Ein Windstoß und feuchtkalte Frühlingsluft begleiteten die bimmelnde Glocke. Dann war alles still. Beinahe gleichzeitig wandten sich Theres und er um. Ihre Angestellten harrten wie erstarrt hinter der Theke, den Blick auf die Person heftend, die nun mitten im Raum stand, als fürchteten sie, wegen eines Kapitalverbrechens belangt zu werden.

Josef Hack ignorierte das schlechte Gefühl in seinem Bauch, richtete sich auf und stapfte zu Anton Sollinger. Er stierte ihn an, doch weder verschwand der Kommissar noch Josef Hacks Unruhe in Bezug auf Hanna. Damals, zu Schulzeiten, musste Sollinger ein oder zwei Klassen über Theres gewesen sein. Wenn er sie betrachtete, wirkte Sollinger älter und bedrückter und ein wenig blass neben ihr.

»Du?«, begrüßte er den Kommissar einsilbig. Wohl spürte Josef Hack den Blick seiner Tochter auf sich und drehte ihr noch ein wenig mehr den Rücken zu. Sie sollte nicht sehen, dass er sich Gedanken machte. Das Mittagslicht warf die Konturen – seine und die des Hauptkommissars – wie kleine Kreise auf die Steinfliesen des Ladens.

Sollinger antwortete ein »Servus!«. Die Stimme klang rostig.

Theres deutete auf den Tisch ganz hinten im Eck der Tages-Bar, warf einen Blick auf die Uhr. »In zehn Minuten ist Schluss hier«, sagte sie, und zu den Angestellten gewandt: »Fangt ihr an, hinten sauber zu machen, und sperrt dann bitte zu?«

Aus der Anrichte holte Theres eine Wasserkaraffe und drei Gläser und stellte sie auf den Tisch.

Josef Hacks Schlüsselbund klimperte voller Unruhe, als er neben dem Hauptkommissar Platz nahm. Er stützte die Ellbogen auf die Tischplatte. »Also?«

Sollinger nahm das Wasserglas zwischen die Hände. Immer wieder schwenkte sein Blick zwischen ihm und Theres. Als er ansetzte, klang seine Stimme leiser, tiefer. »Wir haben Hanna gefunden, im Wald beim Drachenstich. Vermutlich ist sie eine ganze Weile dort gelegen. Und gerade die Stunden ohne Sonne sind kalt. Ihr Körper ist ausgekühlt … Als der Förster sie fand, war es zu spät. Hanna ist tot.«

Josef Hack starrte ihn an. Er blinzelte gegen den Schleier in seinen Augen, spannte die Muskeln gegen dieses Gefühl – diesen verdammten Schmerz und gegen das Zittern in seiner Brust.

»Hanna?«, wiederholte er. Er schluckte. Einmal, zweimal. Er spürte Theres' Hand auf seiner Schulter, die Wärme – kurz hielt er sie fest, dann schob er sie davon, stand auf. Seine Füße schoben ihn durch den Raum zum Schaufenster. Er starrte auf den Berg.

»Einfach so?«, hörte er Theres. »Seid ihr sicher, es ist Hanna?«

Anton Sollinger räusperte sich. »Es tut mir leid, aber ja. Sie hatte ihren Geldbeutel dabei, ihren Ausweis. Alles war da.« Sollinger stippte das Glas an. »Bis auf den Hausschlüssel, der war nirgends zu finden. Die Kollegen von der Rechtsmedizin untersuchen sie noch. Im Moment deutet alles darauf hin, dass sie gestürzt ist. Wahrscheinlich ist sie hart aufgeschlagen, auf den Kanten der Treppe oder auf einem der Steine, und hat das Bewusstsein verloren. Es dürften nur ein paar Stunden gewesen sein, bis der Förster sie gefunden hat. Aber durch die Kälte … Sie war nicht mehr jung.«

»Sie war nicht alt!«, schnappte Theres.

Josef Hack sah das kaum wahrnehmbare Beben um den Mund seiner Tochter, hörte, wie belegt ihre Stimme klang, als sie fortfuhr, bemerkte ihren Blick auf sich. »Sie war eine geübte Wanderin und alles andere als leichtsinnig.«

»Ein Unfall!«, erwiderte Sollinger. »Davor ist keiner gefeit. Das kann jedem passieren.«

»Aber ausgerechnet jetzt?«, warf Theres ein. »Gestern hatte sie noch einige Pläne. Da passt man doch besonders auf. Schließlich …« Sie hielt inne.

Josef Hack verengte die Augen. Theres wandte sich wieder dem Hauptkommissar zu. »Schließlich stand sie kurz vor der Veröffentlichung einer Geschichte über ihre

Familie, und das nicht gerade zur Freude ihrer Angehörigen. Deswegen gab es wohl sogar Streit. Und plötzlich ist sie tot! Ein Unfall?« In ihren Worten klang Zweifel und Sarkasmus.

Josef Hack wehrte sich noch immer gegen den Kloß in seinem Hals und misstraute seiner Stimme. Noch immer spürte er seine Mundwinkel flattern, schüttelte den Kopf.

»Hanna war fit!«, bestätigte er.

»Das ist die aktuelle Faktenlage.« Anton Sollinger hob abwehrend die Arme vor die Brust.

»Ganz allein im Murnauer Moos ...« Josef Hack schüttelte den Kopf, ballte die Faust. In seiner Brust zog etwas und biss, und es brannte durch seinen Körper und drückte seine Kehle zusammen. Schmerz. Er hustete. »Ein Unfall ... Sie war so gut wie nie allein unterwegs auf ihren Wanderungen. Und schon gar nicht ohne Stenz. Wo ist ihr Hund eigentlich?«

Theres schenkte die Gläser nach. Die Karaffe knallte aufs Holz der Tischplatte. »Ich glaub es einfach nicht: ein Unfall? Und dazu die eingeschlagene Terrassentür? Das sind schon ein paar seltsame Zufälle.«

In Antons Stirn gruben sich Furchen. »Wir raten nicht. Wir warten auf die Ergebnisse der Spurensicherung. Aktuell sieht es nicht nach Raub aus, Schmuck, Geldscheine in der Küchenschublade, alles noch da. Viel materiellen Wert gab es ohnehin nicht. Spuren und Fingerabdrücke werden noch ausgewertet.« Er stoppte, legte den Kopf schief, als gäbe es noch mehr. »Im Garten haben wir ein paar Steine gefunden, die eventuell den Schaden an der Glastür erklären könnten.«

»Seltsam.« Ohne Klang kippte das Wort aus Theres' Mund. »Oder nicht?«

Sollinger blinzelte. Einen Augenblick später hob er die Schultern. »Lassen wir die Kollegen ihre Arbeit machen. Später wissen wir mehr. Bis dahin keine wilden Spekulationen, bitte.« Er wandte sich wieder um. »Ihr habt euch jede Woche getroffen, oder, Sepp?«

Josef Hack nickte. »Warum?«

»Hanna ist in Murnau geboren. Hat sie noch Verwandtschaft dort? Wenn sie euch häufig getroffen hat, wisst ihr vielleicht mehr darüber? Gibt es, abgesehen von ihrer Enkelin und ihrem Sohn, noch jemanden …«, Sollinger räusperte sich, »den wir verständigen müssen?«

Theres beugte sich ein wenig vor. »Warum?«, schoss sie hinterher. »Werden normalerweise nicht einfach die unmittelbaren Angehörigen verständigt, die sich um den Rest kümmern und die übrige Verwandtschaft informieren?«

Josef Hack kratzte sich am Kopf. »Ich weiß nur von ihrer Enkelin und ihrem Sohn. Vielleicht weiß der Pfarrer mehr. Über Murnau haben wir nicht viel gesprochen.«

»Ja, Babba? Warum eigentlich? Warum habt ihr nie über Murnau gesprochen?« Theres richtete ihren Blick auf ihn. »Weil Mama von dort war? Aus Murnau?«, setzte sie nach.

Anton räusperte sich und rettete ihn vor einer Antwort. »Würdet ihr euch um den Hund kümmern – vorübergehend –, bis wir eine Lösung gefunden haben, wo er bleiben kann?«

Er und Theres nickten gleichzeitig. Josef Hack bemerkte, wie die Miene seiner Tochter flackerte. Dann wurde ihr Blick scharf und klar wie bei der Jagd. Er wandte sich dem Hauptkommissar zu. »In Murnau war

Hanna jedenfalls öfter in letzter Zeit, ich ... ich weiß es nicht genau. Das Museum von der Malerin war immer eine Anlaufstelle. Früher hat sie da eine Zeit lang gewohnt, oder so ähnlich.«

»Seit Ewigkeiten in Oberammergau, und wenn's zählt, weiß keiner was von dir ...«, grummelte Sollinger, hob kopfschüttelnd die Augenbrauen.

Theres richtete sich auf, durchmischte ihre Worte mit Fatalismus und Sarkasmus. »Den Tratsch und die schmutzigen Geheimnisse kennen alle, abgesehen von dir.« Sie winkte ab. »Sachen kann man da über sich erfahren ... kaum zu glauben.«

Innerlich schmunzelnd stimmte Josef Hack ihr zu, ohne eine Miene zu verziehen.

Ein paar Augenblicke später stand der Kommissar neben ihm am Fenster. Seine Geste hing mitten in der Luft fest wie der Blick auf Josef Hacks Schulter. Unschlüssig. Schließlich ein kurzer, fester Druck, ein Nicken. Josef Hack nickte zurück. Anton wandte sich zur Tür. »Ich bring den Hund nachher vorbei«, sagte er.

Josef Hack nickte erneut. Ein Luftzug fraß sich bis in seinen Nacken. Ihn fröstelte. Hinter dem Hauptkommissar schrammte die Tür über den Boden. Durch das Fensterglas zerfransten die Konturen – oder durch den Schleier vor Josef Hacks Augen. Eine Autotür schlug zu. Er hörte, wie ein Motor startete.

»Babba ...« Theres räusperte sich. »Babba? Das mit Hanna ...«

Er sah sie an. »Viel zu früh«, brummte er und spürte die Wut in seinem Magen. Er musste raus, stapfte zum Durchgang. Kurz hielt er inne und drehte sich zu Theres um. »Viel zu seltsam«, sagte er.

Seine Tochter erwiderte etwas, aber er hörte nicht hin. Er trat in den Durchgang, stemmte die Hand gegen den Türstock. Über seiner Stimme klebte ein Schleier.

»Nachher, Theres!«

»Babba«, rief sie ihm hinterher. »Du weißt schon: *Seltsam* löst sich genauso wenig in Luft auf wie jedes andere Problem.«

17. 1966 Zurück – Geschichte und Bilder

Murnau, Haus von Hannas Onkel,
Spätsommer 1966

Hanna schreckte auf. Wieder einmal. Ihr Stift erstarrte auf dem Papier, und all die Farben, die Formen verschwammen vor ihren Augen.

»Wo treibst du dich schon wieder rum?« Seine Stimme schnitt scharf durch den Sommernachmittag von der Terrasse bis in die hinterste Ecke des Gartens, hinter den Schuppen, hinter dem sie sich am liebsten verkroch. Die Lindenblätter an den Zweiglein über ihr zitterten ein wenig und raschelten. Sie hörte seine Schritte, und die Schritte wurden lauter. Er wurde lauter. Der Mann, der sie ihrer Großmutter weggenommen hatte.

Vorbei an dem Bretterverschlag und dem blühenden Oleander huschte ihr Blick in seine Richtung. Kurz fröstelte sie unter dem neuen Sommerkleid. Großmutter hatte es genäht. Sie berührte den Stoff, als könnte sie darauf noch die Wärme ihrer Hand spüren. *Oma*. Dann fuhr ihre Hand zum Boden, hastig sammelte sie die Farben ein und den Block. Am Baumstamm rappelte sie sich hoch, stolperte beinahe über eine der Wurzeln. Eine Zeitungsseite fiel aus ihrem Block, raschelte, als sie darauf trat, um das Papier am Wegfliegen zu hindern. Hastig versuchte sie, die Seite zwischen den Brettern des Schuppens hinter ihr zu verstecken.

Zu spät.

Im nächsten Moment brannte Hannas Kopfhaut, der Mann, unter dessen Dach sie wohnen musste, riss sie mit einem harten Zug an den Haaren herum, dann klatschte seine Hand gegen ihre Wange. Sie klappte ihren Mund zu und spürte, wie sich ihre Augen mit Tränen füllten und ihr Blick verschwamm. Die Hand noch erhoben blickte er auf sie herab. Er streifte ein paar Haare aus seiner Stirn nach hinten. Etwas Silbergrau war in seinem lichter werdenden Blond zu erkennen. Der Ansatz seiner Geheimratsecken war steiler geworden. Im schräg einfallenden Licht wirkten sie wie Hörner, seine Augen lagen schwarz und tief in den Höhlen. Wie damals am See, als Oma sie abgeholt hatte. Ihr Onkel. Ihr Ersatzvater, sagte er. Pflegevater.

»Ich habe dich etwas gefragt. Gerd ist auf dem Weg zum Fußball. Und du kleckerst mit schmutzigen Farben?«

Ihr Blick schnellte nach unten, sie presste das Kinn gegen das Brustbein. »Es tut mir leid, Onkel!«

Wie eine Schlange schnappte seine Hand an ihrem Hals vorbei, packte erneut ihren Zopf, riss ihn über die Schulter nach vorne und wickelte sich ihr dunkelbraunes Haar um die Faust. Mit der anderen zerrte er ihr den Block aus den Fingern.

»Was ist das hier?« Vor ihrem Gesicht wedelte er damit, beugte sich zu ihr und zwang ihr seinen Blick auf. »Warst du schon wieder bei deiner Großmutter? Sie sollte den Kram verbrennen, als diese dumme Malerin starb. Pinsel und Farben brauchst du nicht mehr. Was für alberne Ideen das in die Köpfe setzt, konnte man bei dieser wirren Alten und ihrer entarteten Kunst sehen.« Er stieß sie von sich.

Hanna stolperte rückwärts. Die Linde fing ihren Sturz auf und grub ihr die Rinde in den Rücken.

»Ich habe es verboten. Dein Vater war mein Bruder, und ich habe das Sorgerecht für dich. Das ist nicht mehr deine Familie. Nicht mehr deine Großmutter, schon gar nicht so eine alte, verwitwete Hexe. Kaufmannsgesindel, das glaubt, sich über alle Regeln hinwegsetzen zu können.«

Sein Blick fiel auf die Zeitungsseite, die beim Versuch, sie zu verstecken, zu Boden gesegelt war. Er schnappte danach. Angst und Schmerz verschnürten ihre Kehle.

Hanna presste ihre Stimme durch die Enge. »Das ist für die Schule.« Sie blinzelte gegen die Tränen an, grub ihre Fingernägel in ihre Hand.

Er wendete die zerknitterte Zeitungsseite in seinen Händen, sah auf sie herab. »Die Münter? Ein Artikel über die verfluchte Malerin? Alte Geschichten von verrückten Toten?«, schnarrte er. Seine Miene wurde hart.

»Berühmte Personen aus unserer Heimat«, flüsterte Hanna und hielt den Kopf auf ihr Brustbein gepresst. »Hausarbeit.«

»Was will die Schule damit? Schwachsinn und Märchen verbreiten über Schmarotzer und Verräter wie diese Malerin? Immer nur auf Kosten anderer gelebt, und …«

Er unterbrach sich, zerknüllte das Blatt, als wolle er die Worte darauf zerquetschen. Dann streifte er es glatt, lächelte sie an und hielt es in ihre Richtung. Bevor sie danach greifen konnte, zog er seine Hand zurück und zerriss das Papier.

»Natürlich unterstützen deine verblendeten Großeltern das, besser gesagt, deine Großmutter. Das andere hat sich ja erledigt …«, trat er nach. »Genauso wie sie diese Person unterstützen musste.«

Seine Hand traf erneut ihre Wange.

»Dumme Geschichten und dumme Bilder braucht niemand!« Er sah sich um, und sie bemerkte, wohin sein Blick ging. Er stampfte zur Feuerstelle in der Mitte des Gartens, warf die Fetzen zwischen Steine und alte, kalte Asche. Dann nickte er zufrieden und kehrte zu ihr zurück. »Niemand braucht das! Schon gar keine Frau! Jetzt bist du sechzehn und immer noch so dumm …«

Sie sog ihre Unterlippe ein und schüttelte den Kopf, ließ die zerrissene Zeitungsseite von ihrer Großmutter nicht aus den Augen. Mit ihrer Hand kühlte sie ihre Wange. Der nächste Schlag knallte ihren Kopf gegen den Stamm, Schwarz platzte vor ihren Augen, dann grelle Stiche, helle Punkte in ihrem Sichtfeld. Sie blinzelte. In ihrem Rücken spürte sie das Kratzen der Rinde. Sie rutschte zu Boden.

»Die Münter war noch nicht mal von hier, und dann hat sie auch noch dieses Russen-Gesindel hergezogen«, zischte er. »Fremde bringen nie Gutes. Aber jeder, der wollte, durfte ja her, um mit den anderen versponnenen Künstlerinnen und Künstlern noch mehr *Gschwerl* anzuziehen.« Neben ihr spuckte er aus, wischte sich über den Mund. »In ihrem Russenhaus!«, ätzte er. Noch einmal packte er sie an den Handgelenken. »Keiner braucht das hier, keiner wollte die hier! Merk dir das!« Er entriss ihr den Stift und kickte ihn weg.

Durch einen Schleier aus Tränen sah sie ihn davonstapfen. Erst als sie keine Schritte mehr hörte, kein Schnauben, als ihr Herzschlag sich beruhigt hatte, stürzte sie zur Feuerstelle und zog die Zeitungsfetzen wieder heraus.

Sie setzte sie zusammen. Zeile für Zeile las Hanna erneut. Wer Leben und Meinung und Entscheidungen diktiert hatte, schilderte der Artikel, den Krieg und wie Menschen überwacht und verfolgt wurden. Und er erzählte vom Widerstand. Die Malerin hatte Kunst geschaffen, die den Entscheidern nicht gefiel. Sie wurde geächtet dafür, hatte kaum zu essen, und sie hielt Bilder versteckt. Verbotene, gefährliche, entartete Bilder.

Sie las weiter, und auf einmal schauderte sie. Vor dem Mann, den sie Onkel nennen musste. Sie rannte zurück zur Feuerstelle. Unter Steinen und Aschefetzen begrub sie das Papier, die Worte brannten sich tief in ihr Gedächtnis.

18. Klara – Schlüssel

München, auf dem Weg nach Oberammergau, Dienstagnachmittag

Über das Autodach, über die Straße in der Nähe des Alten Münchner Nordfriedhofs hinweg, auf die andere Gehwegseite folgten Klaras Blicke ihrem Vater, der, nachdem sie seit über zehn Minuten auf ihn wartete, aus der Tür des Wohnhauses trat. Nach einem Blick auf sein Gesicht schluckte sie den Ärger über seine Verspätung, kramte in ihrem Rucksack, bis sie eines der Taschentuchpäckchen fand. Gefühlt war es das sechsundvierzigste, das sie seit der Nachricht vom Tod ihrer Oma aufgerissen hatte. Mit einem der Tüchlein wischte sie das Nass von ihren Wangen. Die Packung in der Hand, tappte sie am geparkten Cinquecento vorbei ihrem Vater entgegen. Sie seufzte. »Dann also los?«, rief sie ihm zu.

Ihr Vater riss den Kopf hoch und sah sich desorientiert um, zuckte zusammen, als ein E-Auto aus einer Carsharing-Flotte vor ihm die Straße kreuzte. Er war noch blasser als sonst, hatte dunkle Ringe um seine Augen. Mit der Hand fuhr er sich über die Stirn, um kurz darauf erneut gegen die zu langen Haare anzublinzeln. Wie zufällig streifte er dabei die Augenpartie, als wären ihm die Tränen peinlich, die auf seinen Wangen schimmerten und ihm in den Bart liefen. Dann nahm er das Taschentuch, das Klara ihm entgegenstreckte. »Ich … Verdammter Mist … « Mehr brachte er nicht über die Lippen.

Sie nickte und zeigte auf das Auto. »Machst du auf?«

Er hielt die Autoschlüssel hoch und entsperrte den kleinen Fiat. Ihr Vater räusperte sich. »Mal wieder gemeinsam nach Oberammergau – ich hätt's mir anders vorgestellt. Danke, dass du so schnell hergekommen bist und mich begleitest«, sagte er. Sie nickte zur Antwort.

»Ist ja nicht so weit von Mamas Wohnung zu dir.« Klara stieg auf der Beifahrerseite ein. »Ich wünschte, ich könnte die letzten vierundzwanzig Stunden einfach zurückdrehen. Wenn ich gestern vielleicht schon früher …«

»Ich kann mir gar nicht vorstellen, nach Oberammergau zu fahren, und Hanna öffnet nicht die Tür mit einem ihrer Pinsel in der Hand«, fuhr ihr Vater fort, als hätte er sie nicht gehört.

»Aber du hast doch einen Schlüssel für Hannas Haus. Hast du den nie benutzt?« Sie räusperte sich.

Kopfschüttelnd schnallte er sich an, seufzte. »Der war nur für Notfälle. Wieso sollte ich ihn nutzen? Wenn ich zu ihr rausgefahren bin, war sie daheim und hat aufgemacht. Du warst in letzter Zeit doch auch so oft bei ihr. Hättest du denn einen Schlüssel benutzt, obwohl deine Oma zu Hause war?«

Sie zuckte die Schultern. In einer Glocke aus Schweigen bremsten sie sich in ihrem Cinquecento durch Münchens Straßen zum Mittleren Ring, schipperten vorbei am Olympiastadion, dessen Glaszeltdächer wie Ozeanwellen glänzten, vorbei an den Kurven und Schwüngen des BMW-Zylinderturms. Bis zur Autobahn tarnte Musik die Stille. In der Kurve der Auffahrt schepperte etwas unter ihrem Sitz.

Sie griff nach unten und fuhr den Beifahrersitz ein Stück zurück. »Willst du heute schon alles ausräumen?«

Ihr Vater schüttelte den Kopf. »Nur ein paar Unterlagen. Das Wichtigste.« Er seufzte, wischte sich über die

Wange. »Keine Ahnung. Nachsehen, ob sie wirklich nicht mehr da ist.«

»Willst du eine Obduktion für Hanna?«

»Warum sagst du nicht Oma zu ihr?« Er schaltete in den nächsten Gang, fädelte ein, schwenkte den Kopf kurz zu ihr.

»Sie hat weder Plätzchen gebacken noch Spielzeug geschenkt. Hanna hat mich in Museen gepackt und Geschichten von Menschen und Reisen erzählt ... Oma ...«, flüsterte sie. *Oma*.

Das Wort stach in jede Erinnerung, die sie mit ihrer Großmutter und dem *Blauen Land* verband, riss eine Tür auf, hinter der nichts anderes wartete als Schmerz. Klara blinzelte. Sie griff nach dem nächsten Taschentuch und wischte sich die Tränen von den Wangen. Sie schluckte, um den Kloß in ihrem Hals zu vertreiben, presste sich tiefer in den Sitz, um nicht zu zittern.

»Sie wirkte nie ... alt. Besonders nicht vergangenes Jahr. Hanna hat eine Tür zur Geschichte aufgestoßen. Manchmal sage ich Oma zu ihr ...« Sie räusperte sich. »Aber Oma ist nicht mehr da. Und es ...«

»Tut weh?«, ergänzte er fragend. Sie schwieg und trocknete ihre Augenwinkel. Beim nächsten Überholmanöver schepperte wieder etwas unter dem Sitz. »Kannst du mal nachsehen, Klara?«, bat ihr Vater.

Erst von vorne, dann von der Seite ertasteten ihre Fingerspitzen unter dem Sitz etwas Kaltes, Metallenes. Sie streckte sich und zog einen Schlüsselbund hervor. Für einen Moment glaubte sie, ihr Herzschlag setzte aus. Schlüssel. Sie hielt sie ihrem Vater direkt vor die Nase, der zuckte zurück. »Sind das Hannas?« Nur ganz leicht überschlug sich ihre Stimme.

»Spinnst du?«, bellte er. »Wir sind auf der Autobahn bei über 130 km/h, und du hältst mir deine Hand vors Gesicht!«

Klara zog die Hand aus seinem Sichtfeld. »Sind das Hannas Schlüssel? Weshalb sind Hannas Schlüssel unter dem Beifahrersitz?«

»Ich …« Sein Kopf fuhr herum, dann blickte er wieder in Richtung Straße. Seine Hände waren so fest um das Lenkrad gekrallt, dass seine Knöchel weiß hervortraten. »Keine Ahnung.« Seine Schultern, seine Arme zuckten. »Ich hab …« Er schüttelte den Kopf, presste die Lippen aufeinander. »Ich hab keine Ahnung, wie die Schlüssel hierhergekommen sind.«

19. 1968 Zurück - Tanz in den Mai

Murnau, Am Untermarkt, Maifeiertag 1968

Kurz nach der Volkstanzgruppe war Hanna am Untermarkt eingetroffen. Sie lehnte ihr Rad gegen den Lattenzaun neben dem Birkenbäumchen und streckte sich, lenkte ihren Blick über die Trachtenhüte und Flechtzöpfe hinweg. Die Musik stampfte über den Platz, schmetterte den Takt bis in die Hände der Murnauer, die sich daran entlangklatschten, in der Nähe der vorgegebenen Tonlage krähten. Die Röcke der Dirndl schwangen dazu, eingefädelt in den Dirndlmiedern bebten die silbernen Ketten. Die Lederhosen der Burschen glänzten von so manchem Tropfen verschüttetem Bier. Abseits der Erwachsenen drehten sich Kinder, sprangen und stolperten in ihrem eigenen Tanz zur Musik.

Die Burschen stemmten sich gegen den Boden und die langen Stangen, um den entrindeten Stamm, Stück für Stück, Schritt für Schritt, aufzurichten. Immer höher reckte sich der Maibaum gen Himmel. Die Symbole und Tafeln an seinem oberen Ende erinnerten an jeden Berufsstand, an jeden Verein.

Mit einem Tuch deckte sie noch schnell das Schäufelchen und die kleine Harke in ihrem Korb ab, auch die leergebrannten roten Plastikhüllen der Friedhofskerzen vom Grab ihrer Eltern und Großeltern. Sie prüfte, ob der Korb gut und sicher auf dem Gepäckträger ihres Drahtesels eingeklemmt war, dann schloss sie zu den anderen Zuschauern auf. Selbst von ihrem Platz in den hinteren Reihen genügte ihr, was sie zwischen den Köpfen der Feiernden hindurch sah.

Die Burschen machten Platz, Applaus und Jubel begleitete die Volkstanzgruppe. Ihr Cousin und sein Mädel zogen als vorletztes Paar auf dem Platz ein. Kaum weniger als deren Eltern in der ersten Reihe strahlte die Tänzerin an Gerds Seite, seine Verlobte. Die Tochter, die als Kind adrett und still ihre Eltern und den Bruder zum Kaffee begleitet und lächelnd jedes Wort der Erwachsenen befolgt hatte. Das Mädchen, das in der Schule in Hannas Hefte gelinst und erst dann die eigenen leeren Seiten beschrieben und verziert hatte und die bessere Bewertung dafür kassierte. Der Schülerin, der es stets gelang, dass die Streiche den Banknachbarn und Mitschülerinnen zugerechnet und diese in die Ecke gestellt wurden. Die Tochter eines früheren Kameraden ihres Onkels, dessen Worte durchs Haus seiner Gastgeber gepoltert waren. Vor dessen Blicken sie sich noch immer ekelte, wie vor den Gedanken, die er ausblies. Die zukünftige Braut, deren Ehemündigkeit dank ihres volljährigen Bräutigams und dessen einflussnehmender Familie schon etwas vor dem einundzwanzigsten Lebensjahr sondergenehmigt war, von deren Mundwinkeln gerade einmal ein mageres Lächeln tropfte, wenn Hanna oder andere Unverheiratete in ihr Blickfeld gerieten, die noch keine baldige Verheiratung vorweisen konnten. *Wenn sie nur wüsste …,* dachte Hanna und verbiss sich ein Schmunzeln.

Die Kapelle stimmte ein neues Stück für die Tänzer in der Mitte des Platzes an. Band um Band flocht sich um den Stamm. Abwechselnd über- und untereinander wand sich mal Blau, mal Weiß mit jeder Drehung der ausgewählten Paare ineinander. Wie Blumenkelche plusterten sich die Röcke der Dirndl auf, an den Hüten der

Männer wippten die Federbuschen. Die Maisonne trieb erste feine Perlen auf die Stirn des Tubabläsers. Unter dem frisch aufgerichteten Maibaum klopften Trompeter und Klarinettenspieler mit den Füßen den Takt, zu den schwingenden Armen des Kapellmeisters.

Hinter und neben ihrem Onkel und ihrer Tante im Festtagsgewand drängten sich die Menschen Arm an Arm. Sie hielten Abstand, als könnten sie zwischen Krallen geraten und zerfetzt werden, sie hielten sich in der Nähe, als würde Abwesenheit noch schlimmer bestraft. Ab und an wagte sich einer aus der Menge, klopfte ihrem Onkel auf die Schulter, wie es so oft bei den Festen geschah – ein Bekannter, Freund, früherer Kamerad.

Der Blick ihres Onkels streifte durch die Feiernden, streifte sie. Sein Lächeln erlosch. Lederhosen und Dirndl schoben sich an ihr vorbei, drängten sie ab für eine bessere Sicht auf die Tänzer. Sie fiel zurück. Weniger Ellbogen, weniger Enge, weniger Sehen und Gesehenwerden. Sie schloss die Augen, wiegte ihren Oberkörper zur Musik, atmete tief ein. Beinahe wurde ihr Herz leicht bei all den Liedern, die ihre Großmutter so oft gesungen hatte.

Dann endete der Tanz, der Beifall änderte den Takt. Aus dem Nichts schnappte eine Hand die ihre, wirbelte sie herum. Erst erkannte sie nur Schatten im Gegenlicht der Sonne, dann ein Lächeln. Hanna zögerte einen Moment, dann schob sie ihre Angst beiseite und ließ sich mitreißen. Um sie wirbelten die ersten Paare, die Musik spielte für alle, jeder war beim Tanz willkommen. *So sollte es sein*. Hanna spürte die Hitze auf ihren Wangen, das trommelnde Herz in ihrer Brust, als Alex sie an sich zog. Die Wärme in seinen Augen kribbelte in ihrem Bauch, und sie tanzte die Schritte an seiner Seite mit Stolz. *Sollen uns ruhig alle sehen … Endlich!*

Ein Treffer knallte gegen ihr Kinn, stoppte sie. Sie strauchelte, ihr Tänzer krachte nach hinten auf den Boden, mehr sah sie nicht. An den Schultern riss ihr Onkel sie hoch. Die Tanzenden um sie stockten, drehten neugierig die Köpfe. Manche murmelten etwas zu ihren Nachbarn, andere wandten sich ab oder blickten verstohlen zu ihr, ihrem Onkel, dem jungen Mann am Boden. Alle traten einen Schritt zurück. Einer half ihrem Tänzer auf und eilte zurück zwischen die Reihen. Auf ihren Wangen brannte Hitze – und der Blick des Mannes, in dessen Haus sie lebte. Ihr Onkel straffte die Schultern, setzte ein Lächeln auf. *Wie ein Hauptmann kurz vor einem schrecklichen Befehl,* schoss ihr durch den Kopf. So aufrecht wie möglich hielt sie sich unter den Blicken der Umstehenden, den Flüsterworten und jenen, die sich abgewandt hatten.

Ihr Onkel sah jedem ins Gesicht, der sich nicht schnell genug wegdrehte. Ein neues Lied setzte ein und schallte über den Untermarkt, brachte die Umstehenden wieder zueinander. Der Tanz ging weiter.

Der Ruck, mit dem er sie fortriss, verdrehte ihr fast den Arm, und sie zuckte, als er die Stelle erwischte, die noch von der letzten Woche dunkelblau war. Er schubste sie durch die Gasse, die sich für sie bildete.

»Du glaubst, du kannst dich mit jedem herumtreiben. Das hat deine Mutter auch geglaubt, und mein Bruder war dumm genug, darauf reinzufallen. Und ich habe ein Balg wie dich am Hals!« Er zerrte sie hinter sich, seine Stimme war leise und fuhr ihr bis ins Mark. »Mit einem wie dem lässt du dich ganz sicher nicht blicken!«

»Alex ist …«

Er schoss herum und seine Hand traf ihr Gesicht.

»Alexej!« Er spuckte das Wort neben ihr auf den Boden. »So heißt er doch, der Pole! Du wohnst unter meinem verdammten Dach, du tust, was ich will! Einen Kerl wie diesen wirst du nicht einmal ansehen, hörst du! Die Brut eines ehemaligen Kriegsgefangenen und einer …«

»Einer Frau aus Murnau, die einen Mann geheiratet hat, der nicht aus Murnau stammt!«, fuhr Hanna ihm ins Wort. Wieder zündete Schmerz auf ihrer Wange, er zerrte sie weiter, noch gröber als zuvor.

»Ich hatte einen Platz, ich wollte nicht weg von meiner Großmutter! Aber du wolltest …«, murmelte sie. »Wegen des Kindergeldes!«

»Ob du endlich dein Maul hältst! Dummes Ding!«, zischte er. »Glaub das ruhig!«

Dann schlug er erneut zu. Sie spürte das Blut an ihrem Mundwinkel. Das Dröhnen in ihrem Kopf übertönte jeglichen Laut der Kapelle.

20. Theres – Bilder aus der Vergangenheit

Oberammergau, Metzgerei & Tages-Bar Hack, Dienstagnachmittag

Die Türglocke schreckte Theres am hintersten Tisch ihrer Tages-Bar auf, den sie sich als Arbeitsplatz erkoren hatte, um ihrem Vater das Büro zu überlassen. Ihr Blick wurde klar, die Worte auf dem Bildschirm ihres Laptops nahmen Kontur an. Seit einer halben Stunde hatte sie sie angestarrt – länger vielleicht. Die Zeit fühlte sich verschwommen an und löchrig; immer wieder zersetzt von Erinnerungen an Hanna. Sie stieß sich ihr Knie am Tischbein, als sie versuchte, sich nach vorne zu beugen und zum Eingang zu schielen. »Shit!«, fluchte sie leise.

Sie packte den Schlüssel und sprang auf, hörte ihren Namen.

»Es ist geschlossen!«, rief sie durch den Laden. Theres' Augen benötigten einen Moment, bis sie die Umrisse an der Glastür der richtigen Person zuordnen konnten.

»Oh!« Sie zögerte und arrangierte ihr Gesicht zu etwas wie einem Lächeln, hoffte sie. Sie hoffte, dass ihre brennenden und von Tränen vermutlich geröteten Wangen sie nicht verrieten. »Hi!«

»Oh! Hi? Gestern klang das noch …« Paul zögerte. »… nach mehr Willkommen, Begeisterung, Wiedersehensfreude. Oder bin ich nur auf Bestellung erwünscht?«

»Depp!« Theres sah Paul an, für ein Lächeln fehlte ihr die Kraft. »Gestern war noch einiges anders … und Freude um einiges leichter«, sagte sie.

Er nickte müde.

In ihrer Hand klimperte der Schlüsselbund, als sie ihn hochhielt. »Schon wieder vergessen abzusperren … Ich dachte, jemand hätte sich versehentlich hierher verirrt.«

»Und so sieht Erleichterung aus?«

»Überraschung sieht so aus, jedenfalls heute«, brummelte sie. Mit einer Geste deutete Theres zum Tisch, kramte aus dem Sideboard eine Karaffe und zwei Gläser, füllte Wasser ein und steckte ein paar Zweige Minze dazu. Sie schluckte, aber die Trauer blieb, die ihr Herz eingeschnürt hielt. »Schön, dass du hier bist. Zur Abwechslung eine positive Überraschung an diesem Tag heute. Seit gestern Abend warst du jedenfalls viel zu lange nicht hier.«

Paul seufzte zustimmend, griff nach dem Wasserglas und zog sein Handy, legte es vor Theres auf den Tisch und entsperrte das Display. »Da sagst was! Wein würde fast besser passen als Wasser.«

»Du weißt, was passiert ist?«, fragte Theres. Sie entdeckte auf dem Display abfotografierte verblichene Farbbilder, Fotos in Schwarz-Weiß und eine Künstlerin vor einer Leinwand, die sie an Hanna erinnerte.

»Hannas Sohn hat mich angerufen wegen der Beerdigung. Ihr …«, er räusperte sich, »… ein Unfall im Wald. Ich kann es immer noch nicht glauben.«

»Unfall …«, wiederholte sie. Sie senkte den Kopf und warf ihm einen Blick zu unter halb geschlossenen Lidern. Sie wich seinem Blick aus, beugte sich ein wenig nach vorn und deutete auf die Fotos in seinem Handy. »Was sind das für Bilder? Woher hast du die?«

»Von Hannas USB-Stick. Die sind von hier aus der Gegend, hauptsächlich aus Murnau, private Aufnahmen. Zum Teil aus den 1950ern und 1960ern«, erklärte er. »Die

Bilder waren auf dem Stick mit ihrer Geschichte – alle bereits digitalisiert und in sehr guter Qualität, soweit ich das beurteilen kann als Laie. Ein paar davon habe ich schon mal auf ihrer Website gesehen. Aber heute, als ich noch mal schauen wollte, waren sie nicht mehr dort. Also der ganze Abschnitt war nicht mehr zu finden. Vielleicht hab ich mich auch getäuscht, aber das Ganze ist irgendwie seltsam.«

»*Irgendwie seltsam* ist eine irgendwie schwammige Umschreibung«, besserwisserte sie.

»*Gscheidhaferl!*«, gab er zurück und zuckte schließlich mit den Schultern. »Ich kann den Finger nicht drauflegen, das ist alles noch wie im Nebel. Und erzähl mir nicht, dass es dir da anders geht.«

Theres stimmte ihm müde nickend zu. Dann zog er auf dem Display ein paar Fotos größer und schob das Handy weiter zu ihr. »Das ist Hanna auf den Bildern, als sie jung war.«

Kurz glitten Theres' Gedanken davon. Vergangenes Jahr hatten sie vieles umgestellt und aussortiert. Die unterste Schublade im Büro … Sie wusste, ihr Vater versteckte nichts vor ihr, aber als sie die Schublade aufzog, fühlte sie sich wie ein unerwünschter Gast. Die Fotos, die darin lagen, hatten sie überrascht, das Strahlen auf den Gesichtern – auch wenn die Zeit den Bildern die Farben geraubt hatte. Ihre Eltern als junges Paar, bei der Hochzeit, als junge Eltern, neben dem ersten Fahrrad ihrer Tochter – Erinnerungen, eingefangen auf alten Abzügen. Darunter fand sie einen Schnappschuss, der vom Balkon aus nach unten fotografiert war. Theres erinnerte sich an das Bild, an die Art, wie ihre Mutter die Haare trug, vor über dreißig Jahren, wie sie mit der Zigarette auf der Terrasse saß. Dem Gesicht fehlte das Lächeln, als hätte sie selbst die Erinnerung daran vergessen, der Blick ging in die Ferne. Es war eine der letzten Aufnahmen, kurz bevor ihre Mutter gegangen war.

Theres verengte die Augen, musterte Hannas Fotos. »Wer ist das mit ihr auf den Bildern? Hat Hanna einen Bruder? Sind das ihre Eltern?«

»Ich bin mir nicht sicher, ich hab erst ein paar Seiten ihrer Geschichte geschafft gestern Nacht. Einen Bruder hat sie bislang nicht erwähnt. Aber wie mir scheint, gab es unschöne Entwicklungen in Hannas Kindheit. Ihre Eltern hat sie früh durch einen Unfall verloren. Anfangs wuchs sie bei ihren Großeltern auf und erhielt sogar Malunterricht von Gabriele Münter. Dann musste sie zum Bruder ihres Vaters ziehen. Weder Hanna noch ihre Großmutter wollten das, aber nach dem Tod des Großvaters konnten sie es nicht mehr verhindern. Ihr Onkel hatte wohl gute Verbindungen durch seine Vergangenheit bei der NS und Hannas Großmutter damit erpresst. *Wie* und *warum* genau, habe ich noch nicht rausgefunden, aber ich bin dran«, fasste Paul zusammen.

Theres runzelte die Stirn. »Ganz ehrlich: Es reicht vermutlich, wenn er der Großmutter droht, sie dürfte Hanna nicht mehr sehen.« Sie hob die Hände. »Was hätte eine alleinstehende alte Frau in den Fünfziger- oder Sechzigerjahren dagegen unternehmen können? Wer will schon den Kontakt zu seinem Enkelkind riskieren?«, überlegte sie. »Sag mal, Paul: Kannst du mir Hannas Geschichte rüberziehen oder schicken? Vier Augen sehen mehr als zwei, vielleicht entdecken wir gemeinsam das, was die Geschehnisse der letzten Zeit erklären könnte.«

Paul legte den Kopf schief. »Da könntest du recht haben. Jedenfalls gibt es noch einen Cousin in Murnau – oder zumindest gab es ihn, laut Hannas bisheriger Erzählung. Ich muss unbedingt weiterlesen und schauen, was ich sonst noch dazu finden kann. Und zu den Bildern auf dem Stick vermute ich einfach, Hanna wollte sie gemeinsam mit ihrer Geschichte veröffentlichen«, spekulierte er. »Immerhin hat sie die Fotos meistens mit der Jahreszahl und dem Aufnahmeort abgespeichert, manchmal sogar mit den Namen der Personen. Leider nicht bei allen. «

»Und das sind auch die Fotos von ihrer Website?« Theres schwenkte die Karaffe, dann schenkte sie ein.

»Ein paar davon waren es«, antwortete er. »Wie gesagt, als ich jetzt nachgesehen habe, war nichts mehr da.«

»Wir könnten Klara dazu fragen?«, schlug sie vor. Paul zuckte mit den Schultern. »Bestimmt hat sie Hanna geholfen. Sie studiert Informatik und hat mit Hanna an der Veröffentlichung ihrer Geschichte gearbeitet. Vielleicht weiß ihre Enkelin etwas, vor allem, warum die Website nun verändert ist.« Theres kam in den Sinn, wovon Paul und ihr Vater erzählt hatten. »Falls das mal nicht der Grund für den Streit war, den du und der Babba erwähnt habt ... Hast du dir schon Gedanken gemacht?«

»Worüber? Den Streit?«

Theres schüttelte den Kopf. »Nein, dazu kann vermutlich nur Klara etwas sagen. Über den Unfall, meine ich.«

»Was sich weniger unwirklich anfühlt? Unfall oder Tod?« Pauls Blick glitt aus dem Fenster in Richtung Kofel.

Mit dem Zeigefinger tippte Theres auf den Tisch, als löste das ihre Fragen zu dem Streit, dem Unfall und Hannas Tod einfacher. Sie umklammerte ihr Wasserglas und sah Paul über den Rand hinweg an, seufzte. »Ja!« Theres nickte.

»Was für ein bescheuerter Zufall«, murmelte Paul. »Auch der Streit mit der Familie.«

»Zufall?« Theres schnaubte, wie von selbst schüttelte sie den Kopf. In einer hinteren Ecke ihres Hirns nervte ein kratziges Gefühl, und dann fiel ihr noch etwas ein. »Und die Notizbücher, von denen mein Vater nur einige gefunden hat …«

Nach einem weiteren Glas Wasser richtete Paul sich auf, drehte sich ihr zu. Seine Finger trommelten auf die Tischplatte. »Manchmal wünschte ich wirklich, die Zeit ließe sich zurückspulen. Da steht jemand wie Hanna auf, die keine Mördergrube aus ihrer Vergangenheit macht, sondern damit aufräumen und Frieden schließen will. Aber …« Er unterbrach sich selbst. Theres runzelte die Stirn, Paul schob das Kinn vor. »Das Schicksal ist schon …«

»… ein Depp!«, ergänzte Theres und fuhr sich übers Gesicht. Alles fühlte sich bleischwer an und sinnlos.

Stirnrunzelnd sah Paul sie an, dann nickte er. »Ein Unfall … Ich versteh das einfach nicht. Und weißt du, was seltsam ist: Anton meinte, sie hätten bei Hanna keinen Hausschlüssel gefunden, auch im Haus nicht.«

Theres rümpfte die Nase. »Als ob irgendjemand ohne seine Schlüssel das Haus verlässt, wenn man ihn nicht grad dort vergisst oder irgendwo verliert.«

21. 1968 Zurück – Träume

Murnau, im Wald, am Drachenstich,
Ende August/Anfang September 1968

Die Zweige des Busches drückte Hanna so vorsichtig wie möglich zur Seite und schob ihr Fahrrad noch ein Stück weiter hinein ins Grün des kleinen Wäldchens am Stadtrand. Bevor sie loslief, streifte ihr Blick noch einmal über den Waldrand, das Feld, über den Weg, den sie genommen hatte. Soweit sie sehen konnte: nichts, niemand. Dann suchte sie ihren Weg so nah wie möglich bei den Sträuchern und Bäumen.

Bei jedem Schritt baumelte die Tasche an ihrer Seite, und die Träger schnitten in ihre Schultern. Sie setzte ihre Sandalen Schritt für Schritt in die kahle Narbe im Gras. Von rechts, von links kitzelten die überstehenden Grashalme ihre Knöchel und Zehen. Immer wieder versuchte ein Hauch von Wind, die Sommerhitze zu überlisten, rauschte durch die Wildblumenwiese neben dem Waldrand und verschwand darin. Ihre Schritte wichen den Bienen aus. Am Wegesrand neigte sich die Blüte eines Gänseblümchens unter dem Gewicht einer Hummel.

Über ihren Rücken lief ein Schauer. Hinter sich glaubte Hanna Schritte zu hören. An der Weggabelung schielte sie noch einmal zurück, entdeckte niemanden. Nichts als Bäume, die sich in die Höhe reckten. Durch die Lücken zwischen den Stämmen sah sie viel zu langes Gras, das sich nicht im Geringsten an eine Sense erinnern konnte. Schafgarben, dünne Margeriten, Rotklee, blaue Kornblumentupfer bogen sich dazwischen im Wind. An den Holunderbüschen verwandelten sich die ersten grünen Knubbel in schwarze Beeren. Bald wären sie reif. Erntezeit.

Ihre Hand fuhr zu ihrem Bauch, presste sich gegen den Stich, der da plötzlich war, legte sich schützend darüber. Sie schüttelte den Kopf. Dann bückte sie sich, zog die ausgeleierten Riemen ihrer Sandalen fester. Es waren die alten, getragenen Schuhe der Verlobten ihres Cousins. Zwischen den Zehen drängten sich saftige Grasspitzen vorbei.

Sie folgte dem Pfad, der sich durch die Bäume schlang, drückte die Tasche mit ihrem Skizzenblock fester gegen ihre Hüfte und lief. Die Pinsel und die Farbpalette klapperten aneinander. Das Schaudern in Hannas Nacken blieb.

Am Drachenstich verlangsamte sie ihren Schritt, sie setzte Fuß um Fuß zwischen die Wurzeln, balancierte über abgebrochene Äste den Weg nach unten, bis sie Halt fand. Die ersten Schatten pirschten sich zum Wasserfall, die Sonne zog sich zurück. Sie sah sich um, entdeckte die verborgene Stelle und suchte sich ihren Platz. Neben ihr gurgelte das Wasser, Äste knarzten, Blätter raschelten. Der Wald hatte seine eigene Sprache. Hier fühlte sie sich geschützt, nicht allein. Wie Wächter schirmten die Bäume Blicke ab und ließen ihr doch genug Sicht. Und Hanna sah den, auf den sie wartete, sah, wie er seinen Weg zu ihr fand. Sie ging ihm entgegen.

Alex' Hand wärmte ihre Haut. Das Schmunzeln um seinen Mund steckte sie an, in dem Blick seiner Augen verlor sie sich. In ihrem Nacken kitzelten die Fransen seines Armbands, und er spielte mit den Strähnen, die sich aus ihrem Zopf gelöst hatten. Seine Finger glitten von ihrem Haaransatz in die sanfte Kurve ihres Halses.

Ihr Herzschlag pulsierte unmittelbar darunter, und unter seinen Fingerspitzen prickelte und tanzte ein wohliger Schauer bis in ihren Bauch, bis ihre Lippen seine fanden und die Welt für einen Augenblick innehielt und jeden Schmerz, jede Angst vergessen ließ.

Sanft und beschützend legte Alex seine Hand über ihre Mitte. Sein Blick suchte ihren, und sie brauchten keine Worte, Hanna spürte, was in seinen Augen stand.

»Ich werde da sein«, flüsterte Alex. »Nächste Woche, hier.«

22. Toni – Ansteigend

Oberammergau, Polizeistation, Dienstagnachmittag

Zum dreiundzwanzigsten Mal zwang Toni seine Augen über den Satz in seinen Notizen, dann las er noch mal den Bericht der Kollegen aus Murnau. Auf dem Block sammelten sich ein paar Worte, willkürlich, stockend, störend. Er rutschte von seinem Schreibtisch weg, füllte seine Tasse mit schwarzbitterem Kaffee und nahm die Stufen zum Büro seines Vorgesetzten. Dann trat er ein.

Sein Chef hob den Kopf. »Und meiner?«, fragte der Hauptkommissar und deutete auf die dampfende Kaffeetasse.

Toni zuckte mit den Schultern und zeigte mit dem Daumen über seine Schulter nach hinten. »Noch nicht bitter genug. Zwei-, dreimal aufkochen, dann passt er.«

»Du. Mich. Auch.«, warf Sollinger zurück. »Irgendwas Aufregendes zum Einbruch? Fingerabdrücke?«

Toni tippte sich an die Stirn und wanderte an seinen Schreibtisch in die Amtsstube zurück. »Ich ruf noch mal hinterher.«

Kurz darauf kehrte er mit einer zweiten Tasse Kaffee ins Büro zurück und stellte sie auf dem Schreibtisch ab, an dem sein Vorgesetzter in unveränderter Haltung verharrte. Toni tippte auf den Rand des Bildschirms. »Von den Kollegen der Spurensicherung kam gerade ein Update. Wirf mal einen Blick darauf, was wir an Fingerabdrücken im Haus der Verstorbenen gefunden haben.«

»Verschiedenes zwar, aber nichts aus der Datenbank jedenfalls«, knirschte Hauptkommissar Sollinger nach einer Weile. »Da werden wir die Angehörigen auch noch prüfen müssen, und sei es nur, um sie auszuschließen. Gibt's eigentlich schon mehr zu Hannas Familie? Noch jemand, den wir verständigen müssen?«

Auf der Fensterbank schob Toni die Pflanzen zur Seite, setzte sich, das Glas kalt in seinem Rücken. Die Blätter des Einblatts wippten bei jeder seiner Bewegungen, streiften seinen Unterarm. »Aufgrund der Aussagen der Hacks wissen wir nur vom Sohn und der Enkelin. Aber die Ermittlung weiterer Angehöriger läuft noch. Wir sollten dringend noch mal mit Theres' Vater reden. Vielleicht fällt ihm etwas mehr ein zu Hannas Verwandtschaft. Kann ja nicht sein, dass die beiden sich in den letzten Jahren nicht über so was unterhalten haben.« Er verschluckte sich halb. »Obwohl, zu meiner Verwandtschaft hätt ich auch nicht viel zu sagen. Wie sieht's bei dir aus, Herr Hauptkommissar? «

»Ach? Sieh an.« Sollinger ignorierte die Frage, stand auf und sah über seinen Bildschirm zu ihm. »Die Hiobsbotschaft des Tages habe ich bereits überbracht. Du bist dran!«

Toni runzelte die Stirn und öffnete den Mund.

»Vergiss es! Deinen Joker für heute hast du bereits verbraucht«, kam ihm der Hauptkommissar zuvor, schüttelte den Kopf.

»Ich übernehme das natürlich mit Freuden, wenn du keine Zeit dafür hast, Chef. Wofür hat man denn Mitarbeiter des Monats?«, antwortete Toni ironisch und ignorierte seinen augenrollenden Vorgesetzten.

»Depp!« Sollinger platzierte sich kopfschüttelnd wieder hinter seinem Bildschirm. »Sieh es als kostenlose Fortbildungsmaßnahme: Endlich eine Gelegenheit, sich kompetent über Verwandtschaft auszutauschen. Mehr ist im Jahresbudget ohnehin nicht drin.«

Toni dotzte seinen Hinterkopf gegen das Fensterglas, einmal, zweimal, noch mal. Er starrte in die Luft. Das schwarze kaffeeähnliche Etwas kratzte auf seiner Zunge und scheuerte seine Kehle hinab bis in den Magen, gleichzeitig brannte es in seinem Kopf. Vielmehr: zündelte an einem anderen Gedanken. »Aber zurück zu Hannas Tod am Tag des Einbruchs: Keine Fremdeinwirkung, sagt der Bericht der Kollegen. Ein unglücklicher Sturz rückwärts die Treppen hinab. Und dann Platzwunde, Blutverlust, Unterkühlung, Tod.«

»Extrem unglücklich«, murmelte Sollinger. Links oben in der Ecke hinter dem Schreibtisch schaukelten Spinnweben im Luftzug. Der Lüfter von Sollingers Laptop drehte lauter. »Gut, es war regnerisch und der Untergrund durchweicht, das Holz mag schlüpfrig gewesen sein …«

»Mmmh.« Toni streckte seinen Nacken, dehnte die Halsmuskulatur links, rechts, sog an seiner Unterlippe.

»Nicht, was du erwartet hast?«, fragte Sollinger.

»Schwer zu sagen! Es ist nicht unbedingt so, dass ich dazu Erwartungen hatte. Keine Ahnung.« Er schüttete einen weiteren Schluck Kaffee hinunter, der Nachgeschmack, der blieb, hing im Kopf, nicht im Gaumen. »Aber Hanna … war fit, viel unterwegs, wanderte die Strecke nicht zum ersten Mal, kein Übergewicht – vor allem keins hinten am Rücken. Ihr Weg stieg an, sie ging die Stufen nach oben, an einem Geländer.«

»Zu viele Zufälle, oder?«, bestätigte Sollinger seinen Gedanken.

»Sagst du nicht, dass Hacks die Erklärung von wegen Unfall auch … seltsam fanden. Oder nennen wir es: nicht zufriedenstellend. Ich jedenfalls schließe mich dem an.« Zwischen dem Einblatt und dem Drachenbaum schob Toni sich nach vorne und die Kaffeetasse auch. Im letzten Moment erwischte er den Pott. »Wenn sie nach vorne gefallen wäre, verstünde ich's ja noch halbwegs. Aber warum … Warum kippte sie nach hinten? Jeder der nach oben läuft, lehnt sich eher nach vorne.« In der Luft fuhr seine Hand schräg nach oben, mit seinem Körper deutete er die Bewegung an.

Sollinger stand auf und verließ sein Büro. Nach einer Weile kehrte er mit der Kaffeekanne zurück. »Weil … das Treppenholz rutschig war? Weil sie eine Stufe verfehlt hat. Schwindel? Atemnot?« Er zuckte mit den Schultern. »Kann alles passieren. Aber ich versteh, was du meinst. Mit dem Einbruch am selben Tag hat das einen eigenartigen Beigeschmack.« Er schüttelte den Kopf. »Wie war das noch mit den Hufen, wenn ich dich an deine Worte erinnern darf? Lass uns einfach schauen, ob da ein Pferd dahinter ist oder doch der andere, mit dem Pferdefuß.«

Toni zog den Mundwinkel zu einem Grinsen hoch. »Verdammt, du hörst ja ab und an sogar meinen Weisheiten zu. *Teufelnocheins*.«

Sollinger schnaubte. »Dem Schmarrn meistens schon, aber …«

»Jeder humpelnde Huf stolpert auch mal in ein passendes Eisen?«, fabulierte Toni dazwischen. »Apropos Hufe: Es sind noch andere Spuren gefunden worden – vom Jäger und einem anderen nicht identifizierten Paar Schuhe, das offenbar mehrmals zurückgekommen ist.«

Sein Vorgesetzter rieb sich die Augenbraue, rollte seinen Bürostuhl zurück. »Vielleicht der anonyme Anrufer, der den Förster verständigt hat? Oder vielleicht war Hanna doch nicht alleine unterwegs?«

»Manchmal hätte ich wirklich zu gerne Überwachungskameras im Wald«, sinnierte Toni.

»Wenn Bäume sprechen kö…« Sollinger stoppte, furchte die Stirn. »Auch wenn's ein weiter Wurf ist, aber schauen wir mal, ob wir treffen: Check doch mal die Verkehrsüberwachung nach Auffälligkeiten. Jemand, der eine verletzte Person oder sogar eine Tote gesehen hat, lässt sich vielleicht eher hinreißen, die Geschwindigkeit nicht ganz einzuhalten. Oder überfährt auch mal eine rote Ampel. Wer weiß, vielleicht bringt uns das einen Hinweis zu unserem anonymen Anrufer.«

Toni tippte sich an die Nase. »Oder vielleicht bringt uns das auch auf jemanden, der eine Fensterscheibe einschlägt und in Häuser einbricht.«

23. 1968 Zurück – Gefangen

Murnau, Haus von Hannas Onkel, Ende August/ Anfang September 1968

Die Tür bewegte sich nicht. Hanna rüttelte an der Klinke. In ihrem Gesicht brannten Tränen, die Wut in ihrem Bauch überschwemmte den Schmerz, auch wenn ihre Wange pulsierte, noch mehr ihre Unterlippe. Bei jedem Atemzug stach der blutige schmale Spalt.

Mit ihrem ganzen Gewicht zog und drückte sie an der Tür, das Metallschloss gab weiterhin nicht nach. Durch das Holz rief sie ins Treppenhaus, niemand antwortete. Sie saß fest zwischen den Spinnweben und dem Staub, trippelnden, huschenden Füßchen, deren Besitzer sie nur wie Schatten erblickte, der abgestandenen Luft und den kargen Dachziegeln.

Das Giebelfenster war groß genug, Hanna streckte ihren Kopf hindurch. Am blauen Putz der Fassade fiel ihr Blick nach unten über die etwas dunkleren Fensterläden zum grau abgesetzten Sockel ums Erdgeschoss, zum Garten. Gestern war wie jede Woche der Gärtner auf seinem Rückweg von der Kämmerei auf einen Abstecher bei ihnen vorbeigekommen, hatte gestutzt, gejätet, gezupft. Die Rundungen seiner Bierflasche hatte er mit Hannas verglichen und ihrem Onkel lachend zugeprostet. Kurz hatte sie Panik, er könnte etwas bemerkt haben, aber die Binden saßen fest und eng um ihren Bauch, alles, abgesehen von ihren Brüsten, wirkte noch immer flach, selbst ohne Binden sah man so früh kaum eine Veränderung ihres Körpers. Beim Aufstehen war Hanna an die Flasche gestoßen, und die Hälfte des Biers hatte sich auf seine Hose ergossen – unversehentlich. Die Ohrfeige dafür folgte, als der Gärtner gegangen war.

Vom Giebelfenster aus sah Hanna, wie eine jüngere Frau ihrer Tante auf die Terrasse folgte, die Verlobte ihres Cousins, mit einem Korb Wäsche auf dem Arm. Ute. Ein wenig später folgte ihr Cousin. Er stellte eine Flasche Bier auf den Tisch, verschwand dann hinter dem Schuppen im Garten. Die beiden Frauen holten Wäschestück für Wäschestück aus dem Korb, setzten Klammer für Klammer an die Leine.

Hanna rief nach den beiden.

Kurz zuckte ihre Tante zusammen, suchend schaute sie in alle Richtungen. Utes Blick schoss nach oben, sie legte den Kopf in den Nacken. Dann erstarrte die Miene der Verlobten ihres Cousins. Ute wusste offenbar, was geschehen sein musste. Sie deutete nach oben, doch Hannas Tante wendete sich ab. Ein weiterer Griff in den Wäschekorb. Mitten im Garten blieb ihr Cousin stehen. Gerd entdeckte sie ebenfalls. Die Lippen zu einem schmalen Strich zusammengepresst, einen eisigen Ausdruck im Gesicht. Er stierte zum Dachbodenfenster, zu ihr. Schließlich verzogen sich seine Mundwinkel nach oben. Triumphierend.

Noch einmal rief Hanna, bat, schrie. »Hilfe!« Er grinste. Er schüttelte den Kopf, kehrte sich ab.

Wieso hatte sie geglaubt, alles würde ganz reibungslos funktionieren? Unter ihrer Haut schabte dieses Gefühl der Machtlosigkeit. *Wieso bin ich nicht einfach früher weg vom Onkel und seiner Tyrannei? Wie konnte ich nur glauben, ich kann fliehen und mit Alex und dem Kind leben? Mit Alex, den er so sehr hasst? Wie konnte ich glauben, niemand errät meinen Plan? Nichts passiert, niemand bestraft mich? Mein Onkel hat gerade erst angefangen mit seiner Strafe für mich.*

Als ihr Onkel sie ins Dachgeschoss gesperrt hatte, als der Motor seines Autos startete und er aus der Einfahrt fuhr, zitterte sie vor Angst. Kein Wort hatte er gesagt. Aber sie wusste genau, was er vorhatte.

In der Dachkammer entdeckte sie kaum etwas, das ihr Hoffnung ließ zu entkommen. Sie entdeckte die Fahnen, vor denen ihre Großmutter sie gewarnt hatte. Symbole für Hass und Neid. Und Verachtung für all jene, die sich nicht beugten. Die Flaggen der Nationalsozialisten, Zeichen derer, die Menschen dafür verachteten, anders zu denken oder anders zu sein. Eine hing über einer alten Kommode, Fotorahmen waren darauf drapiert. Papiere lugten aus halb geöffneten Schubladen und fingen ihre Neugier.

Sie stieg über Kisten und einen alten Leiterwagen, an einem zerbrochenen Bilderrahmen unter dem Schränkchen stieß sie sich den Zeh. Das Glas war gesprungen. Sie glaubte, den Mann auf dem ausgebleichten Bild zu erkennen.

Er trug keine Uniform, sah ein wenig aus wie eine verblasste Erinnerung. Staub blieb an ihren Fingern kleben, als sie über das Glas fuhr. Beim nächsten Blinzeln machte ihr Herz einen Satz. Ihr Vater – er musste der Mann auf dem Bild sein. Sie stellte es wieder nach oben auf das Kästchen und zog die Schublade mit den Papieren auf, überflog eines nach dem anderen. Kopien von Urkunden. Arbeitsberichte, ein vergilbtes Blatt mit verschiedenen Flurnummern – ein Eintrag aus dem Grundbuchamt, sie erkannte die Namen. Die Seiten steckte sie in die Tasche ihres Kleides.

Weiter hinten drehte ein Windstoß quietschend einen Kleiderhaken, der an den rostigen Streben eines ausgedienten Bettgestells hing. Darauf eine Uniformjacke, deren Saum den staubigen Boden berührte. Die Matratze auf dem Bett fehlte, die Federn des Rahmens standen in die Höhe, manche schienen nur noch lose mit dem Gestell verbunden zu sein.

Hannas Blick ging vom Bett zur verriegelten Tür. Schließlich tappte sie über die grauen Dielen zu dem ausrangierten Bett, riss und ruckelte an den Federn. Sie griff nach einem losen Stück Holz, das auf dem Boden lag. Wie einen Keil setzte sie es an einem der wackligen Metallstücke an, rammte es gegen die Verankerung und versuchte Schlag um Schlag, eine Feder zu lösen.

24. Klara – Verlorene Seiten

Oberammergau, Metzgerei & Tages-Bar Hack, Dienstagnachmittag

Klara zog an der Eingangstür der Metzgerei, vergeblich. Dann drückte sie die Stirn gegen die Scheibe und klopfte. Von einem der hinteren Tische erhob sich Theres und näherte sich der Tür, mit dem Schlüssel in der Hand. Der Mann, der mit dem Rücken zur Tür saß, drehte sich um und sah ihr entgegen, als sie eintrat.

Kurz überlegte Klara, dann fiel es ihr ein. Paul. Sie erkannte den Pfarrer am Kollar seines Hemdes. Mit den Fingern streifte Klara sich ein paar Strähnen aus dem Gesicht nach hinten, und zugleich das Feuchte aus ihren Augen. Tränen. Sie tat zwei Schritte näher auf den Tisch zu, schluckte und versuchte, ihre Stimme fest klingen zu lassen.

»Ist geöffnet?«, erkundigte sie sich und ärgerte sich sofort über die Peinlichkeit dieser überflüssigen Frage. *Als wäre das nicht offensichtlich.* In ihren Wangen pulsierte mit einem Mal Hitze.

»Geschlossen.« Theres hob die Hand mit dem Schlüsselbund, ihre Augen wurden schmal, die Lippen auch, sie wartete. »Deswegen ist auch abgesperrt. Was machst du hier, Klara? Hanna … Die Polizei …« Sie räusperte sich. »Hat dich die Polizei erreicht wegen deiner Großmutter? Was machst du hier?«

Der Pfarrer stand auf. Er trat auf Klara zu, und auf seinem Gesicht stand alles, was sie schon wusste. »Es …«

»Nein, schon gut« kam Klara ihm zuvor, blinzelte und schluckte erneut. »Jemand von der Polizei war bei meinem Vater, und er hat … Wir sind direkt noch mal rausgefahren … Es ist so unwirklich, dass Oma nicht mehr im Haus sein soll …« Ihre Stimme brach, sie brauchte einen Moment. Wieder wischte sie sich übers Gesicht, ihr Handrücken war feucht. »Stenz, Omas Hund … Ein Kommissar aus Oberammergau hat bei ihm angerufen und gefragt, ob wir Stenz zu uns nehmen. Er hat gesagt, er wäre bei euch. Sollmeier oder so.«

Die Metzgerin nickte und deutete nach draußen auf einen kleinen Garten. »Stenz versteht sich mit meiner Hündin recht gut. Kommissar Sollinger hat ihn bei uns vorbeigebracht.«

»Ja, Sollinger«, wiederholte Klara. »Ich hoffe, Stenz hat euch nicht zu viel Aufwand verursacht?« Sie sah von Theres zum Pfarrer und hoffte, niemand bemerkte, wie sehr sie innerlich bebte. »Ich kann es einfach nicht glauben.«

»Keiner von uns«, antwortete der Pfarrer und schlenderte zurück zum Tisch.

Klara sog Luft in ihre Lungen gegen das Schluchzen, das sich nach oben drängte. Ihre Stimme fand sie erst nach einer Weile wieder. »Ich nehme Stenz zu mir, erst mal. Solange ich hier bin, kann ich mich um ihn kümmern. Und um Hannas Geschichte natürlich auch. Hanna hatte das meiste in den Dokumenten auf ihrem Laptop. Ein bisschen was noch als Entwurf in alten Notizbüchern«, fiel ihr ein.

Stirnrunzelnd musterte die Metzgerin sie. »Du meinst Hannas Geschichte, an der du mit ihr gearbeitet hast? Kommst du denn in ihr Haus und an ihren Laptop?«

»Ja, Papa hat …«, Klara verschränkte die Arme vor der Brust, sie zögerte kurz. »Papa hat den Ersatzschlüssel. Ich will, ich muss das beenden. Hanna und ich waren fast fertig damit, alles zu vervollständigen und zu veröffentlichen.«

»Da war doch auch einiges auf ihrer Website, dachte ich. Aber jetzt ist alles weg …«, schaltete der Pfarrer sich ein.

Sie wich seinem Blick aus, versuchte ein Lächeln. Von der Tür hinter sich spürte Klara einen kalten Luftzug im Nacken. »Was meinst du damit?«

Er wandte sein Gesicht kurz Theres zu, dann ihr. »Ich schau immer wieder auf Hannas Seite. Der Content und die Infos zu ihr sind unterhaltsam und interessant, gerade die Schnipsel aus ihrer Vergangenheit ... Aber dazu ist nun plötzlich gar nichts mehr zu finden. Als hätte es jemand gelöscht.«

Klara räusperte sich, sie zupfte an ihrer Jacke und sah zwischen den beiden hin und her. »Die Sache ist die«, begann sie schließlich, wieder versuchte sie, ihre Stimme so fest wie möglich klingen zu lassen. Sie spürte, wie ihre Wangen immer wärmer wurden und sie sich immer unruhiger fühlte. »Ich hab gestern noch was verändert auf ihrer Seite. Mir ist eine Unregelmäßigkeit aufgefallen beim Log-in der Website. Außerdem kam dazu eine Fehlermeldung. Ich muss das erst prüfen, denn abgesehen von Hanna und mir hat niemand Zugang zur Website, um etwas zu verändern. Und ich will nicht, dass irgendjemand mit Hannas Geschichte etwas anstellt, was nicht in ihrem Sinn wäre.« Sie schnaubte.

»Seltsam …«, bemerkte Theres.

Klara nickte. »Exakt. Aber mein Studium kann ich hier mehr als gut nutzen.«

»Das heißt?«, fragte der Pfarrer.

»Ich werde die IP-Adresse tracken und checken, woher die Anmeldeversuche stammen. Darüber finde ich dann den Rest.«

Theres runzelte die Stirn. »Vielleicht ist der Laptop aber auch bei der Polizei?«

»Wieso denn bei der Polizei?«, wunderte sich Klara.

Die Metzgerin stützte die Hände in die Hüften. »Hannas Terrassentür wurde eingeschlagen. Die Kommissare und auch die Spurensicherung waren bereits in Hannas Haus. Vielleicht wissen die Kommissare schon mehr dazu.«

»Was?« Klara schüttelte ungläubig den Kopf, dann senkte sie den Blick. »Ich war auf ihrer Terrasse, am Montag«, sagte sie und schloss die Augen, versuchte, in Gedanken zusammenzufügen, was sie am Montagnachmittag gesehen hatte. »Ich weiß nicht, ob das Glas schon zerbrochen war. Ich weiß es wirklich nicht. Ich sollte Hanna treffen, aber sie war nicht da. Ich hab mir Sorgen gemacht.«

»Versteh ich«, schob Theres hinterher. Die Metzgerin presste die Lippen aufeinander, als würde sie etwas dahinter zurückhalten.

Die Kommissare, wiederholte Klara in Gedanken. »Fuck! Ich hoffe, ihr Laptop wurde nicht geklaut, und irgendjemand versucht, Hannas Vorhaben zu verhindern.« Ihr Blick verlor sich irgendwo zwischen den beiden Oberammergauern. »Wir haben zu viel Arbeit investiert, um das aufzugeben. Manchmal war Hanna viel zu bescheiden und zurückhaltend damit. Dabei ist es die Geschichte einer Frau, die immer wieder einen neuen Weg gewagt hat, auch wenn sie scheinbar in einer Sackgasse steckte. Sie hat sich gegen die NS-Vergangenheit des Mannes gestellt, unter dessen Dach sie aufwachsen musste. Und es wird Zeit, diesen Schandfleck in der Familie aufzudecken. Es wäre so gut, die Geschichte in einem Buch zu erzählen, damit sie so viele wie möglich lesen können.«

Die Metzgerin und der Pfarrer tauschten einen Blick, den Klara nicht deuten konnte.

»Aber du kannst nicht leugnen, dass du auch mit der Familie verwandt bist!«, wandte Theres ein.

Klara schüttelte den Kopf. »Ich kann nichts für die Verwandtschaft. Aber ich kann sehr wohl diese Scheinheiligkeit auflösen, mit der ein Teil der Familie sich nach außen als rechtschaffen darstellt, aber über all die Jahre dieses rechte Gedankengut konserviert und gepflegt hat. Das noch länger zu verschweigen ist einfach falsch!«

»Und dann?«, schaltete der Pfarrer sich ein. »Was denkst du, was passiert? Dass diese Menschen sich reumütig ändern?«

»Dass …« Klara unterbrach sich, überlegte einen Moment. Dann schüttelte sie den Kopf. »Das wäre zu schön, um wahr zu sein«, setzte sie bitter an. »Das wird nicht geschehen. Aber jeder, der die Wahrheit über sie kennt, kann dann entscheiden, ob er oder sie weiterhin einfach wegsehen will oder sich von diesen Menschen distanziert. Darum geht es, darum muss Hannas Geschichte als Buch in die Welt. Dann gibt es keine Entschuldigung mehr, sich eine heile Welt vorgaukeln zu lassen und diesen verdorbenen Bodensatz aus Überlegenheitsgefühl, Anspruchsdenken, Frauen- und Fremdenhass zu übersehen.«

»Ein Buch?« Der Pfarrer musterte sie. »Hanna hat bislang nichts von einem Buch erzählt?!«

Klara zuckte mit den Schultern. »Das ist doch die beste Art, Hannas Geschichte zu präsentieren! Hatten denn die Kommissare einen Schlüssel für Omas Haus?«, lenkte sie ab.

Theres runzelte die Stirn, wieder ging ihr Blick zum Pfarrer. Dann zuckte sie mit den Schultern. »Ob die Tonis einen Schlüssel haben, darfst du mich nicht fragen. Spielt das denn eine Rolle?«, sagte sie.

»Die Tonis?« Klara sah verständnislos zwischen den beiden hin und her, bis die Metzgerin sie über die Namen der Oberammergauer Kommissare aufklärte. »Nein, das mit dem Schlüssel und der Polizei spielt keine Rolle«, versuchte Klara abzulenken. »Mein Vater hat einen, mit dem sind wir heute in Omas Haus. Ich hatte nur überlegt, wie die Polizei hineingekommen ist?«

Sie spürte Theres' Blick auf sich, stippte ihre Fußspitze gegen die Bodenfliesen. Klara rieb sich mit der Hand über den Oberarm und wartete, ob einer der beiden noch etwas sagen würde, was nicht passierte.

»Am besten frage ich bei der Polizei noch mal wegen des Einbruchs nach. Ich weiß gar nicht, ob Papa schon davon weiß«, murmelte Klara in das Schweigen hinein. »Und ich nehme natürlich Stenz mit! Vielen Dank fürs Kümmern!«

Auf dem Weg nach draußen folgte sie Theres, die das Gartentor öffnete und die riesige irische Wolfshündin zurückhielt. Hannas Australian Shepherd kam schwanzwedelnd auf Klara zu. Stenz brummte, drückte sich an sie, als sie durch sein Fell strubbelte.

»Danke noch mal«, verabschiedete sich Klara.

Die Metzgerin antwortete mit einem Nicken.

25. Babba – Ungezähmte Monster

Oberammergau, Metzgerei & Tages-Bar Hack, Dienstagnachmittag

Josef Hack fuhr von seinem Schreibtischstuhl hoch und stieß sich das Handgelenk. Sein Blick klärte sich, er wischte die Tränen von seinen Wangen. »Herrgott!«, fluchte er durch das Büro und war sicher, es war noch durch den Gang bis nach vorne in den Laden zu hören.

»Theres ist als Anrede völlig ausreichend.«

Josef Hack blinzelte und starrte seine Tochter an, die im Türrahmen stand. Dann blickte er wieder auf die Papierstapel vor sich auf dem Tisch.

»Entschuldige.« Theres zögerte kurz, durchquerte schließlich den Raum, ließ Licht und Luft herein. »Ich dachte, du hast mich längst durch den Flur gehört.«

Ein Windstoß stöberte die oberen Blätter auf und blies sie über den Tisch auf den Boden. Seine Tochter sammelte sie auf, stoppte kurz und tippte seine Kaffeetasse an. »Wie wär's mit einer Pause? Du bist jetzt schon wie lange hier?«

»Mindestens seit fünf Kaffees«, brummte er. »Die vom Vormittag nicht mitgezählt. Ich habe die Abrechnung der Bestellungen und Löhne fertig gemacht.«

»Erledigt für den Monat?« Sie zog die Braue hoch. »Respekt!«

Eine Weile sahen sie sich an, und er bemerkte die Schatten unter ihren Augen, die Lippen, die sie zusammenpresste, damit sie nicht zitterten, so wie er seine aufeinanderschweißte. Sie drehte sich zum Regal und fuhr mit dem Finger über die Rücken der Ordner. Wie ein

Rauschen drangen vom Laden die Stimmen der Kunden und Angestellten bis ins Büro, dazwischen das Rattern der Kaffeemaschine, wenn die Bohnen durch das Mahlwerk liefen.

Schließlich drehte sie sich wieder zu ihm. »Wie geht's dir jetzt … wegen Hanna?«

Er hob sein Kinn, schabte die Zähne über seine Unterlippe. »G'scheider Mist.« Dann schlug die Wut zu. »*Hundsverreck*, der *Boandlkramer*, ich könnt …«

Josef Hack stoppte sich, die Miene seiner Tochter spiegelte die Trauer, die in ihm zog, die ein Loch durch seine Brust nagte und die Fetzen ausspuckte. Er stöhnte. Sie beugte sich nach vorn und nahm seine Hand. Seine Lider, seine Mundwinkel zuckten, er biss sich auf die Zunge, um die Kontrolle zu behalten. Dann holte er Luft, leerte die Tasse mit dem kalten Kaffee in einem Zug und versuchte, das Kratzen in seiner Kehle zu ignorieren. »Aber es hilft ja nichts.«

Theres senkte den Kopf zustimmend. Dann berichtete sie kurz von Klaras Stippvisite im Laden und den Veränderungen auf Hannas Website, auf die Paul gestoßen war.

»Klara wirkte nicht im Geringsten so, als hätte es einen Streit gegeben zwischen ihr und Hanna. Wusstest du, dass ein ganzes Buch aus Hannas Geschichte entstehen soll? Hanna hat mir vieles erzählt, aber nichts von einem Buch. Dir?«

»Ein Buch?« Er zog die Buschen über seinen Augen hoch. »Na ja, wenn sie ihre Geschichte erzählen will, ergibt das irgendwie Sinn. Von einem Buch weiß ich trotzdem nichts. Und ich dachte, bei diesem Streit ging es darum, dass irgendwas in der Geschichte nicht gepasst hat, irgendein Teil, den sie über ihre Familie veröffentlichen wollte. Aber ich bin nicht sicher, ob der Streit wirklich mit Klara war.«

Theres runzelte die Stirn. »Ein Streit, weil etwas in ihrer Geschichte der Familie nicht gepasst hat, Hanna sie aber als Buch oder auf der Website oder wo auch immer veröffentlichen wollte. Und jetzt ist Hanna tot. Das klingt, als sollte irgendein Geheimnis nicht ans Licht kommen ... Ganz ehrlich: Das passt doch alles nicht zusammen! Hast du den Tonis eigentlich gestern davon erzählt? Oder warst du zu überrascht, in Hannas Haus auf die beiden zu treffen?«

»Vielleicht habe ich was angedeutet. Aber so ein Streit ist Familienangelegenheit. Was sollten die Kommissare schon damit anfangen?«

»Angedeutet? Was meinst du mit ›angedeutet‹?« Sie legte den Kopf schief, seufzte. »Du und Paul und ich finden den Unfall seltsam. Und wer weiß, vielleicht steckt wirklich mehr dahinter? Gerade wenn es Streit in der Familie gibt. Und in dem Fall sollten das auch die Kommissare wissen, meinst nicht?«

Er hob unschlüssig die Hände, zögerte kurz und nickte dann. »Vielleicht hab ich Klara erwähnt?« Er zuckte die Schultern. »Aber wenn ich mich recht erinnere, hat Hanna neulich erzählt, ihr Sohn, also Klaras Vater, war nicht gerade begeistert von ihrem Vorhaben, die Familiengeschichte zu veröffentlichen. Und ein Teil ihrer Notizbücher ist auch verschwunden.«

Theres nickte. »Wenigstens hat Paul Hannas Geschichte auf dem USB-Stick. Er sieht sich das Ganze an und ich auch noch einmal. Die ersten Seiten hat er schon gelesen.«

Josef Hack rieb sich über das Gesicht und spürte wieder diesen Druck in seiner Kehle. Abrupt drehte er sich ab. »Ich muss raus, ich brauch einen klaren Kopf«, brummte er.

Hinter seiner Tochter stapfte er durch den Gang zum Vorderausgang des Ladens. Als er schon an der Tür war, kehrte er noch einmal um, schnappte sich seine Jacke.

Draußen hatten sich die Bergspitzen unter Schleiern von Wolkenweiß verschlüpft, Sonne und Wind scheiterten daran, sie zu vertreiben. An der Einfahrt sah er über die Schulter zurück. Seine Tochter verharrte noch immer vor dem Laden, ihr Blick wanderte die Straße entlang über all das, was sich nicht bewegte. Als sie ihn bemerkte, zog ein mürbes Lächeln über ihr Gesicht, und sie winkte ihm hinterher.

Er marschierte in Richtung Ammer. Bei jedem Schritt kreiselten seine Gedanken um Hanna. Beinahe rannte er mitten in die kleine Touristengruppe, die vor ihm unterwegs war. Mit Fotoapparaten und Handys – fast immer auf einem Selfie-Stick – standen sie über die gesamte Straße verteilt, mit ein paar Schritten Abstand zueinander, und zielten auf die Kirche, den Berg, die Lüftlmalereien. Es waren nicht halb so viele Touristen wie früher, die Busse waren nach den neuen Maßstäben trotzdem voll. Im letzten Moment wich er einem iPad aus, dessen Halter sich weniger flexibel erwies als die fotografierten Motive. Die Witterung nagte an den Gemälden, aber die heilige Judith triumphierte noch ebenso farbgewaltig wie geduldig an der Hausfassade über ihren Peiniger. Ihr Schwert gegen den Vergewaltiger gerichtet, ein Streich mit der Klinge, sein Kopf gehörte ihr.

»Augen auf! Herrschaftszeiten«, zischte er und schlängelte sich durch. Er hörte, wie eine Reiseführerin von der Geschichte und der Symbolik der Malereien erzählte. Keiner schien ihr zuzuhören, Blicke und Handys zielten auf die Fassaden.

»Gaffer!« Nuschelnd ärgerte er sich über die Selbstvergessenheit der Leute. »Bleibt's doch daheim, wenn ihr alles einfach nur fotografieren wollt, aber vergesst, dass das hier das Leben ist. Und hier Menschen wohnen. Als wären wir ein Museum! Dass sich das nie ändert!«

Er stapfte grummelnd weiter. Stück für Stück entfernte er sich von der Gruppe.

Bald tauchten wieder die Erinnerungsfetzen auf und verdrängten alle anderen Gedanken aus seinem Kopf, Hannas Stimme, ihr Lachen, was sie gemeinsam erlebt hatten.

Es war an einem Tag im letzten Herbst, zuvor war Hanna in Murnau gewesen – länger als sonst. Sie hatte wie so oft »ihr« Museum besucht – das Münter-Haus, in dem sie irgendwann, kurz vor ihrem Umzug nach München, zeitweise untergekommen war. So viel wusste er, das *Weshalb* würde sie ihm irgendwann später erklären, hatte sie versprochen. An jenem Tag gab es mehr als das Museum, das sie beschäftigte. Er hörte es an dem Schnauben, das sie durch ihre Zähne stieß, kleine wortlose Flüche, er sah es an der Spannung, die sich von ihrem Kiefer bis in die Schultern zog.

Eine Weile spazierten sie nebeneinander, bogen dann in die Straße zum Theatercafé ein. Sie schlang die Hälfte ihres Kuchens hinunter, den Milchkaffee in kaum drei Zügen. Dann zog sie ihr Notizbuch, und ihr Stift glitt über eine fast vollgekritzelte Seite, sie markierte einzelne Passagen.

Er hatte sie beobachtet.

»Mein Sohn denkt, ich sollte alles belassen, wie es ist«, begann sie. »Keine schlafenden Hunde wecken. Das bringt nur Ärger.« Hanna legte die Faust an ihre Brust. »Dabei bringt dieses Schweigen nur Ärger. Diese unsinnigen Geheimnisse voreinander rächen sich irgendwann. Ich habe lange genug geschwiegen!«

Dann hatte sie die Fotogalerie ihres Smartphones geöffnet. Auf einem der Bilder war eine Studentin auf den Stufen vor der Albertina in Wien zu sehen. »Meine Enkelin. Sie ist neugierig, und sie sucht ihren Platz in der Welt. Sie duckt sich nicht weg, wenn jemand sie wegscheucht. Und sie hält ihre Fragen nicht zurück. Und sie hat recht. Ich bin lange genug weggerannt, jetzt ordne ich meine Vergangenheit. Ich will meine Geschichte erzählen. Sie veröffentlichen. Mich mit ihr und der Vergangenheit und meiner Familie versöhnen.«

»Und heute?«, hatte er gefragt. »Hast du da deine Enkelin in Murnau getroffen?«

Hanna hatte den Kopf geschüttelt, sich aufgerichtet, den Blick nach vorn. »Klara ist gerade in Wien, zum Studium. Sie ist nur zwischendurch in München, meistens bei ihrer Mutter, wo sie dann auch wohnt. Ab und an ist sie bei meinem Sohn, also ihrem Vater, oder bei mir. In Murnau habe ich meine andere Familie getroffen. Meinen Cousin …«, sagte sie. »Der Kontakt in den letzten Jahren war …« Sie unterbrach sich, hatte ihre Stimme gesenkt. »Es gab keinen. Sie wissen nichts von mir, nur was man online findet, nichts über meinen Sohn oder meine Enkelin. Ich habe versucht, Murnau aus meinem Leben zu schneiden. Aber so funktioniert das nicht.«

»Warum wolltest du das?«, hatte er gefragt.

Erst nach einer ganzen Weile hatte sie geantwortet. »Was zwischen der Familie meines Onkels und mir passiert ist … Schmerz, mein persönlicher zunächst, aber es war noch viel mehr. Erst nach all den Jahren habe ich wirklich verstanden, was geschehen ist und warum es geschehen ist. Als ich weglief damals, war ich noch nicht einmal volljährig. Alles war einfach nur eine große persönliche Tragödie. Ich habe die Liebe meines Lebens verloren. Und ein Kind. Ich habe mich weggeduckt, weil ich Angst hatte und alleine war, als Frau noch dazu. Weil ich es nicht besser wusste. Ich dachte, all das passiert nur, weil ich nicht verheiratet war und weil ich selbst gewählt hatte, wen ich liebte.«

Josef Hack hatte sie unterbrochen. »Grund genug für Tragödien, damals. Schwanger und unverheiratet? Wenn ich mich recht erinnere, war das in den Sechzigern kaum vorstellbar, geschweige denn … Ich erinnere mich an niemanden, der hier als unverheiratetes Paar auch nur zusammenlebte, nicht bis in die …«, er überlegte, » … in die 1990er?«

Hannas gesamter Körper hatte sich geschüttelt, als würde Frost sie umklammern – oder eine böse Erinnerung.

»Klara meint, das alles folgte der Struktur, still und gehorsam zu sein, an die wir gekettet werden, die so wenig verschwunden ist wie die Faulheit und Gedankenlosigkeit, mit der wir über die Jahrzehnte Erziehung und Rollenverständnis verfestigt haben. Dadurch hat etwas überlebt, das uns in Grenzen pfercht, die wir selbst geschaffen haben.«

Er hatte die Stirn gerunzelt und zu einer Erwiderung angesetzt. Aber dann hatte er geschwiegen und Hanna gemustert. Er hatte an Theres gedacht und an die Zeit, als er noch verheiratet gewesen war und Inhaber einer Metzgerei.

»Und was denkst du?«, hatte er nach einer Weile gefragt.

»Zum Teil mag das so sein«, hatte Hanna gesagt. »Und ich glaube, überlebt hat definitiv etwas, das längst nicht mehr sein sollte: die Angst vor anderen, vor Fremden. Diese verdammte Engstirnigkeit in den vernagelten Köpfen. Der Hass hat überlebt. Und dieser falsche Stolz, der manche glauben macht, ihnen stünde mehr zu als anderen, nur weil sie atmeten, nur weil sie mit dieser oder jener Hautfarbe, Religion, Familie, Geschlechts- oder Nationenzugehörigkeit geboren wurden.«

Hannas Blick war glasig gewesen, als hätte sie an etwas Bestimmtes gedacht, in dem Sammelsurium ihrer Erfahrungen. Sie hatte sich aufgerichtet.

»Jedenfalls: Ich habe immer geglaubt, man kann alle Grenzen und Gräben überwinden und sich die Hand reichen. Ich habe geglaubt, man kann einen Schritt zurücktreten und andere Blickwinkel zumindest sehen. Ich dachte, Versöhnung ist immer möglich. Das heißt, ich dachte, Versöhnung ist besonders dann möglich, wenn man Verständnis erreicht. Deswegen will ich meine Geschichte erzählen.«

»Aber?«

Hanna hatte geseufzt und einen weiteren Kaffee bestellt. »Aber die Realität ist stur und hart und unbeugsam wie Metall. Manchmal lässt sie sich nicht nach unseren Wünschen biegen«, hatte sie geantwortet.

»Was meinst du damit?«

»Im Leben wirkt so oft alles festgefahren. Trotzdem müssen wir uns entscheiden, manchmal auch falsch. Aber worum es dann geht, ist, Fehler und falsche Entscheidungen einzugestehen und beim nächsten Mal das zu tun, was es besser macht – am besten für einen selbst und für die anderen«, erklärte Hanna. »Es geht darum, überhaupt diese Entscheidungsmöglichkeit zu besitzen und alle seine Optionen zu erkennen.«

Josef Hack hatte genickt. »So sollte es sein. Du erzählst also deine Geschichte, damit dich deine Familie besser versteht und ihr euch nach all den Jahren versöhnen könnt?«

»Versöhnung …«, hatte sie wiederholt. »Das war mein Wunsch. Aber um Versöhnung, um das Echte, ging es nur mir. Anfangs. Den anderen geht es darum, keine Schramme in der schönen Fassade zu zeigen, die sie für die Außenstehenden so mühsam gezimmert haben. Und um Geld natürlich und um meine Immobilien in Murnau. Das Gute ist: Letztlich ist meine Geschichte meine Geschichte. Ich habe alles aufgeschrieben, sechs Bücher voller Notizen, alles für meine Website und damit jedem zugänglich. Ich werde erzählen, was ich für richtig halte und für wichtig, selbst wenn ich und mein Lebensweg dadurch nicht in hellem Glanz erstrahlen. Aber vielleicht erkennen andere dann, wie sehr sie durch veraltete Strukturen von außen gelenkt werden, statt wirklich selbst entscheiden zu können.«

»Welches Leben besteht ausschließlich aus schönen Momenten und Glanz – oder einfachen Entscheidungen?«, hatte er zwischen ihren Ausführungen gefragt und ihre Zustimmung wahrgenommen. Seine Gedanken waren an seinen eigenen Lebenslinien entlanggestromert, zu seiner Jugend, der Zeit seiner Ehe und der Zeit des Scheiterns. »Und das mit der Versöhnung … Nach all den Jahren hast du ja diesen Schritt gewagt, deine Geschichte ans Licht zu bringen und die Vergangenheit zu klären. Willst du deinen Versuch direkt wieder beenden, weil du einmal gescheitert bist?«

Hanna schnaubte, sie drehte die Handflächen nach oben. »Nach einem Versuch bereits aufgeben? Nein. Solange wir miteinander sprechen, können wir Fragen stellen und beantworten, erklären, was weshalb geschehen ist, verstehen und uns vielleicht akzeptieren. Und ich will diese Tür nicht zuschlagen. Ich will keine Mauern aus Vermutungen zementieren – so wie sie es tun.«

»Auch wenn das bedeutet, dass du mit dem Kopf gegen die Wand rennen musst, um sie einzureißen?« Josef Hack hatte tief Luft geholt.

Hanna zuckte mit den Schultern. »Wenn ich mich umdrehe und gehe, wird die Mauer nur höher, oder nicht? Solange ich schweige.«

In die Pause nach ihren Worten hatten sich die Kirchenglocken gedrängt.

»Niemand kann garantieren, dass das der richtige Weg ist. Aber anstatt nichts zu tun, nichts zu sagen, ist es besser, zu machen – selbst Fehler sind besser. Schweigen und Wegsehen ist bequem, aber es schadet langfristig.« Sie hatte wieder auf ihr Notizbuch gedeutet. »Darin sind Jahre voller totgeschwiegenem Schmerz. All die Zeit, eine eiternde Wunde. Diesen vergifteten Splitter habe ich gezogen. Die Wunde kann heilen.« Hanna sah ihm direkt in die Augen. »Weißt du, Josef, meine Großeltern und Gabriele Münter haben mich gelehrt, dass es andere Optionen gibt im Leben. Ich konnte entscheiden und weglaufen. Das habe ich getan. Aber meine Schwägerin zum Beispiel … Ihr wurde nie die Option auf ein anderes Leben als das einer Hausfrau und Mutter gezeigt.«

Ein Auto hupte ihn aus seiner Erinnerung, fuhr an ihm vorbei. Er riss die Hand hoch zum Gruß, vermutlich irgendjemand aus dem Dorf, der ihn erkannt hatte. Neben ihm rauschte die Ammer, seine Gedanken rauschten mit. Weiter vorne lag die Abbiegung zur Straße, Hannas Straße. Irgendwas zog ihn dorthin. Obwohl die beiden Kommissare gestern noch im Haus gewesen waren, obwohl er ihnen persönlich Hannas Notizbücher in die Hände gedrückt hatte, vielleicht hatten sie etwas übersehen? In seiner Jackentasche fingerte er nach dem Schlüsselbund mit Hannas Hausschlüssel.

Vor dem Haus verlangsamte er seine Schritte. Das Auto in der Einfahrt hatte ein Münchner Kennzeichen. Die Haustür stand einen Spalt offen. Josef Hack lauschte.

»Hallo?«, rief er durch die Tür in den Flur, klingelte, trat die zwei Stufen der Stiege wieder hinunter. Irgendwo im Haus hörte er Schritte.

Zwei Augenblicke später stand ein zaundürrer Riese im Türrahmen, ein wenig älter als Theres vielleicht. Viel Bart, dunkel mit ein paar grauen Wischern, die Haare einen Tick zu lang. Die dunkle Augenpartie – verquollen und gerötet, beinahe so orange wie die Socken mit dem Kürbismotiv, die unter der ausgewaschenen Jeans hervorlugten. Unverkennbar Hannas Sohn.

Josef Hack schluckte. »Servus«, murmelte er und deutete auf die Haustür. »War offen, die Tür. Thoralf, richtig, Hannas Sohn? Mein Beileid!«

Der Bartträger wischte sich mit dem Unterarm über die Augen. »Ich … Keiner kann es fassen. Ich nicht, Klara nicht.« Dann versank sein Gesicht beinah zwischen den Schultern. »Ich hab den Kopf nicht ganz beisammen, fürchte ich.«

»Ein dummer Unfall. Saudumm.« Josef Hack schabte die Zähne über seine Lippe, stellte sich vor. Thoralf erwiderte nichts und machte keine Anstalten, ihn von dem seltsamen Moment der Stille zu erlösen. »Wir waren jede Woche Kaffee trinken«, schob Josef Hack hinterher.

»Hat meine Mutter erwähnt.« Aus der grünen Strickjacke zog Thoralf ein verkrumpeltes Taschentuch. »Mein Kopf erfasst das noch gar nicht wirklich. Hier zu sein hilft vielleicht, um es zu begreifen.« Er schniefte, richtete sich auf, als fiele ihm noch etwas ein. »Metzger? Klara ist zur Metzgerei, um Hannas Hund zu holen. Ihr müsstet euch eigentlich begegnet sein.« Sein Mund klappte auf und wieder zu. »Sie ist jetzt schon eine ganze Weile weg. Seltsam.«

Irgendwo hinter Josef Hack verlor sich sein Blick, am Waldsaum vermutlich, oder den Giebeln der Häuser. Thoralf schob sich zurück in den Flur, die Tür fiel zu.

Josef Hack blinzelte. Verwundert drückte er die Klingel noch mal.

»Was?« Hannas Sohn sah ihn an, als sähe er ihn zum ersten Mal.

»Die Beerdigung?« Josef Hack drückte das Wort zwischen seinen Zähnen hindurch. »Wann ist die?«

»Ich …« Hannas Sohn zuckte mit den Schultern. »Bald.« Dann war die Haustür wieder zu.

Josef Hack wandte sich kopfschüttelnd um und schlurfte davon. »Thoralf«, murmelte er. Und im nächsten Moment krachte er in etwas und etwas gegen ihn. Josef Hack stolperte, er riss die Arme hoch. Als er sich fing, rappelte sich ein kleiner bunter Wirbelwind aus Farben und zauseligem Haar vom Boden auf und musterte ihn aus riesigen Augen. Dann sprang die Kleine auf und rannte davon.

»Oh, Emily!« Von der Tür des Nachbarhauses eilte ihnen Lisa Höglinger entgegen und fing ihre kleine Tochter auf, die sich still in ihren Arm schmiegte. »Pass doch auf, Kind! Du bist nicht allein auf der Straße! Das tut mir so leid, Sepp! Alles gut?«

Er winkte ab, schmunzelte. »Keine Sorge! Kinder halt! Den Kopf immer drei Meter über dem Pflaster!«

»Da sagst du was!« Sie klopfte den Staub von der Hose der Kleinen. Dann deutete sie auf die Straße. »Du weißt doch genau: Langsam aus dem Haus. Wenn ein Auto kommt, Emily … Ein Auto tut dir furchtbar weh. Viel schlimmer, als wenn du hinfällst.«

Die Kleine auf ihrem Arm nickte, und ihre Zöpfchen hüpften auf und ab. Schließlich schickte Lisa ihr Töchterchen ins Haus und wandte sich ihm noch einmal zu.

»Sag, Sepp, hast du was von Hanna gehört. Seit du gestern da warst, geht mir das nicht aus dem Kopf. Und nach dir waren die Tonis noch da. Und ein Lieferwagen. Was ist denn da los bei Hanna? Heut habe ich sogar schon mal geklingelt bei ihr. Aber niemand hat aufgemacht. Ihr seht euch doch regelmäßig. Ist sie im Krankenhaus?«, löcherte sie ihn. Einen kurzen Moment zögerte sie, deutete auf das Auto in der Einfahrt. »Sucht ihr Sohn ihr die Sachen zusammen fürs Krankenhaus? Ist er deswegen heute schon wieder da? Sie hat für den Fall des Falles eine Tasche gerichtet. Das hat sie mir mal gezeigt. Thoralf hätte ruhig klingeln können.«

»Was meinst du mit schon wieder?« Josef Hack runzelte die Stirn.

»Weißt du, in welchem Krankenhaus Hanna ist? Ich würde sie wirklich gerne besuchen, die Kinder auch«, redete Lisa weiter.

Er fuhr sich über die Stirn. »Lisa, Hanna ist nicht im Krankenhaus.« Er unterbrach sich. Lisas Augen wurden größer, sie verstand. Ihr Gesicht wurde fahl.

26. 1968 Zurück – Splitter

Murnau, Stadtrand/Drachenstich,
Ende August/Anfang September 1968

Seit ihrer Flucht vom Dachboden blutete der Riss in ihrer Handfläche kaum noch. Sie hatte die Feder aus der kaputten Matratze gebrochen, das Metallschloss aus der Tür gestemmt und das Holz aufgebrochen. Dabei war sie abgerutscht, hatte sich an den Splittern die Hand aufgerissen. Hanna glaubte, sie hätte alle Splitter erwischt. Hoffentlich. Sie glaubte auch, niemand hätte ihr Verschwinden bemerkt oder die Geräusche, als die Tür geborsten war – weder ihre Tante noch Gerd oder seine Verlobte. Hoffte sie. Die letzten Meter trat sie schneller in die Pedale, erreichte den Waldrand und sprang ab. Ihr Rad ließ sie zurück im Unterholz und rannte los. Bei jedem Schritt zwischen den Bäumen dröhnte ihr Herzschlag bis in ihrem Kopf, jeder Atemzug brannte in ihrer Lunge, genau wie der Schmerz in ihrer Hand.

Hanna lief weiter. Auf einer Wurzel rutschte sie ab, stolperte. Die Abzweigung zum Drachenstich war nicht mehr weit. Sie hörte Schreie.

Dazwischen … Ein erstickter Laut, ein Stöhnen.

Dann sah sie Alex gekrümmt am Boden liegen, Blut tropfte aus seinen aufgeplatzten Lippen, Blut auf seinem Gesicht. Hannas Onkel trat zu. Und brüllte. Erneut traf sein Schuh Alex' Bauch.

»Nicht für dich.« Die Schläge kamen im Takt. »Sie ist nichts für dich! Ich bestimme, was passiert!« Breitbeinig stand ihr Onkel über Alex, sein Arm zielte Richtung Osten. »Verschwinde!« Er brüllte nicht, zischte vielmehr.

»Wenn du noch einen Fuß ins Moos setzt, war es das letzte Mal. Komm ihr zu nah, und ich knüpf dich auf!«

So schnell sie konnte, jagte Hanna auf die beiden zu. Alex kauerte am Boden und entdeckte sie. Ihr Herz stolperte, wurde warm und kalt zugleich. Alex stemmte sich auf. Er riss sich los aus dem Griff seines Peinigers, strauchelte, versuchte zu entkommen. Sie las den Schmerz auf seinem Gesicht. Seine Augen, das Jochbein, die Lippen, schon jetzt geschwollen. Er konnte sich kaum auf den Beinen halten. Sie rannte schneller, wollte zu Alex.

»Scher dich weg«, brüllte ihr Onkel durch das Wäldchen. »Wag es nicht, zurückzukommen! Ich prügle sie windelweich.« Blanke Wut verzerrte sein Gesicht. »Mach, dass du fortkommst!«

Hanna suchte Alex' Blick, sie sah die Verzweiflung, die Angst in seinen Augen. »Lauf!«, schrie sie. »Lauf!«

Er zögerte.

»Lauf!«, schrie Hanna noch einmal. Alex stolperte weiter, erreichte die Baumgruppe mit den Birken.

»Immer noch dieser Polenbastard«, zischte ihr Onkel und riss Hanna herum. »Nur auf Ärger aus! Und du denkst, du läufst mit ihm davon, einem dreckigen … dreckigen …«

Sie versuchte sich loszureißen, wollte zu Alex, ihm nach. Grob hielt ihr Onkel sie zurück, schlug ihr ins Gesicht. Schmerz barst an ihrer Wange.

»Und du denkst, du kannst so einfach gehen? Wie dein Vater! Er ist uns im Weg gestanden, geholfen hat er am liebsten den Versagern und Verrätern. Und denen, die unser Land beschmutzen! Er ist lieber davongelaufen, als Befehlen zu gehorchen. Meinen Befehlen! Und dann kommt er auf einmal zurück, in der Uniform des

Feindes, und erklärt, er hätte das Land befreit!«, tobte ihr Onkel. »Verraten hat er uns und unser Land!« Er schnappte nach Luft. »Für so einen gibt es nichts. Erst recht nicht für seine Tochter, die sich einlässt mit dem Feind!« Er schlug zu. »Volksverräter!«

Schmerz und Dunkelheit – tief, hart, bitter – reckten sich nach ihr, schlangen sich um sie. Sie fiel. Der Schmerz, der in ihrem Kopf und in ihrer Mitte explodierte, raubte ihr das Bewusstsein.

27. Theres – Ungleich

Oberammergau, Metzgerei & Tages-Bar Hack/ Friedhof/Pfarrhaus, Dienstagnachmittag

Durch die Glastür der Metzgerei sah Theres ihrem Vater noch mal hinterher. Die Unterhaltung mit ihm kreiste noch in ihrem Kopf. Dann riss ihr Handy sie aus den Gedanken, eine Nachricht von Paul. Und unmittelbar danach eine weitere von Toni. Sie schnappte sich ihre Jacke und eine Stofftasche, steckte eine Flasche Wein hinein und rief Wolfin zu sich. Sie packte ihren Schlüsselbund, schob die Hündin durch die Tür und schloss hinter sich doppelt ab.

Der Wind wischte ihr eine Portion Nieselregen ins Gesicht. Theres stülpte die Kapuze über, trottete los durch die Dorfstraßen mit Wolfin an ihrer Seite. Am Friedhof schubste ein Windstoß das Gittertürchen auf, die Angeln quietschten. Dahinter das Kirchenschiff von St. Peter und Paul. Der Kirchturm reckte sich gen Himmel, daneben das Forstamt mit seiner historischen Lüftlmalerei und goldgemalten Säulen um die Fenster.

Beeindruckend. Ein ganzer Friedhof voller Aussichten, alles für den Tod, überlegte Theres mit leichtem Sarkasmus. Ihr Blick wanderte über die Friedhofsmauer, die Gräber, die Kreuze. *Boandlkramer, Schnitter, Gevatter Tod. Was auch immer, wer auch immer …*

Um sie herum herrschte Stille, niemand war zu sehen. Mit der flachen Hand klopfte Theres auf ihren Oberschenkel. Die Irische Wolfshündin folgte ihr die Stufen hinauf zum Gottesacker. Kiesel knirschten unter ihren Sohlen auf dem Weg vorbei an den Gräbern. Seit dem letzten Jahr waren einige neue hinzugekommen. Theres sah sich um, dann bog sie in eine der Reihen ein.

Ein Fächer aus Moos teilte die dunkle, frisch gelockerte Erde der oberen Grabhälfte. *Hack* prangte in vergoldeten Buchstaben auf dem rauen sandfarbenen Grabstein. Neben der kleinen Platte, die für die Grabkerze vorgesehen war, ließen ein paar Stiefmütterchen ihre Köpfe hängen.

Theres beugte sich zu dem kleinen Weihwasserkesselchen in der Mitte der Granitumrandung hinab und stoppte kurz davor. Aus dem Augenwinkel bemerkte sie, wie sich Wolfins Kopf senkte. »Die guten alten Bräuche«, erklärte sie, richtete sich auf. *Völligst sinnfrei. Oder?*

Theres seufzte, sah sich um, noch immer war niemand auf dem Friedhof zu sehen. Auf Stirn, Mund, Brust zeichnete sie das Kreuz.

Sie räusperte sich. »Herr, gib ihnen …«, setzte sie an. Hundepfoten tapsten näher, und ihre Hand landete auf dem Kopf ihrer Begleiterin. »Ruhe und ewiges Licht? Weißt du, Wolfin, mein Großvater ist auch nicht gerade alt geworden ist«, sagte sie und sog ihre Unterlippe ein. »Ein paar Jahre älter als der Babba.« Sie sah zur Hündin. »Das ganze Leben voller Arbeit, und dann … Wenn man Glück hat, kommt noch jemand ans Grab und erinnert sich an dich, nuschelt ein Gebet, das man als Kind gelernt hat. *Herr, gib ihnen die Ewige Ruhe, und das Ewige Licht leuchte ihnen. Herr, lass sie ruhen in Frieden. Amen.* Das ist, was bleibt.« Sie zuckte die Schultern.

Dann trabte sie zurück auf den Hauptweg, vorbei an der Aussegnungshalle zu der abgelegenen Stelle mit den riesigen Tannen. Sie musterte ihre Hündin und ihre Hündin sie. Dann lehnte sie sich gegen den Stamm einer

Tanne und schloss die Augen. Bis tief in ihre Lunge ließ sie die feuchte Regenluft strömen, krallte die Finger in die Zottelstruppen der Hündin. Der Wind krackte die Zweige gegeneinander, spielte mit ihnen.

Theres zählte, zwang sich, die Augen nicht zu öffnen. Bis einhundertzweiunddreißig hielt sie durch. Dann zog sie den Brief vom Forstamt aus ihrer Hosentasche, las ihn erneut, seufzte. Dann griff sie nach ihrem Handy und öffnete das Dokument zu Hannas Geschichte, das sie von Paul hatte.

Wolfin stupste gegen ihren Oberarm, brachte sie etwas aus dem Gleichgewicht. Theres wuschelte durch das Fell. »Nur weil ich viel beschäftigt bin, bedeutet das nicht, ich verstecke mich vor irgendwas. Oder lenke mich ab mit Dingen, die mich nichts angehen. Damit brauchst du gar nicht erst anzufangen. Als ob du mich nicht lang genug kennen würdest, Hund.« Wolfin knurrte. »Hundin«, schob sie nach. »Ich weiß, dass ich das dem Babba sagen sollte. Vorhin ist er mir einfach entwischt.« Der Brief wanderte zurück in ihre Hosentasche. »Oder ich spreche mit den Leuten vom Forstamt, welche Möglichkeiten ich habe, bevor es zur Strafe kommt.« Sie seufzte und zuckte mit den Schultern. »Wie dem auch sei: Das Leben geht weiter. Und irgendwie wird das schon noch mit der Abschussquote.« Sie fixierte ihre Hündin. »Oder was denkst du?« Wolfin senkte den Kopf. Theres' Augen wurden schmal. »Bisschen egoistisch, deine Meinung für dich zu behalten. Aber ich sag's dem Babba, keine Angst. Ich kenne meine Verantwortung. Und ich will auch nicht, dass uns die Strafe wegen ein paar Versäumnissen bei der Jagd das Genick bricht.«

Theres hielt inne und kraulte ihre Hündin zwischen den Ohren. Ihr Blick wanderte zurück zu den Grabreihen. »Klappe zu, alles … stumm«, murmelte sie. *Totenstille.* Wolfin bellte leise. »Hanna hat zumindest ihre Geschichte aufgeschrieben, sie hat versucht, die Familie zusammenzubringen.« Sie überlegte kurz. »Und sie hatte Streit! Und eine Enkelin, die ihre Trauer auf sehr seltsame Art und Weise ausdrückt!«, brummelte sie nach einer Weile. »Und jetzt hatte sie einen Unfall. Umso mehr frage ich mich, warum der Stick mit ihrer Geschichte nicht an Klara gegangen ist?« Theres runzelte die Stirn, klopfte ihrer Hündin den Rücken. Wolfin drückte sich gegen ihr Bein und rieb sich daran. »Zeit aufzubrechen.«

Theres marschierte los, schlug den Weg in Richtung Pfarrhaus ein. In den Fenstern glomm Licht, die regennassen Straßen waren wie leer gespült. Der Tag packte zusammen, schlurfte davon in den Schatten der Berge.

Neben der roten Eingangstür des Pfarrhauses presste sie ihren Zeigefinger auf die Klingel. Es dauerte nicht lange, bis Paul öffnete.

»Theres?« Um seine Augen waren Schatten zu erkennen. Er deutete nach unten auf seine Schuhe, die halb geschnürt waren. »Ich wollte gerade noch einmal zu euch«, schob er hinterher. Paul trat einen Schritt zurück, musterte sie. »Aber das erübrigt sich ja jetzt. Warum bist du hier?«

»Was der Babba vorhin gesagt hat …«

Sie hielt ihm die Stofftasche mit der Weinflasche hin und schob sich an ihm vorbei. Wolfin folgte ihr. In der Küche warf sie ihre Jacke über die Stuhllehne und klemmte sich auf ihren Platz auf der Eckbank unter dem *Herrgottswinkel.*

»Theres!«, rief er ihr hinterher. »Herrschaft! Ob ihr Hacks eigentlich auch ganze Sätze sprechen könnt, frag ich mich?«

Sie meinte einen gewissen Spott in seiner Stimme zu hören. Er stapfte in Richtung Küche. »Was der Babba vorhin gesagt hat …«, knurrte er, als er in den Raum trat. »Was soll das denn heißen? Woher soll ich denn wissen, was der Babba gesagt hat – dein Babba?«

Sie zuckte mit den Schultern, dann deutete sie mit ihrem Finger in die Höhe. »Ich dachte, du hast einen besonderen Draht nach da oben.«

»Ist das der Versuch einer Tag und Nacht praktizierenden Nichtchristin aus reiner Nächstenliebe und auf Kosten meines armen, angeknacksten Berufs-Egos witzig und geistreich zu sein? Oder das Hack'sche Signal für: Mir liegt da was auf der Zunge?«

»Phhh«, wich sie aus.

Mit zwei Gläsern in der einen, dem Smartphone in der anderen Hand kam er zum Tisch. Dann holte er noch Wasser, Käse und Besteck. »Also, was hat der Babba gesagt, was ist los, Res?«

Sie griff nach dem Käse, schnitt ein Stück ab und schob es sich in den Mund. »Bescheuertes Timing, der *Boandlkramer* …«, begann sie.

Paul schnaubte. »Ehrlich, Theres, ich schwör: Wenn du nicht anfängst, in ganzen Sätzen zu sprechen, dann…« Er stoppte. Mit einem Mal grinste er. »Dann werde ich dir nicht erzählen, was ich rausgefunden hab.«

»Dipferlscheißa!« Sie goss Wein in die Gläser und gab nach. »Also: Der Babba hat gesagt, dass irgendjemandem aus Hannas Familie der Inhalt ihrer Geschichte nicht gepasst hat, oder zumindest ein Teil davon. Und die Tatsa-

che, dass Hanna dir den USB-Stick gegeben hat, deutet für mich darauf hin, dass Hanna etwas befürchtet hat. Je länger ich darüber nachdenke, desto stärker glaube ich, dass Hannas Tod jemandem sehr gelegen kam, damit nicht ans Licht kommt, dass in der Vergangenheit etwas geschehen ist, das besser unentdeckt bleiben soll. Aber …«

Paul trank einen Schluck. »Hanna war niemand, dem es darum ging, andere bloßzustellen und zu verurteilen.«

»Das haben wohl nicht alle so gesehen«, hielt Theres dagegen. »Und Klaras Verhalten heute Nachmittag – ihre Aussagen zur Website und zum Buch –, das war schon seltsam. Und weder du noch mein Vater wussten von irgendwelchen Plänen zu einem Buch!« Theres runzelte die Stirn. »Aber was noch wichtiger ist: Wie weit bist du jetzt mit Hannas Geschichte?«

»Schon ein gutes Stück weiter«, antwortete er.

»Ich auch. Aber so wie ich das sehe, ging es Hanna weniger um die grundsätzliche Enthüllung der Nazi-Vergangenheit ihrer Murnauer Familie. Ich habe den Eindruck, sie stellt den Mikrokosmos in dieser Umgebung, zu dieser Zeit in den 1950ern und 1960ern nach dem Krieg in den Vordergrund. Hanna hat zwar ihre Eltern verloren, aber sie wuchs relativ ungezwungen auf, bis sie in das Haus ihres Onkels kam. Er versuchte, ihr seine Regeln und Vorgaben aufzuzwingen. Er wollte an ihrer Stelle entscheiden, wie ihr Leben auszusehen hatte. Also ist sie weggelaufen. Anders als die meisten Mädchen ihrer Generation. Die jungen Frauen haben getan, was schon immer getan wurde, was man von ihnen erwartete – sie sind zur Schule, in die Ausbildung, vor den Traualtar und schließlich an Heim und Herd, um Mann und Kinder zu versorgen. Hanna legt den Fokus auf die Strukturen im Kleinen, im täglichen Leben, und wie sie sich auf die Gesellschaft auswirken. Ich glaube, sie ist nicht so missionarisch, wie Klara das formuliert hat.«

Paul nickte. »Ehrlich gesagt empfinde ich das ganz ähnlich wie du. Nur war mir bislang nie so bewusst, wie sehr sich die Lebensläufe in dieser Generation ähneln.«

Theres überlegte. »Sag mal, als Pfarrer, kannst du da nicht mehr über Hannas Murnauer Familie herausfinden? Taufbücher, Kirchenarchive oder so?«

»Theres, das …«, Paul schob sein Weinglas auf dem Tisch hin und her.

»Komm schon, Paul! Ist ja nicht unbedingt so, dass es jemandem wehtun würde«, unterbrach sie ihn. »Und du musst nicht mal eine Ausrede erfinden. Einen Anlass hättest du auch.«

Zwischen seinen Händen drehte er den Stiel des Weinglases, dann hob er den Kopf und sprang von seinem Stuhl auf.

»Was ist los, Paul?« Theres hob ihre Braue.

»Es ist, wie es ist. Du kannst die Zeit nicht zurückdrehen. Ich …«

Paul verließ den Raum. Von draußen hörte sie ein Rascheln, dann seine schnellen Schritte zurück. Mit einem triumphierenden Grinsen legte er ein paar Ausdrucke auf den Tisch und fächerte sie auf.

Theres' Mund klappte auf und gleich wieder zu. Sie fasste nach ihrem Rotwein und beugte sich über die Papiere. »Und das hast du aus dem Taufbuch? Die Familienzusammenhänge und sogar die Adressen.« Sie sah ihn nicken. »Wie …? Also ich meine, wie bist du auf die Sache mit dem Taufbuch gekommen?«

Er lehnte sich ein wenig nach vorn. »Mittlerweile bin ich schon ein ganzes Stück weiter in Hannas Geschichte, sogar dieses Trauma, das sie erlebt hat, und ich hab ein wenig mehr über ihre Familie in Murnau erfahren. Als Toni heute hier war, du weißt schon, wegen Hanna, hab ich ihn angesprochen darauf, ob und wer diesen Teil der Familie bezüglich Hannas Tod benachrichtigt.«

»Hannas Sohn würde ich jetzt mal sagen«, schaltete Theres sich dazwischen. »Um so was kümmert sich doch die Familie.«

Paul kippelte seine Hand in der Luft, legte den Kopf schief. »Ich bin nicht sicher, ob Thoralf wirklich etwas von der Murnauer Familie weiß – oder wissen will. Ich weiß nur: Die Beerdigung will er schnellstmöglich. Die Trauerfeier ist für Freitag angesetzt, und um viel mehr will er sich nicht kümmern.«

Theres zog die Augenbrauen zusammen. »Zackig …«

»Ich habe mit Toni vereinbart, ich kümmere mich darum, die Angehörigen zu informieren. Außerdem ist das die Gelegenheit, noch ein wenig in Hannas Geschichte und Familie zu stochern – ohne dass es zu seltsam ist.« Paul lehnte sich zurück. »Ich habe auch meine Mittel und Wege, ein paar Dinge ausfindig zu machen. Und manchmal hilft es einfach, Priester zu sein.«

Ihre Mundwinkel schoben sich nach oben. »Menschen erzählen Priestern Dinge – und so?«

»*G'scheidhaferl!*« Paul wandte den Blick. »Priester … und im Todesfall …«

Sie lachte auf. »Und du wirst das ohne Gnade nutzen!«, zog sie ihn mit verstellter Stimme auf, dann schüttelte sie den Kopf. »Du glaubst, vor der Beerdigung kriegst du was aus den Menschen raus, weil du mit deinem Priesterkragen an ihrer Tür klingelst? Du bist doch ein Wildfremder für sie.«

»Meine absolute Geheimwaffe, natürlich.« Paul fasste sich an den Kragen, strich mit dem Finger über das Kollar seines Hemdes. »Wir schreiben die 2020er, nicht die 1920er, man klingelt nicht einfach so bei jemandem.« Er zuckte die Schultern. »Ich habe direkt angerufen. Die Frau von Hannas Cousin klang sehr überrascht von der Nachricht.«

»Und?«

»Keine Ahnung, ich weiß auch nicht, was ich erwartet habe.«

»Jedenfalls wissen wir nun, wo wir ein wenig mehr über Hanna herausfinden können. Und vielleicht lassen sich auch ein paar dieser Unstimmigkeiten auflösen. Gleich morgen früh!« Sie hob ihr Glas, stieß es an seines. »Danke, Paul!«

»Wir haben eine Freundin verloren, und Freunde gibt es nicht allzu viele. Aber dass etwas von ihr bleibt, dass ihre Geschichte bleibt, dafür können wir sorgen.«

»Auf die Freundschaft!« Theres sah ihn an, und für einen Moment war etwas anders in seinem Blick. Etwas irritierte sie.

28. 1968 Zurück – Aufbruch

Murnau, Haus von Hannas Onkel,
Ende August/Anfang September 1968

Die Bilder eines Albtraums zerrissen Hannas Schlaf. Sie schreckte auf, nur um festzustellen, ihre Erinnerung schmerzte noch mehr als die blauen Flecken in ihrem Gesicht, die geplatzte Lippe oder der Riss in der Hand von ihrer Flucht aus der Dachkammer. Nur um Alex zu verlieren, anstatt mit ihm in ein neues Leben zu laufen … Zwei Tage waren vergangen, eine gefühlte Ewigkeit, neben der Unendlichkeit ihrer von Schatten zersetzten Jahre in diesem Haus. Sie schloss die Lider und riss sie im nächsten Moment wieder auf.

Die Bilder in ihrem Kopf blieben: Schreie erfüllten die kleine Lichtung beim Drachenstich, hallten wider von den Bäumen, die rundum gafften. Alex' Blick bohrte sich immer noch in ihr Herz, und jeder Schritt, den ihr Onkel ihn davonjagte, riss Hanna fast entzwei.

Über sich sah Hanna unablässig ein Gesicht. Das ihres Onkels. Er hatte – wie auch immer – von ihrem Vorhaben erfahren, hatte sie weggesperrt, ihre Pläne zerschlagen und ihr Gesicht. Wie ein Tier hatte er sie wieder in ihr Zimmer zurückgeworfen. Über das Tier bestimmte er, im Haus in seiner Gnade. Er züchtigte es, bis es gehorchte.

Im Tageslicht duckte sie sich unter den Blicken ihres Cousins weg, ihrer Tante, ihrer … Ersatzfamilie. Die Nacht war weniger schlimm, keine Blicke.

Heute Nacht war furchtbar gewesen. Die Stiche in ihrem Bauch wollten nicht aufhören. Sie versuchte, die

Augen zu schließen, die Bilder in ihrem Kopf zu verschieben. Sie krümmte sich, setzte sich auf. In ihrem Bauch drehten sich tausend Messer. Die Bettdecke glitt zu Boden. Sie holte Luft und presste ihre Hände gegen den Bauch, rannte zur Tür. Noch herrschte draußen und drinnen Dunkelheit.

Sie linste in den Flur, lauschte. Nichts, niemand. An der Türschwelle stießen ihre Wollsocken an ein Stück Papier. Dämmerlicht fiel vom Fenster auf den Zeitungsausschnitt am Boden. Die Ränder waren ausgerissen. Sie bückte sich. Irgendjemand musste den Zeitungsausschnitt heute Nacht in ihre Kammer geschoben haben.

Sie las das aktuelle Datum. Dann sah sie, dass die Ränder der Risse in den Artikel knickten. Als hätte jemand das Papier gefaltet, um etwas zu markieren. Die Buchstaben verschwammen in der Dunkelheit, sie trat näher ans Fenster. Es ergab keinen Sinn. Gleichzeitig war das, was sie las, der letzte Schlag, der all das zerstörte, was ihr geblieben war.

In ihrer Brust barst derselbe Schmerz, wie in ihrem Unterleib. Leise huschte sie über den Flur ins Bad. Mit einer Waschschüssel und noch leiser und voller Furcht und Wut und einem neuen Schmerz schlich sie zurück in ihr Zimmer.

Über das Wasser gebeugt, schöpfte sie kaltes Nass in ihr Gesicht. Sie wickelte die Leinenbinde um ihren Bauch, band sie eng. Sie zog ihr Unterhemd über, Bluse, Strümpfe und Rock. Beinahe wie immer. In ihre große Tasche stopfte sie noch ein paar Kleidungsstücke mehr und packte die Tasche mit den Pinseln dazu. Ganz hinten aus ihrer Schublade holte sie die alten Papiere, die sie am Dachboden gefunden hatte.

Ihre Schuhe standen unten im Flur. Erst später, lange nachdem die Haustür leise hinter ihr zugeglitten war, sie das Haus in der Dunkelheit nicht mehr erkennen konnte, erst nach vielen Kieseln und Pflastersteinen, die sich durch ihre Socken drückten, schlüpfte sie hinein.

Als sie das Haus mit dem gelben Sockel sehen konnte, zog sie den Zeitungsausschnitt aus ihrer Tasche. Hanna las erneut die Todesanzeige, las Alexejs Namen. Der Verkehrsunfall war an dem Tag geschehen, der ihr die Freiheit schenken sollte, stattdessen brachte er Tod.

Sie ließ ihre Tränen los.

29. Anton – Aufgeblitzt

Oberammergau, Polizeistation, Mittwochmorgen

Das Kennzeichen auf dem Bild vergrößerte Anton per Mausklick, dann die Uhrzeit der Aufnahme vom Radargerät. Er überprüfte die Daten des Fahrzeughalters. »Das ist ja mal interessant!«, rief er in die Amtsstube hinunter. Mit der Kaffeetasse in der Hand wanderte er zu Baurieder. Kaum war er durch die Tür und auf dem Podest, sah er das selbstgefällige Grinsen auf dem Gesicht seines Mitarbeiters.

Baurieder lehnte sich in seinem Bürostuhl zurück und deutete mit beiden Händen auf sich. »Mitarbeiter des Monats, sag ich da nur! Ich will auf jeden Fall eine besonders hübsche Plakette.«

»Moment!« Anton wies mit dem Zeigefinger auf sich. »Meine Idee, das mit der Verkehrsüberwachung. Dass du Anweisungen befolgen kannst, ist ja schön, aber Hunde können das auch, soweit ich weiß. Das gibt höchstens eine Bonuszahlung an unseren Kollegen, Kommissar Zufall!« Er stoppte neben Baurieders Schreibtisch und tippte auf die geöffnete Datei auf dem Bildschirm. »Montagnachmittag. Die Uhrzeit auf dem Foto der Radarkontrolle liegt auffällig nah an dem Zeitpunkt, der für Hannas Tod infrage kommt.«

Baurieder setzte sich auf. »Der Zeitpunkt, als das Radar ausgelöst hat, ist das eine …«, bestätigte er. »Aber dass das Auto ausgerechnet auf diesen Halter zugelassen ist …«

Mit einem weiteren Schluck leerte Anton seine Tasse, er räusperte sich. »Der Cinquecento ist zugelassen auf Thoralf Schuster, Hannas Sohn. Und das Bild der Person hinter dem Steuer ist ziemlich eindeutig, würde ich sagen.«

Baurieder nickte. »Ziemlich!« Er zog die Augenbraue hoch. »Die hatte ein ordentliches Tempo drauf. Müsste Hannas Enkelin sein, Thoralfs Tochter. Oder bist du da anderer Meinung?«

Anton schüttelte den Kopf. »Ausgerechnet am Montag, ausgerechnet in dem Zeitfenster von Hannas Tod, ausgerechnet in der Fahrtrichtung von Murnau nach Oberammergau, fährt ihre Enkelin in einen Blitzer. Ich denke, es ist an der Zeit, ein paar Fragen zu stellen. Hat Hannas Sohn eigentlich schon zurückgemeldet, ob etwas fehlt nach dem Einbruch? Da können wir auch direkt noch mal nachhaken. Die Adresse von Thoralf Schuster in München haben wir jetzt auf jeden Fall.«

»Richtig, Rückmeldung kam auch schon, und aus seiner Sicht fehlt nichts auf den ersten Blick. Aaaaber …«, hakte Baurieder ein, »wenn ich das richtig verstanden habe, wohnt seine Tochter gar nicht bei ihm.«

»Seltsam … ein Einbruch und nichts fehlt.« Anton legte den Kopf schief und musterte seinen Kollegen. »Vielleicht fällt ihm noch was ein. Und wegen seiner Tochter: Im schlimmsten Fall wird er wohl ihre Adresse kennen, wenn sie schon mit seinem Auto fahren darf, meinst nicht? Wir beginnen einfach bei Thoralf und hören uns an, ob und was …«

»Seine Tochter ihm vielleicht schon von ihrem Ausflug und ihrer kleinen Blitzaktion erzählt hat«, beendete Baurieder Sollingers Satz. »Übrigens: Ich hab mittlerweile die Verbindungsdaten von Hannas Handy bekommen.

Ihr letzter Anruf war Montagnachmittag, noch im Wald. Eine Nummer, die häufiger erscheint.«

»Schauen wir uns an, sobald wir zurück sind«, kommentierte Anton. Sein Mitarbeiter schob sich in seinem Stuhl nach hinten. »Auf nach München!«

30. 1968 Zurück – In den Morgen

Murnau, Russenhaus,
Ende August/Anfang September 1968

Lediglich Mondlicht spiegelte sich in den Fensterscheiben, dahinter herrschte Dunkelheit in jedem Zimmer des Hauses, das früher Ele gehört hatte. Nun lebte Elli, die Hebamme, darin. Elli Zöpf wohnte mit ihrer Familie schon seit vier Jahren hier, dennoch nannte es jeder das *Russenhaus*. Selbst in der Nacht schimmerte sein gelber Sockel und das Vergissmeinnichtblau am Ortgang des Daches.

Hanna presste bei jedem Schritt ihre Zähne fester zusammen und die Hände gegen ihre Mitte. Entlang ihrer Oberschenkel rann etwas Warmes, Feuchtes. Sie schob die Hand zwischen die Beine und versuchte das Nass wegzuwischen. Von ihrem Bauch zuckte ein Stich bis in ihren Rücken. Sie zwang sich ums Haus zum Hintereingang.

Die Holztür übertrug die Schläge ihrer flachen Hand, jedes Klopfen schob eine Welle an Schmerz durch ihren Körper. Gegen den Türstock gelehnt, suchte Hanna Halt, rutschte zu Boden. Sie presste die Hand fester gegen das warme Rinnsal, den Rücken gegen die Tür. Für Augenblicke gefror die Zeit zur Ewigkeit.

Dann hörte sie etwas, die Tür öffnete sich, Licht und Wärme strömten aus dem Haus. Sie spürte Hände, die zupackten und ihren Körper hochstemmten, und Hanna erkannte Elli über sich. Der Arm der Hebamme schlang sich um ihren Körper, stützte, lenkte, zerrte sie durch die Küche in den Nebenraum. Auf dem grünen Bezug der Liege im Zimmereck schickte ihr der Schmerz eine neue

Welle. Hanna krümmte sich und wartete auf Elli, die in die Küche verschwunden war.

Die Hebamme kam zurück, in ihren Händen eine Schüssel mit dampfendem Wasser, über ihrem Arm bündelweise Tücher. Über ihrem Nachthemd trug Elli eine Schürze, die Haare lose im Nacken geknotet. Sie drehte Hanna auf den Rücken, schob den Stoff zwischen ihren Beinen zur Seite, die Binden um ihren Bauch. All das Warm und Nass fing Elli mit einem Tuch auf, das sich vollsog mit Blut. Die Hebamme legte Hanna die Hand auf die Stirn und erklärte ihr, was geschah. Hanna hörte Worte, Sätze, nickte. Schreie steckten fest in ihrer Kehle, hinter einem Kloß an Schmerz und Wut.

Dann blieb nur Schmerz, und Hanna löste sich auf in ihm.

Dann war es vorbei.

»Oh, Kind.« Über den Boden schrammte etwas, blechern und kalt. Es klang wie ein halb voller Eimer. Elli stand neben der Liege, neben Hanna. Die Schürze mit den roten Schlieren warf die Hebamme in die Ecke. Ein Berg durchtränkter Tücher lag am Boden. Selbst wenn Hanna die Augen schloss, konnte sie ihn sehen, all das Rot, all das Blut.

Mit frischem, klarem Wasser und sauberen Händen kam Elli zurück, brachte weiße Leinenbinden.

»Dich habe ich als eine der Ersten hier in Murnau auf die Welt geholt, obwohl ich damals nur als Notfall-Vertretung hier war. Alle um dich herum sahen so glücklich aus.« Elli schaute sie an.

Hanna wich ihrem Blick aus, starrte zur Decke, schluckte. »Ich war hier glücklich, Elli, bei Ele, beim Malunterricht, bevor es dein Haus wurde, das *Russen-*

haus. Ich war glücklich hier, wenn ich euch besuchen durfte, wenn Alex zufällig hier war. Und jetzt ist Alex tot, wusstest du das?«

»Alex?« Das Gesicht der Hebamme wurde blass. »Alex? Bist du sicher, Hanna?«

Hanna presste die Augenlider zusammen, die Tränen strömten dennoch über ihre Wangen. Allein sein Name versetzte ihr einen Stich, und ihr Körper schmerzte noch mehr. Sie musste an etwas anderes denken.

»Ele hatte längst niemanden mehr unterrichtet. Für mich machte sie eine Ausnahme. Sie hat immer geglaubt, sie schuldet meiner Großmutter einen Gefallen. Etwas, das Oma nie eingefordert hätte. Oma und Opa hatten einen Kramerladen und im Krieg auch Gemüse aus ihrem Garten. Sie haben Ele geholfen. Bilder kann man nicht essen.« Sie blinzelte und schloss die Augen wieder. »Bilder machen glücklich. So viele Farben. So viele Welten auf einer Leinwand. Ich war glücklich, hier«, flüsterte Hanna.

Elli drückte ihre Hand. »Ich kenne die Geschichten der Alten. Manche erzählen, dass Gabriele Münter klingelte und ihre Bilder tauschen wollte gegen Essen. Aber kaum einer nahm sie an. Heute würden sich die meisten dafür am liebsten in den Hintern beißen.«

»Ich war glücklich hier, während der Malstunden. Die Bilder, die Farben, alles passte zusammen. Bis sie starb.« Hannas Stimme verschwand beinahe. »Und dann waren auch meine Großeltern nicht mehr da. Jetzt bist du hier, Elli.«

»Und du bist sicher hier, Hanna.« Elli lehnte sich ein wenig nach vorne. »Für mich und meine Kinder war es ein großes Glück, hier einziehen zu können.«

»Glück für mich«, murmelte Hanna.

Elli drückte ihre Hand, deutete auf Hannas Unterleib. »Was ist passiert, Hanna? War das dein Onkel? Ist es sein Kind?«

Hanna schüttelte den Kopf. Ihre Hand fuhr zu dem Riss in ihrer Lippe, zu der schmerzenden Stelle an ihrer Wange. »Das war er. Nur Tod und Blut. Alex ist der Vater ...«, wisperte sie, und erneut schossen Tränen in ihre Augen. Ihre andere Hand wanderte seitlich zu ihrem Bauch. Aus ihrer Rocktasche fischte sie den Zeitungsausschnitt, die Todesanzeige, und hielt ihn Elli hin. Ihr Arm zitterte. »Mein Bauch wuchs, und anfangs hat keiner etwas bemerkt. Vorgestern wollte ich weg, gemeinsam wollten wir weg, Alex und ich – es war der einzige Weg. Wir haben das geplant. Aber mein Onkel hat uns erwischt. Mich hat er eingesperrt und ist an meiner Stelle zum Treffpunkt. Er hat ...« Ihre Stimme brach. »Tritte und Schläge, überall waren Tritte und Schläge und Fäuste, Alex lag schon am Boden, voller Blut. Mein Onkel hat ihn davongejagt, aber Alex konnte sich kaum auf den Beinen halten. Dann hat er mich erwischt. Der Unfall muss danach auf Alex' Heimweg passiert sein.«

Elli hob den Zeitungsausschnitt höher, las die Todesanzeige und drückte wieder Hannas Hand. »Weshalb warst du nicht früher hier – als du gemerkt hast, dass dein Bauch wächst?«

»Niemand sollte davon erfahren«, murmelte sie. »Die ganze Schande. Mein Onkel hat Alex gehasst, weil sein Vater ein Kriegsgefangener war und seine Mutter von hier, aus Murnau. Er hätte nie erlaubt, dass Alex und ich ... Der ganze Hass. Und jetzt ist Alex ...« Ihre Stimme versagte.

Die Hebamme strich ihr mit der Hand über die Stirn. »Ich habe Freunde in München, Hanna. Ich denke, da kannst du erst mal hin.«

»Ich habe noch etwas anderes gefunden.« Wieder kramte sie in ihrer Tasche, reichte der Hebamme die Papiere.

Ellis Augen weiteten sich. »Glaubst du, das stimmt?« Sie sah auf und gab Hanna die Dokumente zurück. »Ich finde einen Weg, das zu überprüfen.« Die Hebamme drückte ihre Hand, zögerte dann kurz. »Wer verwahrt eigentlich die Unterlagen deiner Großeltern seit deren Tod?«

Hanna zuckte die Schultern und blickte fragend zurück. »Mein Onkel, denke ich.«

31. Paul – Weggefährten

Oberammergau, Metzgerei & Tages-Bar Hack/Murnau, Mittwoch, später Vormittag

Die Ladentür der Metzgerei schrammte über den Boden, kurz wurde alles still. Paul trat ein, sah sich um, entdeckte Theres nirgends. Neben der Kaffeemaschine hob Theres' Vater die Augenbraue. »Servus, Paul!« Bohnen ratterten durchs Mahlwerk. Josef Hack musterte ihn.

Paul kratzte sich am Kinn. »Wo ist Res? Wir …«

»Weiß schon«, unterbrach ihn ihr Vater, dann winkte er ihn mit sich nach hinten. »Sie wartet schon.« Seine Schritte schlurften über die Fliesen.

»Schaust vielleicht noch mal her, Res?« Josef Hack streckte seinen Kopf ins Büro, seine Finger trommelten am Türstock. »Wär gut.«

»Ausgerechnet? Paul kommt jeden Moment, und wir wollen los!«, hörte Paul Theres' Stimme. Auf Pauls Gesicht stahl sich ein Lächeln über die Hack'sche Form der Kommunikation.

»Spezialwunsch …«, knurrte Josef Hack. »Wie kann's anders sein?«

Auffordernd winkte er mit den Händen. »Auf, auf: Die Musik spielt vorn im Laden.«

»Die Musik spielt hier!«, schaltete Paul sich ein und schwenkte seinen Autoschlüssel.

»Spielverderber«, schoss Josef Hack hinterher, sah von ihm zu seiner Tochter und wieder zurück. »Dann bin ich mal gespannt, ob Hannas Familie in Murnau mehr Anteilnahme zeigt als ihr Sohn. Dem ist nicht mal eingefallen, wann die Beerdigung ist. Vermutlich geht's ihm nur ums Geld und ihre Immobilien.«

Theres wandte sich ihrem Vater zu. »Hatte er immerhin zwei Sekunden, oder hast ihn gleich in eine Schublade gesteckt? Respekt!« Ihr Sarkasmus klang deutlich aus ihren Worten. »Nach dem Tod seiner Mutter sei erlaubt, dass ihn das nicht besonders redselig macht und auch nicht gerade zum Sonnenschein. Außerdem muss er sich jetzt um alles kümmern.«

»Tsssss!« In Josef Hacks Stirn gruben sich tiefe Falten, er brummte vor sich hin. »Der? Dieser phlegmatische Bartträger aus München?« Er schüttelte den Kopf. »Ich wollte …«

Theres verschränkte die Arme vor der Brust. »Ich kann gar nicht fassen, dass Hannas Beerdigung schon übermorgen ist.«

Theres' Vater schüttelte den Kopf. »Ihr erinnert euch schon noch, dass Hanna von einem Streit gesprochen hat, oder? Keine schlafenden Hunde wecken – das hat er zu ihr gesagt. Ihr eigener Sohn!«

Paul trat an ihm vorbei. »Aber bist du sicher, dass der Streit, von dem sie gesprochen hat, mit ihm war? In meiner Erinnerung ist das nicht so deutlich. Und ganz ehrlich: Was über ihre Zeit in Murnau auf dem USB-Stick ist … Ich weiß nicht, wie viel ihre Familie davon weiß, aber zu Friede, Freude, Sonnenschein dürfte das nicht gerade beitragen.«

Josef Hack verschränkte die Hände vor der Brust. »Hannas Sohn … Ich mag den nicht!«

Theres' Mundwinkel zuckte zu einem kurzen Grinsen, dann rollte sie mit den Augen. »Ein wenig Verständnis vielleicht? Du bist nicht der Einzige, dem etwas an Hanna und ihrer Geschichte liegt.«

»Und wir schauen jetzt, ob wir noch mehr dazu rausfinden können«, ging Paul dazwischen und schwenkte wieder mit den Schlüsseln.

Wenig später saß er mit Theres im Auto, und sie drehte sich auf dem Beifahrersitz zu ihm. »Wie bist du eigentlich an die Infos aus den Taufbüchern gekommen?«

Kaum ein anderes Auto kam ihnen entgegen. Die Straße wand sich durch die grün gepolsterten Backen der Berge. Bäume, Wälder, Stein. Glatt und warm fügte sich der Knauf der Gangschaltung in Pauls Handfläche. Unter seinem Fuß gab das Gaspedal nach.

»Das, was schon weiter zurückliegt, hab ich aus Archiven«, erklärte Paul. »Drangekommen bin ich durch ein, zwei Anrufe, bis ich beim ehemaligen geistlichen Beistand von Murnau gelandet bin.«

Aus dem Augenwinkel sah er Theres nicken. »Steht darin auch etwas über das Kind, das Hanna verloren hat?«, fragte sie weiter.

»Du hast mittlerweile auch schon so weit gelesen in ihrer Geschichte?« Paul seufzte. »Im Taufbuch steht über das Kind nichts, es kam ja wohl auch zu früh und schon tot zur Welt.«

»Aber …« Theres zögerte. »Was ist mit Thoralf?«

»Kam in München zur Welt, ein paar Jahre später.« Paul nickte. »Beim ersten Mal war sie sehr jung, gerade einmal achtzehn.«

Sie schüttelte den Kopf. »Warum macht man das überhaupt noch bei Babys, die nicht selbst entscheiden können in Sachen Glaube und Religionszugehörigkeit, mit der Taufe? Damit wir dann bei einem überraschenden Todesfall die Verwandtschaftsverhältnisse nachvollziehen können?«, spottete sie

Er schnaubte. »Wo bist du gleich noch mal aufgewachsen? Hinter dem Mond?«

»Ich bevorzuge die Bezeichnung: nach der dritten Ulme links, bei den drei mächtigen Waldhexen hinterm Vollmond rechts«, schob sie hinterher.

Paul streckte ihr die Zunge heraus. »Jedenfalls: Wer das heilige Sakrament der Taufe nicht erfahren hat, wird nicht in die Gemeinschaft derjenigen aufgenommen, die an Jesus Christus glauben, und darf nicht in den Himmel!«

»Ernsthaft?«, murmelte Theres. »Deswegen also die Taufe? Weil Gott selbst einem Neugeborenen, einer unschuldigen Seele, den Eintritt in den Himmel verweigern würde? Das glauben die Menschen? Oder haben sie geglaubt?« Ihre flache Hand klatschte gegen ihre Stirn. »Hat sich jemals jemand gefragt, warum man überhaupt an so einen Gott glauben sollte?«

»Na ja«, sagte er. »Es ist ja …«

Theres' abwinkende Geste schnitt ihm das Wort ab. »Wir sind wegen Hanna unterwegs, nicht wegen Grundsatzdiskussionen. Der Vater von Hannas Kind war auch nicht der Heilige Geist. Ich hoffe, wir kriegen in Murnau mehr Informationen dazu.«

Paul schaltete in den nächsten Gang. »Ja, das hoffe ich auch. Für mich ist nicht ganz klar, ob jemand wusste, was sich zwischen ihr und ihrem Onkel abgespielt hat, oder die Gründe kannte, weshalb Hanna fort ist. Oder ob ihr jemand hätte helfen können.« Er spürte ihren

Blick. »Neben der Adresse habe ich auch herausgefunden, dass Hannas Cousin fast gleich alt ist wie sie. Er kann vielleicht mehr erzählen.«

Kurz drehte er sein Gesicht zu ihr und grinste sie vielsagend an. »Wirst schon sehen.«

32. Theres – Familienbande

Murnau, Haus von Hannas Cousin,
Mittwoch später Vormittag

Paul nahm die Abzweigung vorbei an Murnaus Innenstadt und in eine der kleineren Seitenstraßen. Als Paul den Blinker setzte und sie in die Straße einbogen, verglich Theres noch einmal den Straßennamen mit dem auf seinem Notizzettel, sie nickte. Unter dem holzverkleideten Vordach des Reiheneckhauses öffnete sich wenig später die zugehörige Haustür der notierten Adresse.

Die Stirnpartie ihres Gegenübers erinnerte Theres an Hanna, aber das Kinn stützte sich nahezu übergangslos auf den Hals.

»Gerd Langmann«, schmatzte der Mann in der Tür und wischte sich über den Mund. Die Falten im Gesicht von Hannas Cousin waren ähnlich zerknittert wie die seines Shirts. Auf seinen Wangen sprossen graue Stoppelfelder. Ein paar letzte dunkle Strähnen waren in dem spärlichen Grau zu erkennen. Sein Blick huschte zwischen Paul und Theres hin und her.

Schließlich bat er sie herein, und sie folgten ihm in den Gang. Gerd Langmann drehte sich kurz zu Theres um, sah ihr auf die Füße und dann zu den aufgereihten Schuhen neben einer Garderobe mit Buchenmaserung, ein Imitat, die Fugen des Furniers stießen ungleichmäßig aneinander. Sein Verhalten stieß Theres auf, sie wunderte sich über die wortlose Ungastlichkeit. Nach einem kurzen Blick zu Paul streifte sie ihre Boots ab. Nicht ohne den Raum gegenüber zu mustern. Dunkle Ordner kauerten sich in Regale, die sich gegenseitig zu stützen schienen. Büroklammern zweckentfremdeten eine Müslischale. Tacker, Locher und Stifte schienen noch uneins, wie sie den Schreibtisch unter sich aufzuteilen gedachten. Im Vorbeigehen erahnte Theres dunkle Notizbücher auf der Schreibtischunterlage.

Gerd Langmann zog die Tür vor ihr zu, mit einem Mal war ein Lächeln in seinem Gesicht. »Das kleine Chaos bleibt besser hinter der Tür.« Ein Glucksen stolperte hinterher, als wäre er nervös. Er ging weiter voraus.

Im Türstock vor der Küche wartete Gerds Frau, begrüßte sie und beobachtete, bis ihre Gäste im Wohnzimmer waren. Theres drehte den Kopf zurück zu ihr über die Schulter und schauderte unter dem eisigen Blick der Frau. »Ute«, erklärte Gerd. Er bot ihnen einen Platz auf der Couch an, die beinahe übergangslos mit dem grauen Fransenteppich verschmolz. Vor der Fensterfront verbarrikadierten sich gestutzte Hecken und ein gleichförmiger Rasen. Nach einem kurzen Blick auf die Regale neben dem Fernseher schaute Theres mit skeptischer Miene zu Paul.

»Jetzt verschwindet sie also endgültig aus dieser Welt – Hanna. Die eigensinnige Künstlerin. Wer hätte das gedacht?« Kopfschüttelnd betonte Gerd das Wort Künstlerin. Er deutete von Paul zu Theres. »Ist das jetzt üblich, dass die Schreibkraft mit dabei ist, wenn der Pfarrer noch ein paar schöne Worte für ihre Beerdigung braucht? Ist das die neue, moderne Strategie der Kirche? Integration von Frauen?« Er lachte wie über einen Scherz.

Theres' Mundwinkel zuckten, aber sie erinnerte sich daran, weshalb sie hier waren. Sie setzte ein Lächeln auf. »Nicht ganz! Ich schlachte. Ich arbeite nur für mich«, korrigierte sie. »Hanna war eine Freundin.« Gerds fragendes Stirnrunzeln ignorierte sie.

»Warten wir noch kurz auf Ihre Frau«, schlug Paul vor, ehe Gerd genauer nachfragen konnte. Paul rückte auf der Couch nach vorne. Theres versuchte, weder Hannas Cousin noch die gerahmten Bilder im Seitenteil der Fernsehwand zu auffällig zu mustern. Pauls Blick, ein leichtes Tippen an sein Kinn, war sein Signal an sie, ihren Unterkiefer vollständig hochzuklappen. Gleichzeitig erahnte sie an seiner Haltung, seiner Miene dieselbe Fassungslosigkeit, die sie empfand.

»Meine Frau kommt gleich, fangen wir an«, sagte Gerd.

»Kein Problem, so viel Zeit haben wir. Soweit ich verstanden habe, kannten Sie und Ihre Frau Hanna seit ihrer Jugend. In dem Fall ist es schön, wenn sie beide von Ihren Erinnerungen mit Hanna erzählen.« Paul lächelte.

Das Schweigen im Raum dehnte die Zeit, bis Gerds Frau den Raum betrat. Von ihrem Tablett verteilte sie Tellerchen, Servietten und eine kleine Servierplatte auf dem Couchtisch. Ihrem Mann drückte sie ein Bier in die Hand. Theres stemmte ihre Mundwinkel nach oben, Pauls Miene veränderte sich zu etwas, das als *neutral* gelten konnte.

Im Raum entfaltete sich der Duft von Vanille, Butter, Karamell. *Apfelkiacherl* – wie gebackenes Gold. Lächelnd setzte sich Ute auf die Armlehne des Sessels ihres Mannes. Sie zog die Augenbrauen hoch, schluckte, setzte ein noch lieblicheres Lächeln auf. »Das ist schon sehr traurig mit Hanna.« Dann deutete sie auf das Apfelgebäck. »Bitte!«, forderte sie auf.

Gerd wandte sich an Paul. »Die Beerdigung ist bereits übermorgen, das ging schnell.«

»Bei der Beerdigung haben wir noch mal die Gelegenheit zurückzublicken, mit unseren guten Erinnerungen auch andere zu trösten«, begann Paul. »Wo sind Hanna und Sie aufgewachsen? Soweit ich von Hanna weiß, hat sie ihre Jugend hauptsächlich in der Familie ihres Onkels verbracht, also Ihres Vaters. Aber nicht in diesem Haus, oder?«

Gerd winkte ab. »Das habe ich gebaut.« Er räusperte sich, warf seiner Frau einen Blick zu. »Wir haben es gebaut. 1974, nicht wahr? Mithilfe meines alten Herrn, er hat das Grundstück für uns … gefunden. Er hat schon aus den alten Tagen gewusst, wie gut es ist, wenn man die richtigen Kontakte pflegt. Das Haus meines Vaters …«, kurz sah er zu seiner Frau, »… das war jedenfalls ein anderes«, beeilte er sich, den Satz zu beenden.

»Gibt es das Haus noch?«, fragte Paul.

Gerd verzog das Gesicht, als hätte er etwas Ungenießbares gegessen, dann setzte er ein schiefes Grinsen auf. »Ich würde sagen Ja, Hanna kannte die Antwort darauf, aber sie zu fragen dürfte etwas schwierig werden.«

»Warum?«, platzte Theres heraus. Sie strengte sich weiter an, ein höfliches Lächeln im Gesicht zu behalten.

Ein Schnauben kam von Ute auf ihrer Armlehne. »Warum? Warum?«

Theres' fragendem Blick wich sie aus, presste die Lippen fest aufeinander und sah nachdrücklich weg.

Gerd war im nächsten Moment neben den Bildern an der Seite der Fernsehwand. Er nahm eines der gerahmten Fotos, auf dem ein altes Haus zu sehen war, davor ein Mann in Uniform. »Das ist es. Das Haus gehört Hanna.

Es war im Besitz ihrer Großeltern. Sie haben es meinem Vater natürlich überlassen, damit …«

Selbst in dem Schwarz-Weiß der Aufnahmen trat all das Braun der Wehrmachtsuniform deutlich hervor. Auf dem Bild drängten sich mehrere Abzeichen über die Uniform des Mannes, der vermutlich Hannas Onkel war. Theres schauderte und rätselte noch über seinen Rang, als Paul ihr einen dezenten Stoß gegen den Oberschenkel verpasste.

»Damit Hanna gut aufwachsen konnte, natürlich«, setzte Ute hastig nach.

Gerd winkte ab. »Reine Gefälligkeit. Als wäre jemand wie mein Vater darauf angewiesen. Er hat schon seine Wege gefunden für die Familie und seine Freunde.«

Paul räusperte sich. »Und Hannas Großeltern – wohnten die ebenfalls im Haus?«

»Nein. Über ihrem Kramerladen wohnten sie«, kam es wieder aus Utes Richtung. »Sie waren froh, dass sie ihr Hannalein sehen konnten, oder vielmehr: die Großmutter. Hannas Opa starb ein paar Jahre vor seiner Frau.«

Gerd drehte sich und sah seine Frau an, sein angespanntes Kopfschütteln entging Theres nicht. Ute sackte ein wenig in sich zusammen. Im nächsten Moment richtete sie sich wieder auf. »Aber das ist ja nicht so wichtig.«

»Natürlich«, sagte Gerd und drehte sich wieder zu Theres und Paul.

Paul räusperte sich, angelte mit seiner Serviette nach einem goldenen Teigring. »Und sonst? Welche gemeinsamen Erinnerungen verbinden Sie mit Hanna?«, lenkte er ab.

Gerd kratzte sich durch die Stoppeln am Kinn. »Hanna.« Kurz verschwanden seine Lippen, dann legte er los. »Wir waren schon sehr verschieden, daran erinnere ich mich. Irgendwann hat sie mein Vater zu uns ins Haus geholt. Da konnte sie sich nicht beklagen. Andere Waisen wurden ins Heim gesteckt, damit sie die Gesellschaft nicht belasteten. Aber vielleicht war es da auch schon zu spät. Sie war damals schon immer bei dieser Malerin und wahrscheinlich schon zu lang unter dem Einfluss ihrer Großeltern, mit ihren seltsamen Ansichten. Hannas Eltern sind bei einem Autounfall umgekommen. Am Ende straft das Schicksal die Verräter doch!« Den letzten Satz schob er leiser hinterher, nach einer kleinen Pause. Theres wunderte sich kurz. Bevor sie die Gelegenheit hatte nachzufragen, fuhr er fort. »Mein Vater hat es trotzdem immer wieder versucht mit Hanna. Er hat sich gekümmert, aber sie wollte es nicht sehen. Immer hat sie widersprochen und sich ihm widersetzt.« Über die Schulter drehte er sich zu seiner Frau.

Utes wachsame Miene wurde milder, sie richtete sich auf, räusperte sich. »Es gab eine kurze Phase, Mitte zwanzig, da hat sie sich bei mir gemeldet. Ich glaube, es tat ihr leid, dass sie weggegangen ist, und sie wollte wieder eine Verbindung. Manchmal dauert es einfach, bis man wirklich erkennt, was man alles Gutes hatte«, erzählte sie. Ihr Lächeln erreichte nicht annähernd die Augen und löste in Theres ein eigenartiges Gefühl aus. »Sie hat einfach nie verstehen wollen, wohin sie gehörte«, biss Gerds Frau hervor.

Wieder kam eine Art Kichern von ihr. Gerds Finger gruben sich in die Armpolster seines Sessels, er maß Paul von den Schuhsohlen bis zum Kollar, dann lockerte sich sein Griff. Seine Frau redete weiter.

»Hanna und ich waren zusammen in der Schule. In der Zeit in Murnau, im Haus, hat sie am liebsten Bilder gemalt und von ihrer Freiheit erzählt – auch mir. Keiner weiß so recht, weshalb sie davon ist. Mitte der Siebziger, als sie sich bei mir gemeldet hat, hat das einfach nicht gepasst zwischen uns. Wir waren noch so jung. Dann hat sie sich wieder gemeldet – irgendwann …« Ute unterbrach sich, zögerte, kicherte. »Sie hat sich jedenfalls wieder gemeldet. Das war gut. Ein gutes Gespräch«, bestätigte sie. »Da vergehen so viele Jahre. All das haben wir verschenkt – gemeinsame Feiern, Familie, gemeinsame Erinnerungen. Hanna hat das auch so gesehen, auf jeden Fall. Sie hat gesehen, wie wichtig die Familie für sie ist. Wir. Dabei ist die Familie alles, was bleibt.« Unter dem Blick ihres Mannes wackelte ihr Lächeln.

Theres verengte die Augen, beobachtete Ute und griff schließlich mit der Hand nach dem nächsten Apfelgebäck. Schnell biss sie ein Stück ab, ehe ihre Gedanken aus dem Mund purzeln konnten. *Weil du das ernsthaft glaubst, oder sollen wir das jetzt glauben?*

»Wann hat sie sich wiedergemeldet? In den Siebzigern oder kürzlich noch mal?«, hakte Theres nach.

Gerds Schultern zuckten. Er und seine Frau schauten sich an, schließlich beugte er sich ohne eine weitere Regung zum Tisch und fischte selbst nach einem Apfelkiacherl. »Mit dem Alter kommt die Erkenntnis, nicht wahr? Manchmal zu spät.«

Die Türglocke drängte sich dazwischen.

»Unser Sohn.« Ute lächelte entschuldigend. »Franz wollte dabei sein, wenn es um Hanna geht.«

»Wie schön, dass er sich Zeit nimmt.« Paul wandte sich zum Gang.

Ute nickte und war schon an der Tür.

»Hat eine Weile auf sich warten lassen, der Bursche, wie immer. Aber schließlich hat es ja noch geklappt mit unserem Stammhalter – damals wie heute«, polterte Gerds Stimme lachend hinterher. Kurz fuhr Ute noch einmal herum, ihr Gesicht wirkte wie versteinert. Theres konnte den Ausdruck nicht deuten. Wut, Verachtung, Hass vielleicht? Dann war Ute im Gang verschwunden.

Schritte schlenderten durch den Flur, im Türrahmen stoppte die dazugehörige Person. Die Stirn glättete sich schneller, als sie sich runzelte. Daumen und Zeigefinger strichen den Oberlippenbart glatt, ein Verkäufer-Lächeln aufgesetzt. Anfang dreißig, schätzte Theres Gerds und Utes Sohn. Seine dunklen Augen huschten wie die seiner Mutter von einem zum anderen. Er strubbelte sich durchs Haar, nestelte noch am Bund seiner Jeans. Gerds Frau folgte ihrem Sohn ins Wohnzimmer.

Er reichte erst Paul, dann Theres die Hand zur Begrüßung. Dann ließ er sich mit einem Seufzen in den Sessel vor der Fensterfront fallen.

»Übermorgen ist also die Beerdigung, für die wir noch ein paar schöne Worte brauchen?« Die Stimme von Gerds Sohn schepperte ein wenig. »Opa würde sagen: Weglaufen konnte sie schnell. Zählt das auch?« Sein Lächeln war fort, als er sich zur Mutter drehte. Er überging seine eigene Frage, als interessiere ihn die Antwort gar nicht. »Machst du noch welche?« Er deutete auf den fast leeren Teller mit den letzten zwei Gebäckstücken, und Ute sprang auf.

Paul runzelte die Stirn, Theres irritierte sein Befehlston. Sie stellte ihre Füße breiter auf den Boden. »Hast du Hanna kennengelernt?«, fragte sie ihn.

Franz reagierte nicht, er legte die Hände auf die Oberschenkel. Dann sah er Paul an, danach seinen Vater, er wandte nicht einmal seinen Kopf zu Theres. Erst als Paul ihre Frage wiederholte, blinzelte er und richtete sich auf. Franz schüttelte den Kopf. In der Küche brutzelte und zischte es, bis ins Wohnzimmer zog der Geruch von gebratenen Äpfeln und Teig.

»Vielleicht hätte sie schon früher auf meinen Großvater hören sollen. Meiner Mutter hat's ja auch nicht geschadet. Hanna hat ein wenig länger gebraucht, um zu verstehen, was die richtigen Werte sind«, sagte er und fuhr sich durchs Haar.

Theres presste die Lippen aufeinander und hielt einen Kommentar dahinter fest. Ein Teller frischer Apfelkiacherl kehrte zurück in den Raum. Der Sohn des Hauses griff danach, Theres kam ihm zuvor. Sie musterte Hannas Neffen, etwas wie Verachtung lag auf seinem Gesicht.

»Hanna wollte verbinden und Verständnis füreinander schaffen. Das hat sich in ihrer Arbeit als Künstlerin ausgedrückt und als Mitglied unserer Gemeinde in Oberammergau. Jetzt wollte sie ihre Geschichte weitergeben und aussprechen, was sie lange nicht geschafft hat«, sagte Paul. »Hanna hat alles festgehalten. Hat sie davon erzählt?«, hakte er nach.

Gerd winkte ab. »Die albernen Erinnerungen einer alten Frau – der Tochter eines Landesverräters. Interessiert das jemanden?«

Kauend hob Franz das Kinn, richtete sich auf und stellte seine Füße nebeneinander, er deutete auf seine Mutter. »Sie hat sich den alten Kram angehört, wir dann auch. Aber dann auch noch davon lesen? Im Grunde ist es egal. Jetzt aufzustehen und darauf zu deuten, was damals nicht in Ordnung gewesen sein könnte, führt nirgendwohin. Es war nun mal so. Vielleicht wäre es sogar noch ein wenig besser …« Sein Blick glitt erst zu den Fotos in der Fernsehwand, dann sah er von seiner Mutter zu seinem Vater. »Aber egal.« Er winkte ab. »Nicht wahr?«

»Also hat sie kürzlich noch einmal Kontakt aufgenommen?«, entfuhren Theres die Worte, bevor Pauls Kopfschütteln sie bremsen konnte.

Franz hob eine Augenbraue, sein Blick streifte sie. »Wir sind Hannas Familie.« Seine Worte schoben sich zwischen Kauen und Beißen.

»Wir sind hier, um positive Momente der Familie bei der Beerdigung zu teilen«, schaltete Paul sich ein, um den vermeintlichen Grund für seinen und Theres' Besuch noch einmal vor der Familie hervorzuheben.

»Gerade wenn der Tod so plötzlich ist, wenn so ein unglücklicher Unfall geschieht«, betonte Ute. Ganz leicht kratzte ihre Stimme. »Dabei war sie doch im besten Alter.«

Für einen Wimpernschlag bemerkte Theres überrascht, wie Franz' Oberlippe zuckte und seine Augen schmal wurden, genau wie bei Gerd. Utes Wangen leuchteten rot, sie senkte den Blick. »Wir … man muss sich nicht immer in allem einig sein und kann trotzdem gute Erinnerungen teilen.«

Sie klemmte ihre Mundwinkel nach oben und hetzte zur Ablenkung durch eine Erzählung der Jahre mit Hanna, von der jüngsten Kontaktaufnahme zurück zu ein paar Erinnerungen aus ihrer Jugend.

Paul notierte ein paar Worte, Gerd mischte sich in den Bericht seiner Frau ein. »Sie dachte immer, mein Vater war sehr streng, deswegen rannte sie ja auch fort. Aber Männer wie er wussten schon, was richtig war.«

Theres überlegte kurz, was er damit sagen wollte, dann, ob sie es wirklich wissen und das Thema vertiefen wollte. Sie überging seine Aussage. »Hat er Hanna eigentlich adoptiert?«, fragte sie stattdessen. Im Hals spürte sie ein Kratzen, das immer stärker wurde. Sie räusperte sich. Auf ihren Wangen prickelte es.

»Sie war als Pflegekind bei uns, nach dem Unfall.«

Theres' Hand fuhr nach hinten und scheuerte gegen den plötzlichen Juckreiz zwischen ihren Schulterblättern. Paul stieß seinen Fuß gegen ihren. Aus dem Augenwinkel musterte Theres den Sohn. Beobachtete sein Gähnen, versuchte, ihn einzuordnen. »Wo ist die Toilette?«, fragte sie dann und kratzte sich erneut am Rücken.

Ute erklärte ihr den Weg. Auf der Gästetoilette wusch Theres ihr Gesicht und kühlte es. Eine Tür nebenan war das Büro, an dem sie eben vorbeigelaufen waren. Wie von selbst fuhr ihre Hand zum Türgriff, drückte die Klinke so leise wie möglich hinab. Vom Türstock aus sah sie zwei Notizbücher in der Mitte des Schreibtischs. Sie lauschte, hörte Gesprächsfetzen vom Wohnzimmer in den Flur dringen und wagte sich näher zum Schreibtisch.

»Alles okay da draußen?« Franz rief durch den Flur. »Oder soll ich beim Rückweg assistieren?«

Theres schlich zum Türstock zurück in den Gang. »Alles okay«, antwortete sie. Ihr Puls beschleunigte sich, sie wartete auf Schritte, hörte aber keine. Sie huschte zurück zum Schreibtisch und den Notizbüchern. Kurz überlegte sie, dann traf sie ihre Entscheidung.

»Sie ist bestimmt gleich wieder da«, hörte sie Paul nebenan sagen.

33. Toni – Schöner wohnen in München

München, Wohnung Thoralf Schuster,
Mittwoch, später Vormittag

Toni stellte den Motor ab und sah zu seinem Vorgesetzten auf dem Beifahrersitz. Die Parkuhr aus dem Seitenfach wanderte hinter die Windschutzscheibe. Auf der mehrspurigen Straße reihten sich Autos, Stoßstange an Stoßstange, bis zum Siegestor und weiter. »Willkommen in München.«

»Parken in der Großstadt«, kommentierte Sollinger und legte das Notizbuch von Hanna zur Seite, in dem er auf der Fahrt gelesen hatte. Gleichzeitig lösten sie die Gurte, die Autotüren krachten zu. »Das dauert ja fast so lang wie unsere Fahrt von Oberammergau hierher.«

»Den Kommentar hör ich zum ersten Mal hier in der Stadt«, gab Toni zurück und ignorierte den ihm gewidmeten ausgestreckten Mittelfinger des Hauptkommissars. Er deutete auf das Siegestor und die Figur der Bavaria mit ihren vier Löwen. »Aber der Ausblick ist sehenswert, nicht wahr?«

Durch den Hauptbogen in der Mitte war die Prunkstraße dahinter zu erkennen. An den einstigen Stadtpalästen der Ludwigstraße zierten kleine Dächlein und Bögen die Fenster, getragen von Sockelschichten aus scheinbar grob behauenem Stein, die vier, fünf Stockwerke nach oben zu den Giebeldächern strebten. Ein Hauch Italien lag über dem Straßenzug, über den beiden Zwillingsbrunnen auf jeder Straßenseite vor dem Haupteingang der Universität, über der kantigen Ludwigskirche mit ihren beiden schlichten Türmen. Wie selbstverständlich hetzten Studierende daran vorbei.

Sollinger brummte etwas Unverständliches und drehte sich um. Noch mehr herrschaftliche Häuser, bevor die Gebäude eckiger wurden, glatter, pragmatischer, die Fenster wie Guckkästen mit Sprossen. Er starrte auf sein Handy, marschierte Toni hinterher. »Zehn Minuten zu Fuß von hier, hast du behauptet, Baurieder? Google bestätigt das sogar.«

»Immer total motivierend, wenn die Kollegen Vertrauen in meine Arbeit und meine Aussagen haben«, gab Toni sarkastisch zurück. Nach einer Weile erreichten sie die Adresse. Im Altbau hinter der modernen Eingangstür wand sich ein Treppengeländer aus der Jugendstil-Zeit nach oben. Bis in den dritten Stock knarzte jede der Holzstufen, als jammerten sie einzeln über die Abwesenheit eines Aufzugs. Am Flügel der Wohnungstür wartete bereits Thoralf Schuster auf sie.

»Was verschafft mir die Ehre? Gibt es noch was wegen des Einbruchs?«

Hauptkommissar Sollinger deutete an Hannas Sohn vorbei in die Wohnung. »Dürfen wir kurz reinkommen? Wir haben noch ein, zwei Fragen.«

Er bejahte und führte sie ins Wohnzimmer. Das Fischgrätparkett war über die Jahre matt geworden von den unzähligen Schritten der Bewohner.

Toni sah sich um. »Sehr schön, die Wohnung.«

Die Fenster waren noch aus Holz, mit doppelten Rahmen und einfach verglast, sie streckten sich an der Wand nach oben bis kurz unter der Stuckdecke. Die Sessel kamen wie moderne Designerstücke verkleidet daher, bei genauerem Hinsehen entpuppten sie sich als

Überbleibsel der späten Siebzigerjahre, ein wenig abgenutzt und angeschrammt. Von draußen drangen die rauschenden Motorengeräusche des Verkehrs durch die Fensterscheiben, ansonsten war es still.

»Ist Hannas Hund gar nicht hier? Hunde sind doch immer die Ersten, die einen begrüßen«, wunderte sich Toni.

Thoralf verneinte. »Stenz ist bei Klara. Sie ist bei ihrer Mutter.«

Seine Stimme klang brüchig. »Ich kann nicht fassen, dass übermorgen schon die Beerdigung ist. Wir haben uns doch erst noch gesehen. Gestern war ich mit Klara noch mal im Haus meiner Mutter. Ein dummer Unfall, und alles ist vorbei.«

Er schüttelte den Kopf und wischte sich mit dem Handrücken über die Augen, räusperte sich. Dann bot er ihnen einen Sitzplatz an. Toni bemerkte aus dem Augenwinkel, wie Sollinger kaum wahrnehmbar mit dem Kopf schüttelte.

»Und Sie sind noch mal hier wegen der Ermittlungen zum Einbruch?«, fragte Thoralf die Kommissare. »Ich weiß gar nicht, wo mir der Kopf steht, aber ich hoffe, ich kann Ihre Fragen beantworten«

»Der Einbruch stellt uns nach wie vor vor ein Rätsel«, begann Toni mit einem Blick auf Sollinger. »Haben Sie mittlerweile eine Idee, ob etwas fehlt?«

»Die wichtigen Dokumente habe ich alle entdeckt. Ich wusste von meiner Mutter, wo sie diese verwahrt, und alle sind vollständig da. Auch alles andere, was einen materiellen Wert haben könnte. Meine Mutter hat darauf nie viel Wert gelegt. Bislang ist mir wirklich nichts aufgefallen, was fehlen könnte. Selbst ihr Laptop war noch da. Den hat Klara mittlerweile. Meine Mutter und sie hatten immer einen speziellen Draht zueinander.« Thoralf wandte sich von Toni zu Sollinger. »War es vielleicht einfach ein Versehen? Die Fensterscheibe kann doch auch durch einen Ball von den Nachbarskindern kaputtgegangen sein?«

»Klara …«, setzte Toni an.

»Nein, das ist geklärt!«, fuhr Sollinger dazwischen. »Ein Ball zerschlägt eine Scheibe nicht auf diese Art und Weise.«

»Vom Hausschlüssel ihrer Mutter fehlt jede Spur«, ergänzte Toni. »Überhaupt konnten wir nirgends einen Schlüsselbund finden. Nicht im Haus, nicht im Wald, wo Ihre Mutter gefunden wurde. Wir wissen von einem Ersatzschlüssel bei einem Freund vor Ort, Josef Hack, und ein Ersatzschlüssel müsste bei Ihnen in München sein, richtig? War zufällig noch ein Schlüssel im Haus?«

Kurz zuckte eine Regung über Thoralfs Miene, er sog seine Unterlippe ein. »Ich …also, das klingt jetzt vielleicht dumm, aber der Schlüssel meiner Mutter war bei mir im Auto unter dem Beifahrersitz.«

»Ähm?«, Sollinger beugte sich vor und musterte Hannas Sohn intensiver. »Wie geht denn das, bitte?«

Thoralf seufzte. »Ich bin am Sonntag rausgefahren zu meiner Mutter – eine kleine Wanderung, gemeinsam essen, eine Flasche Wein. Wenigstens einmal im Monat haben wir das gemacht. Am Montagmorgen bin ich zurück nach München gefahren für meine ersten Termine. Und meine Mutter wollte an dem Tag nach Murnau, das hat dann gut gepasst.«

»Versteh ich nicht«, warf Toni ein. »Das erklärt nicht, wie die Schlüssel ins Auto kamen, und außerdem: Wie kam Ihre Mutter am Montag nach Murnau, ohne das eigene Auto zu benutzen?«

»Murnau hat einen Bahnhof. Das ist kein Geheimnis«, antwortete Thoralf. »Das hat sie oft gemacht. In letzter Zeit hat sie auch ihren Cousin dort getroffen oder dessen Frau, oder sie war im Münter-Haus oder im Stadt-Archiv.« Er sank in sich zusammen. »Ich weiß nicht, was sie am letzten Montag in Murnau wollte.«

»Und der Schlüssel Ihrer Mutter in Ihrem Auto?«, wiederholte Toni. »Wie kam der da rein?«

»Ach«, Hannas Sohn hob den Kopf ein wenig. »Ich habe sie auf dem Weg nach München zum Bahnhof in Oberammergau gefahren. Bestimmt ist er ihr auf der Fahrt dorthin aus der Tasche gerutscht.«

Toni sah im Stirnrunzeln seines Kollegen Fragen und Zweifel und vermutete, diese ähnelten seinen eigenen. »Und die Fahrt am Montag zurück nach München? Wann ungefähr war die?«

»Gegen neun.«

Sollinger stemmte die Arme in die Hüften. »Danke«, sagte er. »Und dann: fliegender Wechsel und Klara hat sich das Auto geschnappt, oder wie dürfen wir uns das vorstellen?«

Thoralf richtete sich auf und sah die Kommissare verwundert an. »Woher wissen Sie das?«

Toni trat einen Schritt nach vorne. »Das tut jetzt nichts zur Sache. Wir müssen mit Klara sprechen. Wann ist sie wieder hier? Wie können wir sie am besten erreichen?«

Thoralf kratzte sich am Bart. »Klara wohnt bei ihrer Mutter, wenn sie in München ist. Während des Semesters ist sie in Wien an der Uni. Schöne Stadt, bisher haben wir jedes Jahr versucht, sie zu besuchen, ich und …«, seine Stimme brach erneut, »… meine Mutter. Und jetzt …« Er setzte sich auf die Armlehne eines Sessels und fuhr sich über die Stirn.

Toni zog die Augenbrauen hoch und wartete einen Moment. »Aber gelegentlich ist Klara hier, also bei Ihnen, oder zumindest leiht sie sich ab und an mal das Auto?«, versuchte er es erneut.

»Ja, warum?«, wunderte sich Klaras Vater.

Hauptkommissar Sollinger winkte ab. »Nichts Wildes«, sagte er. Sollinger zog das Foto der Verkehrsüberwachung aus seiner Jackentasche und hielt es Hannas Sohn hin. »Ein etwas teures Porträtfoto aus dem Werdenfelser Land. Der Wagen ist auf Ihren Namen gemeldet, der Bußgeldbescheid kommt in den nächsten Tagen. Wir sind uns ziemlich sicher, dass das nicht Sie hinter dem Steuer sind. Oder?«

Toni stellte sich neben seinen Kollegen. Hannas Sohn verdrehte die Augen und schüttelte den Kopf. »Ein exklusiver Ausflug jedenfalls. Meine kleine Raserin, vom Blitzer hat sie gar nichts erzählt. Sie lernt es wohl nie.« Er zuckte mit den Schultern.

»Die Adresse und die Handynummer?« Sollinger stemmte eine Hand in die Hüfte, er deutete auf einen Stapel Papier. Toni zog sein Handy. »Wir nehmen die Daten analog oder digital«, brummte er.

Thoralfs Schultern sanken, aus dem Sideboard zog er Papier und Stift, dann fuhr er sich über den Mund. Er wandte sich kurz ab, seine Augen schimmerten feucht. Dann verrutschte seine Miene.

»Die zwei sind wie eine Seele – noch mehr seit dem Projekt meiner Mutter mit ihrer Geschichte. Waren, natürlich«, korrigierte er sich. »Beiden war die Veröffentlichung wichtig, aber das hat sich damit wohl auch erledigt. Ehrlich gesagt, ich war kein Fan davon. Das Internet ist voll von Geschichten, da muss man nicht irgendwelche alten Kamellen ans Licht zerren. Ganz einfach ist die Vergangenheit nie, wenn man direkt betroffen ist. Aber … Wenn wir doch am Sonntag einfach noch mal alle gemeinsam …«. Diesmal unterbrach ihn ein Schluchzen und schüttelte ihn.

34. Klara – Auf dem Weg

München, auf den Straßen, Mittwochmittag

Mit einem zu lauten Rums stellte Klara die Tontasse auf der Anrichte in der Küche ab und zuckte selbst ein wenig zusammen. Ihre Handgelenke waren ebenso kalt wie ihre Fingerspitzen, die sich um ihr Handy am Ohr krampften.

»Danke, Papa. Ja, tut mir leid wegen des Blitzers und dass ich's vergessen hab. Ich weiß ja, das ist nichts Schlimmes, und ich kann's dir jederzeit sagen.« Klara runzelte die Stirn und legte auf.

Stenz drängte sich gegen ihre Beine, ein beinahe fragender Blick aus blauen Augen, umrahmt von maskenförmigem schwarzem Fell, schaute ihr entgegen. Sie beugte sich ein wenig zu ihm hinab.

»Diese Polizisten … Die kommen extra von Oberammergau nach München wegen eines Blitzer-Fotos. Das ist doch seltsam«, murmelte sie. Zwischen Stenz' gefleckten Ohren streichelte sie sein seidiges Fell. »Du meinst doch auch, es ist besser, gleich zu fahren und die Sache zu klären, anstatt Zeit zu verlieren wegen dieser dummen Geschwindigkeitsüberschreitung, oder? Da stöbert jemand in Hannas Website und vermutlich in ihrer Geschichte … Mit welchem Recht, frag ich dich? Hanna hat das mir anvertraut, und ich weiß, was ich tue.«

Sie schnaubte und versuchte, das unruhige Kribbeln zu ignorieren, das sich in ihrem Bauch ausbreitete. Klara leerte die Tasse mit einem Schluck und hetzte aus der Küche. Stenz trippelte ihr hinterher, wartete an der Türschwelle ihres Zimmers.

Sie schlüpfte in die schmale Jeans und das schwarze Shirt, den Schal und die Jacke warf sie sich über den Arm. Bevor sie den Laptop zuklappte, checkte sie noch einmal ihr Programm, das die IP-Adresse zu dem fehlerhaften Log-in auf Hannas Website in eine reale Adresse aufgelöst hatte. Jemand aus Murnau versuchte in Hannas Geschichte und auf ihrer Website herumzustochern. Sie las die Adresse noch einmal und den dazugehörigen Namen. Irgendwas daran stieß ihr auf. Stenz bellte kurz und riss sie aus ihren Gedanken. Klara nickte ihm zu.

»Ja, ja, ich weiß schon, sie werden gleich hier sein.« Sie beeilte sich, schnappte den Beutel mit den Ladekabeln. Ihren Laptop warf sie in den Rucksack und selbigen, fünf Stockwerke und sieben Laufminuten später, auf den Beifahrersitz. Stenz sprang in den Kofferraum.

Sie schob ihr USB-Kabel in den Adapter und wählte eine der Playlists aus. Bei Google Maps entschied sie sich für die Route ohne Autobahnen. Über die Nebenstraßen und kleineren Gassen erreichte sie den Mittleren Ring. Unter ihren Fingern vibrierte das Lenkrad, als das Handy klingelte und durch die Lautsprecher dröhnte. Sie erschrak und regelte die Lautstärke nach unten.

Den Anruf ignorierte sie, und bis zur nächsten Kreuzung war Google Maps zurück auf dem Display ihres Telefons. Dann drängte sich erneut ein Anruf aufs Display und ließ die Navigationsanzeige verschwinden.

Klara versuchte, sich ohne die digitale Hilfestellung zu orientieren, und bog in die nächste Straße ein. Als das Klingeln endete, kehrte die Anzeige des Navis zurück und verriet ihr, wie falsch sie gefahren war. Den ersten, korrigierten Routenvorschlag ignorierte sie. Nach Gefühl manövrierte sie sich durch die Seitenstraßen, vorbei an Häusern, die im Grün ihrer Gärten entspannten. Zurück auf einer der Hauptstraßen, reihten sich die Gebäude wieder länger, trister, müder vom vorbeiziehenden Verkehr, aneinander. Austauschbare Wohnkomplexe mit den immer gleichen Fenstern und Türen.

Wieder war es der eingehende Anruf auf ihrem Handy, der sie zusammenzucken ließ. Wieder schlug Stenz an.

»Natürlich könnte ich hingehen«, sagte Klara, wie um sich vor Hannas Hund zu rechtfertigen. Sie konzentrierte sich auf die Straße, fuhr am Waldfriedhof mit all seinem Grün hinter den Mauern vorbei und zwang ihre Hände, das Lenkrad gerade zu halten. »Aber ich bin sicher, das ist einer der Kommissare. Und ich bin sicher, die sind nicht besonders happy, dass ich gerade nicht zu Hause bin.«

Bis sie den Stadtrand erreicht hatte, addierte Google fleißig immer mehr Fahrtzeit bis zum Ziel hinzu. Erst nach dem Forstenrieder Park lehnte sie sich im Sitz zurück, lockerte den Griff ums Lenkrad. Kurz verfluchte sie das Tempo der Autos vor sich, passte sich aber schließlich ihrer Geschwindigkeit an.

Nur kurz nahm sie den Blick von der Straße und kramte den Laptop heraus. Und diesmal fiel ihr ein, weshalb ihr der Name, der sich hinter der IP-Adresse verborgen hatte, so bekannt vorkam.

35. Theres – Familienpläne

Murnau, Haus von Hannas Cousin, Mittwochmittag

Zurück auf der Couch im Wohnzimmer der Langmanns, grub Theres die Fingernägel in die Innenflächen ihrer Hände. Ein wenig lenkte der Schmerz sie ab von dem Juckreiz, der ihren Körper mehr und mehr einnahm. Pauls stirnrunzelnder Blick zwang sie, ruhiger zu atmen.

»Welche Erinnerungen verbinden euch ansonsten mit Hanna?«, schaltete sich Theres wieder ins Gespräch ein. Sie kratzte sich am Hals, trank einen Schluck. Das Jucken an ihrem Rücken wurde stärker.

Franz und Gerd wandten sich fast gleichzeitig um zu Ute, die den Kopf und den Blick gesenkt hielt. Hannas Cousin räusperte sich schließlich. »Nun ja, es ist einfach schon eine Weile her, und unsere Wege sind verschiedene. Immerhin hat sie den Kontakt zu uns wieder gesucht. Am Ende kommt doch immer die Einsicht.« Er lachte kurz auf. »Und am Ende kommt alles zurück.«

Paul sah ihn fragend an. Theres stutzte, setzte sich auf. »Zurück?«

Gerd zuckte mit den Schultern. »Na, die Immobilien und Hannas ganzer Kram! Die kommen jetzt wieder zurück in die Familie. Sie hat nicht mehr geheiratet und keine Familie, abgesehen von uns.«

Ehe Theres die Aussage korrigieren konnte, klopfte Pauls Hand unauffällig gegen ihren Oberschenkel, Gerd fuhr fort. »Also sind wir die nächsten Erben, und für das Geld haben wir immer eine gute Verwendung, nicht wahr, Franz?«

Kurz entglitt Franz' Miene, dann war ein unverbindliches Lächeln zurück auf seinem Gesicht. Er rutschte auf seinem Sessel nach vorn und lehnte sich ein wenig mehr zu Theres und Paul. »Mein Vater meint, dass man am Ende wieder den Weg zurück in die Familie findet. Darum geht es«, versuchte er die Aussage zurechtzubiegen.

»Wie gesagt: Der Kontakt war einige Jahre nicht besonders intensiv. Aber am Ende zählt doch, aufeinander zuzugehen«, schnappte Ute. Theres und Paul tauschten einen Blick. »Viel mehr können wir gar nicht über Hanna sagen.«

Ute erhob sich von der Armlehne, ging Richtung Flur, ihr Mann und ihr Sohn standen ebenfalls auf. »Das ist jetzt bestimmt genug für ein paar schöne Erinnerungen zur Beerdigung.«

Mit einem Lächeln, das wie eingefroren schien, begleiteten sie Theres und Paul zur Haustür und verabschiedeten sich.

Zurück am Auto, schlug Theres die Tür doppelt so fest zu. Bis sie auf die Hauptstraße gebogen waren, hielt sie still.

»Zefix«, fluchte sie. Sie schluckte, testete die Beweglichkeit ihrer Zunge im Mund, schluckte wieder. Sie räusperte sich, doch der Juckreiz blieb.

Aus dem Augenwinkel sah sie Paul kopfschüttelnd den Blinker setzen.

»Was hast du erwartet, Res?«, fragte er. »Dass wir aus heiterem Himmel auftauchen und einer der Langmanns die Nerven verliert und uns aufs Brot schmiert, wie richtig unsere Vermutungen zu den ungewöhnlichen Umständen von Hannas Unfall sind? Dass wir rausfinden, dass einer von denen seine Finger mit im Spiel hat, weil sie glauben, sie treten die große Erbschaft an?« Ein Hauch von Spott und Resignation lag in seiner Stimme.

Von ihrem Gesicht über den Hals, den Rücken und die Brust wanderte der Juckreiz weiter. Sie atmete flach, damit die Haut über ihrer Brust nicht zusätzlich spannte, lehnte sich ein wenig nach vorn. Schließlich setzte sie die Fingernägel an ihr Schlüsselbein und kratzte. Sie fixierte die Hausfronten, die an ihr vorbeizogen, Zäune, gleichmäßig getrimmte Hecken und fischte nach irgendwas, nach Details, die sie ablenkten von den Reaktionen ihres Körpers.

»Hätte ich gern, jedenfalls«, nuschelte sie und merkte bereits, wie die Worte aus ihrem Mund schleiften. »Wäre zur Abwechslung mal was Einfaches.«

»Alles okay, Theres?«

Sie hustete. Er drehte den Kopf zu ihr und verriss das Lenkrad. Kurz schlenkerte das Auto und fand seinen Weg zurück in die Spur. »Ist das … Sag mal, was hast du an deiner Wange?«

»Paul.« Sie zwang den Speichel ihre Kehle hinab. Sie rieb ihren Rücken gegen den Beifahrersitz und scheuerte mit den Fingernägeln über ihr Brustbein. In ihrem Hals krabbelten tausend Ameisenfüße. »Kannst du anhalten, da vorn?«

»Aber …«

»Rechts«, fuhr sie dazwischen und schloss die Augen.

Er stoppte den Wagen am Straßenrand. »Was ist los, Theres?« Dann griff er zu ihr hinüber, packte ihren Arm und drehte die Innenseite ihres Unterarms nach oben. Aus den anfänglich kleinen roten Punkten waren lange Striemen geworden. »Und was hast du da?«

Sie riss sich los und schüttelte den Kopf. »Nichts!«, knurrte sie und drückte die Autotür auf, löste den Gurt. »Das geht gleich wieder weg.«

In ihrer Jackentasche kramte sie nach ihrem Geldbeutel. Ihre Finger fühlten sich an wie Kartoffeln, die Glieder konnte sie kaum mehr abwinkeln. Sie wand sich aus dem Auto und hustete. Das Mehr an Tageslicht außerhalb des Wagens verriet ihr, dass in ihrem Geldbeutel nicht war, wonach sie suchte. Nur der Schnipsel eines leeren Blister-Packs lag darin. Sie hatte vergessen, ihre Reserve an Antihistamin-Tabletten nach dem letzten Auftreten ihrer Allergie zu ersetzen. Sie schnappte nach Luft, drehte sich und sah, wie Paul sie beobachtete.

Er schlug seine Autotür zu. »Was ist los mit dir?«

Vor Theres' Augen verschwammen der Straßenrand und das Gebäude, neben dem sie parkten. Sie schluckte erneut gegen die Wüste in ihrem Mund, rieb die Fingernägel über ihren Hals.

»Gottverdammt Theres, steig sofort wieder ein.« Paul war mit dem nächsten Wimpernschlag bei ihr, packte sie an den Schultern. Mit einer Hand riss er die Autotür auf, schob sie auf den Sitz. »Theres, verdammt«, er fluchte. »Seit wann geht das schon so? Wieso sagst du die ganze Zeit nichts?« Er sprang auf die Fahrerseite und startete den Motor.

Theres hustete und schnappte nach Luft. »Wir können doch nicht jedes Mal ins Krankenhaus, wenn wir beide irgendwohin unterwegs sind«, murmelte sie.

Die Haut in ihrem Gesicht spannte wie ein Ballon, den zu viel Wasser aufblähte. Ihre Zunge füllte den gesamten Mundraum. Über ihren Augen waren die Lider aufgequollen. Sie hörte ein Rasseln beim nächsten Luftzug und hoffte, dass Paul es nicht hörte. Den Kopf in den Nacken gelegt, verschwamm das Armaturenbrett vor ihren Augen.

»Bei Langmanns im Büro waren Notizbücher auf dem Schreibtisch«, stieß sie aus. »In Hannas Handschrift. Aber dann hat Franz nach mir gerufen.«

»Das ist doch vollkommen gleichgültig jetzt!« Er beschleunigte und rammte den Gang ins Getriebe. »Du hast einen allergischen Schock.«

»Es …« Sie räusperte sich. »Direkt auf dem Tisch.«

»Klappe!« Paul erwischte ihren Oberarm. »Wo sind deine Allergie-Tabletten?«

Sie versuchte, den Kopf zu schütteln, ihre Muskeln gehorchten ihr nicht. »Ich hab sie … daheim.« Die Worte stockten, in ihren Ohren dröhnte es. »Wir … müssen zurück.« Sie schloss die Lider, den letzten Spalt Sichtfeld, der ihr blieb, und Pauls Stimme klang weit weg.

36. 1968 Zurück – Verborgen

Murnau, Russenhaus,
Ende August/Anfang September 1968

Hanna wachte auf und spürte am ganzen Körper Schmerz, bis die Erinnerung an die vergangene Nacht wieder einsetzte, an das Blut und ihre Fehlgeburt. Sie sah sich um in dem kleinen Zimmerchen, das Elli ihr als Gästezimmer angeboten hatte. Sie schob ihre Beine aus dem Bett und hievte sich hoch, stakste durch den Flur, die Treppe hinab und in die Küche.

Elli lächelte ihr vom Küchentisch aus zu und deutete auf die Eckbank. Beides war noch wie damals, als die Malerin hier gewohnt hatte.

»Weiß jemand, dass du hier sein könntest, Hanna?«, fragte die Hebamme.

Kopfschüttelnd schlüpfte Hanna auf die Eckbank.

»Wusste jemand von deiner Schwangerschaft?«, richtete Elli eine weitere Frage an sie. Sie stand kurz auf und holte von der Anrichte eine weitere Tasse, schenkte Kaffee ein.

Wieder schüttelte Hanna den Kopf. »Niemand.« Sie räusperte sich, ihr Blick glitt zu dem Zeitungsausschnitt, der auf dem Tisch lag.

»Weißt du, wohin du jetzt gehst?«

Hanna senkte den Blick, verneinte. »Wohin kann ich schon? Hier in Murnau wüsste jeder sofort davon. Die Einzigen, zu denen ich könnte, sind tot.« Sie schluckte. »Ich weiß nicht, wohin, ich kann nicht hierbleiben. Ich kann nicht zurück.« Sie legte eine Hand auf ihren Bauch. Schmerz flackerte auf, durch ihr Rückgrat bis in ihre Beine, sie zuckte.

Die Hebamme nickte. Dann deutete sie auf die Papiere am Tisch. »Das sind Kopien von Grundbuchauszügen, Hanna. Das, was deine Großeltern besessen haben. Ich wusste nicht, dass das Haus, in dem dein Onkel wohnt, auch ihnen gehört. Oder vielmehr: dir. Du bist die Erbin. Seit wann weißt du davon?«

»Ich wusste das nicht. Also ich wusste von meiner Großmutter, dass es Immobilien gibt. Aber nach ihrem Tod hat mein Onkel alle Unterlagen an sich gerissen«, erinnerte Hanna sich und seufzte. »Und irgendwann habe ich dann auch nicht mehr daran gedacht.«

Elli musterte sie. »Wie alt bist du jetzt, Hanna? Einundzwanzig? Dann ist er nicht länger dein Vormund, und du hast ein Recht auf dein Erbe und deine eigenen Entscheidungen.«

Hanna schüttelte den Kopf. »Achtzehn erst. Seit ich denken kann, wohnt mein Onkel in dem Haus. Er hat mich auf dem Dachboden eingesperrt, weggesperrt, damit ich Alex nicht treffen kann. Dabei habe ich dann alles gefunden, zufällig.«

»Mit den Immobilien gibt es vielleicht einen Weg, dass du nicht mehr zurückmusst, denke ich.« Elli runzelte die Stirn, sah auf die Uhr. »Sie werden bald nach dir suchen.«

»Es ist noch so früh.« Hanna gähnte, drehte sich um, sah zum Fenster hinaus auf die rosafarbenen Streifen am Himmel. »Der Tag hat gerade erst angefangen.«

»Vielleicht haben sie noch nicht bemerkt, dass du fehlst. Aber früher oder später …«

»… werden sie mich suchen. Bald!«, ergänzte sie. »Vermutlich eher früher.«

Elli seufzte. »Du musst dich ausruhen, so gut es geht. Du hattest eine Fehlgeburt.« Sie fasste nach ihrer Hand.

»Aber allzu viel Zeit wird dir nicht bleiben. Heute, vielleicht noch morgen.«

»Und dann?« Sie griff nach ihrer Kaffeetasse und verbrannte sich beinahe den Mund. »Kann mich jemand zwingen, zurück zu meinem Onkel zu gehen? Die Polizei?«

Die Hebamme zuckte mit den Schultern. »Ich weiß es nicht. Du bist noch minderjährig, du hast noch kein Recht, über deinen Verbleib zu bestimmen. Die Entscheidung liegt bei den Erziehungsberechtigten oder dem Vormund.«

Hanna fasste sich an die Wange, das geschwollene Auge. »Das ist falsch.«

Elli langte nach dem Brot. Von dem dunkelbraunen Laib säbelte sie einen ungleichmäßigen Keil ab. Erst Butter, dann einen Hauch Honig strich Elli darauf. »Ich habe Freunde in München. Die könnten dir vielleicht helfen, bei denen könntest du unterkommen, bis du volljährig bist. Einer davon ist Notar.« Sie reichte ihr das Brot, lächelte.

Draußen im Treppenhaus trampelten Schritte auf der Treppe. Elli sprang auf und stellte sich vor die Tür. »Wir müssen dich nur lange genug verstecken. Und dann müssen wir dich rechtzeitig zum Bahnhof bringen«, flüsterte sie über ihre Schulter. Sie schickte ihre Kinder ins Bad und trug ihnen auf, sich fertig zu machen für den Schulbeginn. »Je weniger davon wissen, desto besser.«

37. Babba – Eine Frage von Schmalz

Murnau, Notfallklinik, Mittwochnachmittag

Zuerst bemerkte Josef Hack die Veränderung um die Augen seiner Tochter. Wie ein aufgequollenes Häufchen Elend lag Theres im Krankenbett, schlafend noch, aber ihre Lider zuckten. Trotz der Schwellung zeichneten sich langsam wieder die Unterschiede zwischen Augen-, Nasen- und Wangenpartie ab. Noch rasselte und pfiff jeder ihrer Atemzüge. Ihr Brustkorb hob und senkte sich gleichmäßiger. Im trüben Nachmittagslicht glänzten kleine Schweißperlen auf Theres' Wangen. Immerhin unterschieden sie sich allmählich von der Farbe der Krankenhauswände. Seit dem letzten Besuch der Schwester vor einer guten Stunde tröpfelte die Kochsalzlösung langsamer in die Zuleitung, die Frequenz auf dem Monitor schlug weniger stark aus.

Nur einen kleinen Spalt öffnete sie die Augen, drehte den Kopf und seufzte. Theres' Finger nestelten über den Handrücken, fanden die Kanüle und schreckten zurück. Dann tastete sie über ihr Gesicht, das an Stirn und Nase noch immer aufgeschwemmt war. Theres spannte die geschwollenen Lippen, öffnete und schloss sie prüfend.

»Mhhh. Fuck …«, entfuhr es ihr.

»Was …« Josef Hack trat an das Bett, packte ihre Hand.

Ihre Augen klappten auf. »Mein ganzes Gesicht … mein ganzer Körper fühlt sich an wie explodiert.«

Er reichte ihr ein Glas Wasser. »Brauchst noch was anderes?«

Summend glitt die Rückenlehne hoch. »Übermorgen ist Hannas Beerdigung. Und ich bin hier … Beschissenes Timing.« Irgendwie brummte sie die Worte in den Raum, dann sah sie ihm direkt in die Augen. Dass sich ihre aufgequollenen Lippen bewegten, konnte er nicht wirklich erkennen, das Blitzen in ihren Augen jedoch sehr wohl. »Mit deinem Spontanaufenthalt im Krankenhaus vergangenes Jahr kann ich jetzt also mithalten. Diesmal bin ich dran, Babba …« Sie deutete auf ihr Gesicht.

»Glückwunsch«, knurrte er. »Du musst mir nicht alles nachmachen. Krankenhaus – dacht ich – wäre abgehakt.«

»Für dich vielleicht«, sagte sie, ihre Mundwinkel zuckten. Das Krächzen in ihrer Stimme hielt sie nicht davon ab, weiterzureden. »Du kannst jedenfalls nicht behaupten, ich würde dein Vorbild ignorieren. Erst die Metzgerei, dann …«, murmelte sie durchs Zimmer. »Erfahrungen zu teilen verbindet, hab ich gehört.« Sie sah sich um. »Wo ist Paul?«

Josef Hack schüttelte den Kopf, doch über sein Gesicht flackerte ein Grinsen. Er zog sein Handy heraus und setzte sich an die Seite ihres Bettes. »Paul hat angerufen, vor ein paar Minuten. Er ist gleich wieder da.«

Ihre Finger fuhren neben der Kanüle auf und ab, ihr Blick huschte zu ihm und wieder davon. »Danke, dass du da bist.« Sie richtete sich noch etwas mehr auf. »Was ist mit Paul? Wie lang ist er schon weg?«, sie fuhr sich übers Gesicht, zögerte, sah sich nach dem Beistelltisch und ihrem Smartphone um. »Wie spät ist es?«

»Du bist jetzt gut zwei Stunden hier.« Er stand auf und schlurfte um das Bett. Dann zeigte er auf den Tropf.

»Warum hast du dein Notfallset nicht bei dir? Du hattest diese Reaktionen schon früher immer mal wieder.«

Sie lehnte sich nach hinten, ihr Blick glitt zur Decke. »Es ist schon so lange nichts mehr passiert. In Wien zuletzt, kurz bevor ich mich entschieden hab zurückzukommen. Das ist bald zwei Jahre her. Und Schweinefleisch esse ich schon lange keins mehr, das diese Reaktionen immer ausgelöst hat. Die Stresshormone der Schweine ähneln denen, wenn Menschen unter Stress stehen.«

»Schweine und Stress?« Die Hände in die Hüften gestemmt, schüttelte er den Kopf. »Das eine kannst du wohl vermeiden, aber Stress eher nicht. Das können auch die armen Viecher nicht, wenn sie durch die Gegend gekarrt werden.« Er kratzte sich am Kopf. »Ist nun mal nicht so, dass die Natur das vorgesehen hat. Und du kannst deinen Körper auch nicht einfach so steuern, dass er nicht auf Stress reagiert. Dann macht bei dir halt alles dicht.«

Theres hob hilflos die Arme. »Babba, ich pass auf mich auf. Ich habe meine Allergietabletten normalerweise dabei. Nur heute nicht, und ich habe keine Idee, warum das ausgerechnet heute passiert ist. Aber das ist auch …«

»Was war los heute?«, fuhr er dazwischen.

Seine Tochter winkte ab. »Keine Ahnung. Die Unterhaltung mit Hannas Cousin war vielleicht etwas eigenartig, aber nicht gerade stressig. Und was als Knabberei auf den Tisch kam, war weit entfernt von Schweinefleisch.«

Josef Hack blieb am Fuß des Krankenbetts stehen und ließ seine Tochter nicht aus den Augen. Seit sie wach war, war die Schwellung im Gesicht etwas zurückgegangen. »Oh, sogar Knabbereien – die perfekten Gastgeber.«

Sie zuckte mit den Schultern. »*Merkwürdig* trifft es eher. Anfangs war jeder noch etwas zurückhaltend und fast normal. Und mit einem Mal, dazu mit schamloser Selbstverständlichkeit, springt dir Verachtung ins Gesicht. Und ein Festhalten an uralten, überholten Rollenbildern und die Sehnsucht, andere zu erniedrigen – das war gruselig.« Sie zögerte, hob ihre Handflächen nach oben. »Paul und ich wollten mehr über Hanna wissen und ob …«

»Nicht doch zufällig einer ihrer Verwandten sehr in der Nähe ihres Unfallorts war?«, tippte Josef Hack.

Theres nickte und zuckte mit den Schultern. »Wir haben zugehört, stillgehalten und nichts gesagt. Aber hätten wir nicht was sagen müssen? Darf man diese Einstellung kommentarlos ignorieren?«

»Eine kleine Moralpredigt *to go* gegenüber komplett Fremden?« Er furchte die Stirn. »Nicht unbedingt die beste Idee.«

Tief aus Theres' Brust stahl sich ein Seufzen. »Aber vielleicht besser fürs Gewissen, als sich mit Apfelkiacherl bestechen zu lassen, oder nicht?«

Josef Hack stutzte. Theres' Erwähnung weckte eine Erinnerung. Ein Klopfen an der Tür unterbrach seinen Gedanken. Beide wandten den Kopf. Paul trat in den Raum, nach einem ersten prüfenden Blick auf Theres lag Erleichterung auf seinem Gesicht.

»Apfelkiacherl?«, wiederholte Josef Hack.

»Richtig!«, schaltete sich Paul ein. »Die Apfelkiacherl.« Er sah zwischen ihnen hin und her.

»Was?« Theres setzte sich auf. »Was meinst du damit: *die Apfelkiacherl*, Paul?«

Josef Hack musterte den Pfarrer, dann fasste er sich an den Kopf. »Himmel noch mal! Apfelkiacherl!« wiederholte Josef Hack. »Theres, verdammt! Fällt dir das nicht auf? Als Metzgerin könntest du das immerhin wissen!«

Seine Tochter blickte von ihm zu Paul und wieder zurück, als hätte man ihr Messer und Beil für ihre Arbeit mit den Klingen statt der Griffe in die Hände gegeben.

Paul trat näher ans Bett. »Ich bin noch mal zurück. Vielleicht war ich nicht ganz so freundlich, als ich diesmal vor der Tür der Langmanns stand.«

Theres lehnte sich ein wenig nach vorn, sie fixierte Paul. »Wegen der Notizbücher? Ich bin sicher, die sind von Hanna ...«

Paul verdrehte die Augen. »Nicht wegen der Notizbücher. Deinetwegen, Res! Kurz nach unserem Besuch bei den Langmanns musste ich dich ins Krankenhaus bringen. Ich wollte wissen, was den allergischen Schock ausgelöst haben könnte. Das Wasser, das wir getrunken haben, konnte es schwerlich sein«, erklärte er. »Bleiben: die Apfelkiacherl. Gerds Frau hat sie ...«

»In Schweineschmalz ausgebacken«, unterbrach ihn Josef Hack und schlug sich die Hand an die Stirn. »So hat man das früher gemacht. Süßes, und als Kontra: Herzhaftes. Und das Schmalz bäckt den Teig besonders knusprig.«

»Zefix«, fluchte sie und hob die Hand mit der Kanüle. »Ich bin hier wegen ein bisschen Fett?«

»Die Kleinigkeiten. Die sind's am Ende immer.« Josef Hack hob seine Augenbraue, wandte sich dann an Paul.

»Was war das noch mit den Notizbüchern? Sind das Hannas Bücher? Hat die etwa ihr Cousin?« Er umklammerte den Holm am Fußende des Krankenbetts.

»Ja«, antwortete Paul. »Erst mal: Gerd war an der Tür und hat direkt seine Frau dazugerufen, als ich gefragt hab, was in den Apfelkiacherln für Zutaten waren. Nach den Büchern hab ich dann auch gefragt. Ute hat abgestritten, davon zu wissen. Fast gleichzeitig fiel ihrem Gatten aber etwas ein, das er unmittelbar ausgeplappert hat. Nämlich dass Hanna sie letzte Woche vorbeigebracht hat.«

Theres rutschte ein wenig hoch in ihrem Bett. »Seltsam, und noch seltsamer, dass sie das Ganze abstreitet. Aber dann haben Hanna und sie sich kürzlich noch gesehen. Das klang im Wohnzimmer der Langmanns noch anders.«

Paul nickte. »Ute meinte dann nur noch, dass die Bücher jetzt aber keine Rolle mehr spielen.«

»Als würde sich die Vergangenheit in Luft auflösen durch Hannas Tod.« Theres betastete ihre Augenpartie.

Paul trat einen Schritt näher ans Krankenbett. »Und was noch eigenartig ist: Gerade als ich aus Langmanns Einfahrt gefahren bin, ist Klara im Auto daran vorbeigefahren.«

Theres fasste sich an die Stirn. »Klara? Was will sie denn bei Langmanns? Soweit ich verstanden habe, wissen die Langmanns nicht das Geringste von Hannas Sohn, geschweige denn einer Enkelin.«

»Und dann taucht Klara dort auf. Sehr seltsam …«, kommentierte Josef Hack.

»Seit dem Unfall verhalten sich Hannas Familienmitglieder sehr eigenartig«, bestätigte Theres.

»Ihre Verwandtschaft in Murnau erinnert sich nicht daran, Hanna kürzlich getroffen zu haben, und Klara hat scheinbar eine ganz andere Interpretation von Hannas Geschichte«, fasste Paul zusammen.

Seine Tochter drehte sich zu Josef Hack. »Weißt du was, Babba, seit gestern Nacht bin ich fast durch mit Hannas Aufzeichnungen: Klara geht es offensichtlich in der Veröffentlichung viel stärker um die Enthüllung der Nazi-Vergangenheit. Gerd und sein Sohn störten sich nicht mal groß daran. Sie wirkten, als sähen sie darin keine große Sache. Bei Ute ist es schwer zu sagen. Der Punkt ist nur: Hanna hebt in ihren Aufzeichnungen hervor, dass sie nicht auf alle ihre Entscheidungen stolz war, aber erleichtert, überhaupt entscheiden zu können. Die Möglichkeit. Gerade in den Kapiteln, in denen sie von Ute und Gerd erzählt und wie Ute Teil der Familie wurde, wird das besonders deutlich.«

»Das klingt nach Hanna«, bestätigte Josef Hack und nickte zustimmend. »Was auch immer Klara vorhatte, so wie wir Hanna kennen, hätte sie das nicht gewollt.«

»Und der Einbruch in Hannas Haus?«, warf Paul in den Raum. »Was hat der mit der ganzen Sache zu tun? Könnte das Klara gewesen sein, weil sie vielleicht an den USB-Stick wollte?«

Josef Hack schüttelte den Kopf. »Klaras Vater hat auch einen Ersatzschlüssel, das weiß ich von Hanna. Unwahrscheinlich, dass Klara das nicht wusste und stattdessen eingebrochen ist. Sie leiht sich auch immer das Auto von ihrem Vater, wenn sie zu Hanna fährt.«

»Unwahrscheinlich, aber nicht unmöglich«, wandte Theres ein.

Ein Pling verkündete eine neue Nachricht auf Josef Hacks Handy. Der Name des Absenders überraschte ihn weniger als der Inhalt, ein Bild von Hannas Schlüsselbund, das Anton Sollinger ihm gesandt hatte. Er drehte das Display mit dem Foto zu Theres und Paul, seine Mundwinkel zogen sich zynisch nach oben.

»Hannas vermisster Schlüsselbund ist bei ihrem Sohn in München aufgetaucht. Angeblich hat er ihn unter dem Beifahrersitz gefunden. Ich hab Anton gerade bestätigt, dass das wirklich Hannas Schlüssel ist.« Er sah von seiner Tochter zum Pfarrer. »Mit dem Auto ist ihr Sohn am Montag wieder zurück nach München gefahren.«

Theres hob die Hand. »Und Klara war am Montagnachmittag in Oberammergau … mit dem Auto«, ergänzte sie. »Vielleicht ist der Einbruch auch nur ein Ablenkungsmanöver.«

»Wenn das alles nur Zufall ist, weiß ich auch nicht mehr«, sagte Paul. »Aber vielleicht versuchen wir einfach mal, Klara zu erreichen, und fragen sie direkt, was das soll«, schlug er vor.

»Reden?« Josef Hack zog die Augenbrauen hoch.

Paul nickte und sah ihn an. »Vielleicht ist das die richtige Aufgabe für jemand, der Hanna nahestand ...«

Theres räusperte sich. »Ich denke …«

»Du hattest einen Allergie-Schock, Theres«, stoppte Paul sie und richtete seinen Blick auf Josef Hack. »Und vielleicht erinnerst du dich, es gibt noch jemanden mit einem guten Draht zu Hanna und ihrer Enkelin.«

38. Anton – Durchs Netz geschlüpft

Auf dem Rückweg nach Oberammergau,
Mittwochnachmittag

Antons Handy vibrierte, und er zog es aus der Tasche. Baurieder ließ die Hände am Steuer, schielte kurz zu ihm. »Nichts Aufregendes«, gab er Entwarnung. »Theres' Vater hat auch gerade noch mal bestätigt, dass das Hannas vermisster Schlüsselbund ist.«

»Der irgendwie ganz unschuldig unter den Beifahrersitz von Thoralfs Auto geraten ist ...«, fasste Baurieder zusammen und schaltete am Ortsschild von Oberammergau in einen niedrigeren Gang.

»Ganz abwegig ist jedenfalls nicht, dass der Schlüssel aus Hannas Tasche gerutscht ist«, stellte Anton klar. Er trommelte mit den Fingern auf die Armlehne.

Baurieder nickte. »Vielleicht gehören die Hufe ja doch zum Pferd. Ziemlich unspektakulär jedenfalls. Nur ganz ehrlich: dass seine Tochter zufällig im Zeitraum von Hannas Tod ganz in der Nähe geblitzt wurde und noch viel zufälliger verschwindet, kurz bevor wir bei ihr eintreffen, ist ...«

»... bei unserem Charme kaum zu glauben!«, frotzelte Anton und drückte die Wahlwiederholung. »Telefonisch ist sie ebenfalls nicht erreichbar.«

Auf Höhe der Dorfkirche wandte Baurieder den Kopf. »Dann belassen wir es dabei? Es ist schließlich nur ein Blitzer-Foto. Und abgesehen von ein paar Zufällen und ein bisschen schlechtem Gefühl haben wir nichts, was beweist, dass Hannas Unfall etwas anderes war als ein Unfall.«

Anton starrte aus dem Fenster und überlegte einen Moment, sein Telefon klingelte. Er hob ab und meldete sich mit seiner Dienstbezeichnung. Josef Hacks Stimme dröhnte im nächsten Moment in seinem Ohr. Anton stellte das Handy um auf Lautsprecher.

Josef Hack räusperte sich, im Hintergrund schienen noch mehr Stimmen. »Nachdem die Polizei also Hannas Schlüssel entdeckt hat, konnten meine Res und der Pfarrer etwas zu Hannas Notizbüchern herausfinden. Zumindest zwei der Bücher sind bei Hannas Cousin und dessen Familie in Murnau«, berichtete der Metzger im Ruhestand.

»Servus, Sepp, einen schönen Nachmittag dir auch!«, antwortete Anton. »Dann wäre noch interessant zu wissen, wie die Bücher dorthin gelangt sind.«

Baurieder bog auf den Parkplatz der Dienststelle ein. »Und bleibt noch der Einbruch in Hannas Haus zu klären. Die Ermittlungen sind noch nicht abgeschlossen«, erinnerte er Anton murmelnd, dann lauter: »Woher weißt du das mit den Büchern?«

»Res war mit Paul in Murnau bei Hannas Cousin«, brummte es aus den Lautsprechern.

»Einfach so?«, hakte Anton Sollinger nach.

»Wegen der Beerdigung«, meldete sich eine weitere Stimme am anderen Ende der Leitung. Anton erkannte die des Pfarrers. »Und die Enkelin von Hanna ist vorhin dort ebenfalls aufgetaucht – oder mindestens jemand, der wie ein absolutes Abziehbild von ihr aussieht, in einem Cinquecento. Also vorbeigefahren immerhin. Mehr kann ich nicht sagen.«

Anton stutzte und tauschte einen Blick mit seinem Kollegen. »Klara Schuster? Was will sie dort?«

»Hannas Enkelin fuhr am Haus der Langmanns vorbei, als ich schon wieder auf dem Rückweg ins Krankenhaus war. Im Rückspiegel hab ich nur gesehen, wie sie weiterfuhr. Ich kann nicht sagen, ob sie auch wirklich dort gehalten hat«, antwortete Paul, und gleichzeitig rauschte ein Schnauben durch die Leitung, das sich nicht nach Josef Hack anhörte.

»Paul«, zischte eine weibliche Stimme. Anton vermutete: Theres'.

»Krankenhaus?«, stutzte Baurieder und räusperte sich. »Warum Krankenhaus?«

»Nichts Schlimmes, alles schon wieder gut«, erwiderte Paul.

»Ist doch wurscht jetzt«, ging Josef Hack dazwischen.

»Ach, Zefix!«, krächzte Theres hustend, die Stimme wie Schleifpapier rau und gleichzeitig belegt. »Jedenfalls zusammen mit dem Streit und den Sorgen, von denen Hanna uns vor ihrem Unfall erzählt hat, dem Schlüsselbund und vor allem aber der Art, wie sich Hannas Familie in Murnau und auch Klara verhält, wird Hannas Tod immer eigenartiger. Ihr müsst da wirklich was tun!«

Anton nahm Baurieders zynische Miene zur Kenntnis. »Viel Spaß dabei zu erklären, dass wir nichts Handfestes haben, das das unterstreicht«, flüsterte der Kommissar fast tonlos und stellte den Motor ab.

»Ihr müsst das dringend noch mal überprüfen«, forderte Josef Hack.

Anton legte den Kopf in den Nacken und schloss kurz die Augen. Lebhaft stand ihm vor Augen, wie Theres gleich reagieren würde auf das, was er zu berichten hatte.

»Das mag sich nach vielen blöden Zufällen anhören«, begann er, und die Stille auf der anderen Seite des Telefons wurde fast körperlich. »Das mag sich nach zu vielen, ganz blöden Zufällen anhören. Aber bei allem, was wir an Fakten haben, oder besser gesagt *nicht haben*, ist das nichts weiter als wilde Spekulation. Ich verstehe, dass ihr wünscht, Hannas Unfall wäre nicht einfach nur ein sinnloser Unfall. Das ist menschlich, dafür eine Erklärung zu suchen. Aber solang alles nach einem Pferd aussieht, wie ein Pferd riecht, sich wie ein Pferd anhört, ist es ein Pferd. Und sagt jetzt bitte nicht …«

»Ich glaub aber nicht!«, grollte Josef Hack zurück. »Da ist irgendwas passiert in der Familie. Gleichgültig welcher Teil von Hannas Familie – jeder verhält sich seltsam, als hätten die irgendwas zu verbergen.«

»Irgendwas?« Antons Augenbrauen wanderten aufeinander zu, bis sie beinahe eins waren. »*Irgendwas* ist kein Argument für Ermittlungen, die über den Einbruch oder den Unfall hinausgehen würden. *Irgendwas* ist maximal ein diffuses Gefühl und damit keine Basis. *Irgendwas* kann auch einfach sein, dass sie vielleicht etwas zu verbergen haben, ohne dass jemand einen Mord begeht. Schluss damit!«

»Glaubt ihr ernsthaft daran, dass Hannas Tod und der Einbruch ein Zufall waren?« Theres' Unmut knisterte durchs Telefon zu ihnen ins Auto.

Ein Klicken beendete das Gespräch, Josef Hack hatte aufgelegt. Anton öffnete den Mund.

»Verfluchte Sturschädel, alle drei«, kam ihm Baurieder zuvor.

Anton drückte die Faust gegen die Stirn, dann stieg er aus. »*G'scheidmeier* trifft es wohl eher. Und nur weil Theres schon einmal einen richtigen Riecher hatte, heißt das noch lange nicht, dass sich gleich die ganze Familie als Hobby-Ermittler aufschwingen kann.«

Übers Autodach nickend wandte Baurieder sich an Anton. »So oder so, selbst wenn wir aus gutem Willen eine Ermittlung starten würden – und sei es nur, um zu widerlegen, dass es mehr als ein Unfall ist, könnten wir nichts tun. Der Fall wandert nach Weilheim, und …«

»Und die Kollegen lachen sich scheckig über uns«, bemerkte Anton.

Baurieder seufzte schicksalsergeben. »Dann bleibt ein Pferd also ein Pferd?«

Anton klopfte mit der flachen Hand aufs Autodach. »So oder so, übermorgen findet die Beerdigung von Hanna statt. Zumindest unsere Fragen an Klara werden wir dann los.«

Baurieders Auto blinkte auf, und die Schlösser schnappten zu. »Wäre eine Schande, wenn wir diese Gelegenheit verstreichen lassen würden.«

39. 1971 Zurück – Gehen & Bleiben

München, Leopoldstraße, Frühjahr

Hanna sah sich noch einmal um, sah aus dem Fenster auf die vorbeieilenden Menschen in der Leopoldstraße. Sie rutschte ein Stück zurück auf ihrem Stuhl, drehte den schmalen langen Eislöffel zwischen Daumen und Zeigefinger.

Im Glaskelch vor ihr schmolz das Vanilleeis, an den Seiten schlierte etwas Sahne herab, trübte das Glas. Gegenüber Ute. Sie löffelte die letzten Bissen Schoko-Erdbeer-Eis.

Utes Hand lag flach auf dem Tisch, blass wie die glatt polierte, runde Marmorplatte. Hanna spürte Utes Blick, deren Fingerspitzen über den Tisch wanderten, bis sie beinahe den runden Fuß von Hannas Vanilleeis-Kelch berührten. Ein Sonnenstrahl fiel durchs Fenster über den Tisch, ließ den Ehering an Utes Finger aufblitzten.

Hannas Hand lag auf ihrem längst wieder flachen Bauch. Sie überlegte, ob Ute aufmerksam genug gewesen war, um zu erkennen, dass sie schwanger war, kurz bevor sie Murnau verlassen hatte, und dass hinter ihr eine Fehlgeburt lag. Hanna überlegte, ob ihrer Schwägerin jemals einen Gedanken daran verschwendet hatte, wie und weswegen sie das Haus ihres Onkels verlassen hatte.

»Schau, Hanna«, wiederholte Ute. Mit einer Geste richtete sie die Haare in ihrem Nacken und hob die Locken etwas an. »Dein Onkel hat viel für uns getan, für die Familie, und auch für dich, als du noch dort warst. Er hätte dafür gesorgt, dass es dir gut geht und du deinen Platz findest. Meine Schwiegereltern, dein Onkel und seine Frau, haben mich auch aufgenommen. Du könntest immer noch zurückkommen und deinen Platz in der Familie finden, so wie es sein sollte. Du gehörst doch zu uns nach Murnau.«

Hanna richtete sich auf. »Du hast deinen Platz, und ich soll zurück an meinen – so einfach ist das? Warum jetzt auf einmal, Ute?«

Ihre Schwägerin setzte ein Lächeln auf. »Uns geht es gut dort – Gerd und mir, und bestimmt haben wir bald unser eigenes Häuschen. Wir bauen unser eigenes Nest, selbst jetzt im Haus deines Onkels hatten wir als eine der Ersten einen Farbfernseher. Dein Onkel ist dabei, das mit dem Haus und dem Bauplatz einzufädeln. Alles ist bereit für unser erstes Kind, und ich werde eine gute Mutter sein. Meine Eltern sind so stolz auf mich, ihre Tochter. Ich bin sicher, deine wären es auch. Alles fügt sich zum Guten, auch für dich, wenn du zurückkommst. Du bist jetzt lange genug weg.« Ihr Lächeln wurde noch breiter.

»Und du bist hier, um mir das zu erklären? Oder um mich zu überzeugen, zurückzukommen?«, fragte Hanna misstrauisch.

Ute winkte ab. »Warum machst du dir das Leben selbst so schwer? Du kannst jederzeit zurück, Hanna. Hier, in München, musst du dich allein durchschlagen. Wir sind doch eine Familie. Jetzt bin ich eine gute Frau und eine gute Schwiegertochter, sogar wie eine Tochter für Gerds Mutter. Sonntags gehen wir gemeinsam in die Kirche«, erzählte sie, und auf ihrem Gesicht lag Zufriedenheit.

Hanna musterte ihr Gegenüber, die blonde Dauerwelle. »Gemeinsam zur Kirche«, wiederholte sie. Dann verstand sie und nickte. »Und die Leute sehen, ich bin nicht mit dabei. Und die Leute reden. Deshalb wollt ihr, dass ich zurückkomme. Damit die Leute nicht tratschen.«

Ute stocherte in ihrem Eisbecher, ohne den Blick abzuwenden. »Das sind doch Nebensächlichkeiten, Geschwätz. Die Leute reden nun mal gern. Ob nun etwas dran ist oder nicht. Und einen dummen Streit können wir doch beilegen, und jedem von uns geht es besser damit.«

»Mir geht es sehr gut hier«, sagte Hanna. Sie legte ihren Löffel zur Seite.

»Uns geht es auch wirklich gut«, hob Ute ein weiteres Mal hervor. »Gerd ist wichtig auf seinem Posten. Er sagt immer, keiner würde ihn jemals gehen lassen. Er ist sehr zufrieden, und sein neuer Vorgesetzter …« Sie zögerte. »Nun, er ist auch sehr zufrieden. Wir sind eine vorbildliche Familie, und sicher bin ich bald schwanger, und wenn du zurückkommst …«

Hanna schluckte. »Du meinst, wenn das schwarze Schaf zurückkehrt und der schöne Schein wiederhergestellt ist, hören die Leute auf zu reden, und Gerd wird befördert? Stellst du dir das wirklich so einfach vor, Ute?«, fragte sie.

»Das musst du doch verstehen, Hanna. Gerds Vater hat dir damals geholfen, aber du konntest einfach nicht sehen, was wirklich zählt. Jetzt könntest du uns …«

Hannas Puls beschleunigte, sie spürte Wut in jeder Faser ihres Körpers brennen. »Geholfen? Du meinst den Teil, als er mich gegen meinen Willen von meinen Großeltern weggeholt hat, um das Kindergeld einzukassieren? Ich war doch nur das Verräterkind, das er bekehren musste. Wusstest du, dass er mich verprügelt hat, und, und …«

»Und diesen dreckigen Halbpolen?«, fiel ihr Ute ins Wort. »Er war zu dumm, das Auto zu steuern, und hatte einen Verkehrsunfall. Dafür kannst du Gerds Vater nicht die Schuld zuschieben!«

»Er hat Alex halb totgeprügelt, an den Rand der Bewusstlosigkeit!« Hannas Stimme brach bei der Erinnerung an die Szene im Wald, Tränen schossen in ihre Augen. »Nur weil er nicht einverstanden war mit Alex!«

Ute richtete sich auf und schob ihren Kiefer nach vorn. Ihr Löffel zeigte in Hannas Richtung. »Und er hatte recht damit! Mit dieser Verbindung hättest du alles ruiniert!«

Hanna schüttelte ungläubig den Kopf. »Du wusstest es?«

Als sich Utes Mundwinkel zu einem schmalen Lächeln nach oben schoben, wurden Hannas Augen noch schmaler, sie schnappte nach Luft. »Du billigst also, was er getan hat? Wem er geholfen hat – mit seinem Parteibuch und den Orden an seiner Uniform, kurz vor Kriegsende? Was er meinen Großeltern angetan hat? Und mir? Du fügst dich, um das brave Weib zu sein und versorgt zu werden?« Sie sah der Frau ihres Cousins in die Augen, rutschte auf ihrem Stuhl nach vorne und lehnte sich zu ihr. »Nein! Das ist ganz sicher nicht mein Weg!« Sie schüttelte den Kopf. »Das ist noch schlimmer, als wenn du es nicht gewusst hättest!«

»Weißt du noch, damals in der Schule, im Hauswirtschaftsunterricht?«, begann Ute. »Jedes Mal, wenn du die Eier aufgeschlagen hast, ist dir das Eigelb verlaufen. Und es hat dich nicht im Geringsten interessiert. Ich wusste, wenn ich mich genug anstrenge, bin ich die Richtige für einen guten Mann. Dann musste ich nur noch die Schule und die Ausbildung durchstehen.«

Gerds Frau legte die flache Hand auf ihre Brust. Ute senkte den Kopf, als sie weitersprach. »Ich habe mir immer eine Familie gewünscht, so wie bei meinen Eltern. Heiraten, ein Haus, Kinder. Was ist falsch an diesem Wunsch, den so viele andere auch haben? Was ist falsch, wenn ich dafür kämpfe? Du wolltest immer weg. Ist dir je der Gedanke gekommen, wie falsch das für eine Frau ist? Ich kenne immerhin meine Rolle!«, führte Ute aus. Sie fasste sich an den Hals, lächelte. »Gerd muss für dich wie ein großer Bruder gewesen sein, und sein Vater … Viele Waisen sind im Heim gelandet. Aber Gerds Familie hat sich um dich gekümmert. Nach dem Krieg, während des Neuanfangs unter den Alliierten, hat er seinen Posten in der Stadtverwaltung zurückbekommen. Das hatte gute Gründe! Manchmal findet man einfach keinen Besseren. Weshalb kannst du es nicht einfach dabei belassen, wenn es für alle anderen gut genug ist? Er war immer sehr geschätzt in Murnau.«

»Er war mit den richtigen Leuten befreundet, meinst du!«, unterbrach Hanna.

»Davon weiß ich nichts.« Utes Blick wanderte zur Decke. »Gerd kann mich versorgen, und ich sorge für die Familie. Das hat schon alles seinen Sinn.«

Hanna schnaubte. »Die Wahl zu haben ist das eine. Zu etwas erzogen oder gar gezwungen zu werden steht auf einem ganz anderen Blatt.«

Die Augen der anderen wurden schmal. »Du bist einfach gegangen, bevor du verstanden hast, wo dein

Platz ist!«, zischte Gerds Frau, »Wir hätten Schwestern sein können.«

Hanna runzelte die Stirn. »Mein Platz?«

Ute nickte. »Es ist nicht zu spät, deinen Platz zu finden. Und einen Mann!«

»München ist der richtige Platz für mich. Ich brauche keinen Mann!«, schoss Hanna zurück.

Die dauergewellten Locken von Ute ruckten hoch. »Alleine bleiben …«, sie biss sich auf die Lippen, als könnte sie sich alleine dadurch beschmutzen, die nächsten Worte auszusprechen. »Alleine bleiben nur Frauen ohne Ehre und Pflichtgefühl! Komm zurück, und wir können eine Familie sein. Ich wollte nicht, dass du fortgehst. Niemand wollte das. Gerds Vater ist bereit, dir zu vergeben!«

Ehre und Pflichtgefühl. Hanna atmete tief ein und schob mit dem Atemzug die Wut zurück in ihren Bauch. »Alles für die vorbildliche Familie?«

Utes Lächeln gefror. Sie richtete sich noch ein wenig mehr auf. »Wir alle haben unsere Pflichten! Erinnere du dich an deine! Wir Frauen kümmern uns um die Familie!«

Hanna ballte die Hand, innerhalb eines Wimpernschlags stieß die Wut bis in ihren Kopf. Sie verfluchte das selbstgefällige Gesicht ihrer Schwägerin.

»Hast du erwartet, du bekommst immer alles, wenn du dich brav an die Regeln hältst und tust, was man dir sagt? Wann hast du erfahren, dass deinem Mann und seiner Familie nichts gehört? Vor allem nicht die Villa, in der sie wohnen! Das schöne, große Haus ist nichts als Schein! Und ich, die weggelaufen ist, die die Familie verlassen hat und ihren Platz nicht kennt, ich bin die Eigentümerin! Ich bin volljährig, ich verfüge nun selbst und ohne Vormund über das, was mir gehört!«

Utes Mund klappte auf. »Du …« Sie schüttelte den Kopf, der Löffel fiel ihr aus der Hand. »Lügen!«, zischte sie. »Nichts als Lügen, du verdammtes Stück Mist.« Sie sprang auf, und ihr Stuhl knallte hinter ihr auf den Boden. »Ich war es, ich habe deine Pflichten übernommen! Du … du hast das alles nicht verdient!«

Sie stockte, fuhr sich über den Mund, als wäre der letzte Satz ein Versehen. Dann stürmte sie aus dem Café.

40. Klara – Erkenntnisse

Oberammergau, Hannas Haus, Mittwochabend

Dämmerung streckte sich nach allem, besonders nach dem Haus ihrer Oma. Aus den Fenstern des Nachbarhauses drang Licht. Klara warf einen Blick durch die Windschutzscheibe. Auf der Straße war niemand zu sehen. So geräuschlos wie möglich drückte sie die Autotür zu. Mit dem Ersatzschlüssel ihres Vaters schlüpfte sie in Hannas Haus. Sie wischte den feuchten Schleier über ihren Augen weg. Im verlassenen Flur überrollten sie die Erinnerungen. Klara zog ihre Jacke fester um sich.

Im Wohnzimmer verdunkelte sie die Fenster und knipste nur die Schreibtischlampe an. Ein goldener Schein legte sich über die Konturen von Hannas Arbeitsplatz. Klara wischte sich Tränen von ihren Wangen. Ihre Fingerkuppen glitten über das polierte Holz, über die Schrammen von Stiften und Scheren. Und von dem Locher, der Klara vor drei Wochen aus der Hand geglitten und auf die Schreibtischplatte geknallt war.

Zwischen Papierstapeln klappte Klara ihren Laptop auf, startete das Programm für die Auswertung der IP-Adresse erneut und die Logfiles zu Hannas Website mit den fehlerhaften Anmeldungen. Abgelenkt von den Geräuschen eines verlassenen Hauses, fiel es ihr schwer, sich auf die aktuellste Version von Hannas Geschichte zu konzentrieren. Klara hatte sie auf dem Laptop ihrer Oma gefunden.

Jetzt zog sie die unterste Schublade des Schreibtischs auf. Klara befreite eine dunkle Ledermappe daraus.

Vergilbte Briefe, Erinnerungen, Notizen, Schreiben, mit dem spitzen Ausschlag der präzisen Handschrift ihrer Oma, aus einer anderen Zeit, fand sie darin, Bilder. Sie entdeckte die Familie Probst auf einer Fotografie vor Gabriele Münters Haus, deren Kinder später mit der »Weißen Rose« zum Widerstand gehörten, Bilder von Ödön von Horvath, dem berühmten Schriftsteller, und anderen, die ein und aus gingen im *Russenhaus*, wie Hanna, wie alle Gabriele Münters Haus nannten.

Klara berührte die Papiere, die dürr und trocken waren, manche etwas fleckig an den Rändern von den Händen, durch die sie einst gewandert waren. Sie fühlte die Knicke, die leichten Erhebungen der schwarzen Tintenlinien, die sich zu Buchstaben und Wörtern formten.

Ein Knarzen an der Tür schreckte sie auf. Es hörte sich an, als würde ein Schlüssel in das Schloss gesteckt werden. Dann klingelte es.

Bis zur Hälfte des Flurs begleitete sie der goldene Schein der Schreibtischlampe. Bevor sie die Tür öffnete, tippte sie auf den Lichtschalter und holte noch einmal tief Luft. Erst dann öffnete sie, nickte.

»Hallo!«, brachte sie über die Lippen.

Eine tiefe Bassstimme antwortete, und Klara blinzelte. Der Schatten war mindestens einen Kopf größer als sie und blieb im Türrahmen stehen. Er streckte ihr eine Tüte entgegen.

»Hast du eigentlich schon was gegessen? Wir hätten uns auch in der Metzgerei treffen können«, brummte Josef Hack.

»Um die Uhrzeit ist doch geschlossen?« Klaras Augen stellten sich auf das Licht ein. Der Dorf-Metzger zog eine Leberkässemmel heraus und drückte sie ihr in die

Hand. Sie straffte sich, streckte den Rücken durch und bat ihn herein. »Ich habe den Ersatzschlüssel von meinem Vater bekommen.«

Er verschränkte die Arme wie Baumstämme vor seiner Brust. »Und du traust dich nicht, das Licht anzuschalten?« Er hob seine Hand und hielt einen Schlüsselbund hoch. »Ich dachte, ich klingle lieber. Schön, dass es geklappt hat.« Ein wenig bebte der Boden unter seinen Schritten, als er ihr durch den Flur folgte. »Ich hab gehört, du warst heute schon in Murnau?«

Kurz zuckte Klara zusammen, eilte weiter in Richtung Wohnzimmer. Sie trat an den Schreibtisch und klappte den Laptop zu, strich über die verstreuten Fotografien aus der Ledermappe.

»Ich …«, seufzte sie. »Ich wollte Hanna nahe sein, Hannas Geschichte. Es gibt noch Notizen hier und Bilder, die Hanna aus ihrer Murnauer Zeit hat, von ihren Großeltern und Gabriele Münter«, sagte sie. Ihre Stimme wurde leiser. In seinem Gesicht sah sie, wie seine Züge milder wurden.

»Alles Teil von Hannas Geschichte.« Der Metzger stand mitten im Raum, und er trat einen Schritt auf sie zu. »Klara, ich bin … Weißt du, ich sag's ganz direkt: Was hast du in Murnau gemacht?« Er ging einen Schritt weiter und deutete auf die Bilder hinter ihr. »Und was hast du mit Hannas Geschichte vor?«

»Was?«, fragte sie irritiert. Es überraschte sie, wie direkt er sein Anliegen aussprach.

»Hannas Geschichte?«, wiederholte er. »Was hast du damit vor?«

Klara verschränkte die Arme vor der Brust. »Das, was Hanna auch vorhatte: sie veröffentlichen.«

Eine seiner Augenbrauen wanderte nach oben. »Darüber habt ihr euch gestritten, oder?«, brummte er.

Klara umrundete den Schreibtisch und brachte etwas Abstand zwischen sich und Josef Hack. Sie fuhr mit den Fingerspitzen an dem Laptop entlang und musterte ihn. Er stand einfach nur da. Sie ließ ihren Blick durch den Raum schweifen, nickte dann. »Wir waren uns nicht einig«, gab sie zu und schob ein paar der Bilder und Briefe in seine Richtung. »Aber ich habe herausgefunden, was Hanna wirklich wollte. Hanna hat das selbst nach dem Krieg erlebt: Ein ganz bestimmter Kreis von Menschen hat bestimmt, was als einzig richtig und lebenswert galt, wer Privilegien erhielt, wer auf welche Weise sein Leben zu führen hatte. Wer Fragen wagte oder seinen eigenen Weg, sich nicht fügte, wurde aussortiert. Das hat alle Vielfalt und alle Entwicklungsmöglichkeiten zerstört. Obwohl der Krieg offiziell verloren und diese Ideologie entlarvt war, durfte das überleben«, fasste Klara zusammen. »Und es ist mehr als Zeit, den Finger in die Wunde zu legen, damit sich vielleicht etwas ändern kann.«

Der alte Bekannte ihrer Großmutter nickte. Er stemmte die Hände in die Hüften. »Aber ist es das, was Hanna wirklich wollte? Ist das ihre Geschichte? Ist das ein scharfes Messer, das einen glatten, sauberen Schnitt setzt? Oder ist das ein Ballon, der so weit aufgeblasen wird, bis am Ende nur ein paar Fetzen durch die Luft fliegen, die dann einfach weggekehrt werden?«

»Ich …« Klara stoppte. Sie legte den Kopf in den Nacken. »Vielleicht … Aber: Von Hanna gibt es mehr als nur ihre Geschichte, die an die Öffentlichkeit sollte. Ich bin es ihr schuldig.« Sie schnaubte.

»Hast du Hannas Terrassentür eingeschlagen, Klara?« Josef Hack starrte sie an, als könnte sein Blick sie in Stücke schneiden. »Warst du mit Hanna im Wald?«

Klara hielt seinen Blick. »Was im Wald passiert ist und *warum*«, begann sie, »kann ich erklären. Denke ich …«

41. Paul – Vorbereitung

Krankenhaus Murnau/Oberammergau,
Mittwochabend

Auf den letzten Metern durch die Krankenhausflure beobachtete Paul, wie Theres ihre obere Gesichtspartie betastete und das Gesicht verzog. Sie sah genervt aus, entschlossen und ungeduldig. Ihre Schritte unwesentlich langsamer als üblich. Abgesehen von der Schwellung im Gesicht, schien die allergische Reaktion für sie abgehakt. *Alles zurück auf normal. Und wenn nicht von selbst, dann gefälligst durch Hack'schen Willen.* Er bemerkte, wie ihr Brustkorb sich hob und senkte, den Puls an ihrem Hals. Ein wenig war sie noch entfernt von ihrem *Theres-Hack-Normal*, aber nicht viel.

Alles andere wäre nicht Theres. Er verbannte das Lächeln über diesen Gedanken von seinen Lippen. Für einen Moment wägte er seine nächsten Worte ab, im nächsten erinnerte er sich, an wessen Seite er durch die Gänge ins Freie donnerte. »Immerhin kannst du es auf deine Allergie schieben und nicht auf dein Alter, wie langsam du hier durch die Gänge kriechst«, zündelte er kurz vor dem Ausgang des Krankenhauses, und sofort schoss ihr Blick zu ihm, grimmig zuerst.

»Depp«, knurrte sie dann, grinste schließlich. »Ich schieb es darauf, dich Küken nicht zu überstrapazieren. Immerhin bist du ein paar Monate jünger als ich, und wir alle wissen, wie wenig belastbar die Jugend ist.« Von Theres' Lippen keckerte etwas zwischen Husten und Lachen durch die Automatiktüren und ins Freie.

Pauls Smartphone klingelte und unterbrach ihre scherzhaften Frotzeleien. Paul stoppte an der Seite des Weges zum Parkplatz, zog das Handy und presste es ans Ohr.

»Was ist los, Paul? Alles okay?«, hakte sie nach, kaum dass er aufgelegt hatte. »Das war doch die Stimme vom Babba.«

Er nickte und ging weiter. »Richtig, war dein Babba. Er hat vorhin schon eine Nachricht geschrieben. Offensichtlich war er erfolgreich, und offensichtlich …«

»Uhhh«, fiel sie ihm ins Wort. »Dann muss ich mir gleich anhören, dass dein Vorschlag richtig war – reden und so?« In einer übertriebenen Geste ballte sie ihre Hand und zog sie an die Brust, Ironie in ihrer Stimme. »Verfluchter Mist aber auch, du *G'scheidmeier*.«

»So schaut's aus, Metzgerin!« Paul nickte, fuhr dann fort. »Laut deinem Vater gibt es etwas Dringendes, das Klara bei der Beerdigung öffentlich machen will.«

Sie zog fragend die Augenbrauen hoch. »Das sind doch keine schlechten Nachrichten, klingt eher nach Gewissenserleichterung. Was genau hat sie … gestanden?«

Paul lächelte, deutete auf eine Reihe mit geparkten Autos. »Lass uns heim«, sagte er. »Dann wirst schon sehen, du neugierige Nasn. Dein Vater wartet schon auf uns. Mit Klara.«

»Mit Klara?«, wiederholte sie. »Die zur Beerdigung öffentlich beichten will? Das klingt interessant. Sollen wir die Tonis vielleicht auch gleich mit dazuholen? Oder habt ihr beiden das ohnehin schon auf dem Radar?«

Noch ein paar Meter vor dem geparkten Auto fischte Paul nach dem Schlüssel und öffnete. Bevor er einstieg, drehte er sich zu ihr, die Handflächen vor seiner Brust nach außen gedreht. »Gemach, gemach. Erst mal einen Schritt nach dem anderen, dann können wir die großen Geschütze auffahren. Ich weiß, selbst eine Allergie kann dich nicht bremsen, aber vielleicht hat irgendwo, irgendwann bei der Verteilung von Geduld auch für die Familie Hack mal jemand seine oder ihre Hand gehoben.«

»Geduld?« Mit einem Knall schloss die Beifahrertür. »Wenn deine ganzen Andeutungen die Hack'sche Geduld nur nicht so strapazieren würden, wäre vielleicht noch genug übrig.« In Theres' Schnauben hörte er ihr Lachen. Sie schnallte sich an und lehnte sich im Beifahrersitz zurück.

Auf der Fahrt beobachtete er sie aus dem Augenwinkel. Sie schien entspannter, selbst in ihren Atemzügen war nicht länger das Rasseln zu hören wie noch zuvor. Vor der Metzgerei & Tages-Bar Hack in Oberammergau stellte er den Wagen schließlich ab.

Aus den Fenstern von Josef Hacks Haushälfte fiel goldenes Licht. Theres deutete darauf. »Dann also auf«, begann sie, »finden wir heraus, was Klaras Version zu Hannas Tod ist und der Plan zu Klaras Offenbarung auf der Beerdigung.«

42. 2001 Zurück – Tag & Tod

Murnau, Friedhof

Hanna parkte ihr Auto unterhalb der Schlossmauer ein Stück vom Friedhof entfernt. Sie atmete bis tief in ihren Bauch, strich ihren schwarzen Mantel glatt und zog die Mütze tiefer in die Stirn. *Dreiunddreißig Jahre.* Sie dachte zurück an das letzte Mal, als sie seine Gegenwart ertragen musste. Ihre Anspannung verringerte sich dadurch nicht.

Sie schrubbte an den letzten Farbstriemen an ihrer linken Hand. Die Kirchenglocken setzten ein, erinnerten an den Gottesdienst, riefen die Trauernden zusammen. Fünfzehn Minuten vor zwei zeigte die Uhr am Kirchturm, der den überdimensionierten, schnörkellosen Giebel des Schlosses mit seinen abgestuften Zinnen überragte.

Als sie Richtung Friedhof abbog, stapften am anderen Ende der Straße schwarze Anzüge auf die Pforte zu. Ein Windstoß zerrte an den Hosen und Jacketts. Über die Hemdkragen schoben sich grauschüttere Haare oder formten einen ehrfurchtsvollen Halbkreis um die glänzende Kopfpartie. Sie waren alt geworden, die Bekannten ihres Onkels, seine Kameraden. Alle. Hanna hoffte, dass niemand sie erkannte.

Ihr Cousin stand neben dem Tor zum Friedhof, zog ein weiteres Mal an seiner Zigarette und aschte ab. Unter den Augen quollen dicke Tränensäcke hervor, Hanna vermutete: nicht nur von dem Versuch, die Trauer über den Tod seines Vaters mit ein paar Schnäpsen mehr fortzuspülen. Sein Blick wurde hart, als er sie entdeckte. Seine Wangen plusterten sich auf, die Kinnlinie verschwamm mit dem Hals, die Schultern kippten nach vorne, noch mehr, als er sich zu dem Jungen drehte, der ihn begleitete. Sein Sohn, vermutete Hanna. Ein Stück hinter den Männern entdeckte sie Ute. Schmal war sie, blass wie je. Den Kopf hielt sie gebeugt. Daneben standen Burschen mit dunklen Halbstiefeln und schwarzen Jacken, deren Ärmel sich ineinander knautschten. Ihre Köpfe ruckten zur Seite, und Hanna schluckte.

Ihr Cousin richtete sich auf. »Hanna«, spuckte er ihren Namen aus. »Deine Tante«, sagte er zu dem Jungen neben ihm. »So was in der Art. Ich hab dir erzählt von ihr.«

Hanna musterte die Familie, musterte Gerds Frau neben ihm. Ute sah weiterhin nicht auf, reagierte nicht auf Hannas Gruß.

»Reden wir später?«, versuchte sie erneut. Niemand antwortete. Schließlich ging Hanna an ihnen vorbei über den Friedhof in die Kirche.

Sie stellte sich hinter die letzte Kirchenbankreihe. *Es gehört sich so,* erinnerte sie sich. *Es gehört sich, den Verstorbenen die letzte Ehre zu erweisen.* Sie presste ihre Hände ineinander. *Es gehört sich. Hier zu sein, wenn ein Onkel stirbt. Der Onkel. Sonst reden die Leute.*

Nach dem Gottesdienst stand sie mit den anderen am Grab, wartete, betete, suchte Utes Blick und Gerds. Hanna versuchte ein Signal zu setzen, sie versuchte offen zu sein, die beiden auf halbem Weg zu treffen.

Niemand sah zu ihr, und sie spürte beinahe Erleichterung, fast entglitt ihr ein Lächeln. Im nächsten Moment schalt sie sich, ließ dem anderen Gefühl ein wenig Raum, das sie gleichermaßen in sich trug: Bedauern über die Kluft, die zwischen ihnen blieb, sodass nicht einmal

Blicke getauscht werden konnten. Bis das letzte Gebet verklungen war, vermieden ihr Cousin und seine Familie, auch nur in ihre Richtung zu sehen.

Was tue ich hier eigentlich?

Das letzte Amen sprachen alle gemeinsam, wandten sich zum Gehen. Hanna schloss zu Gerd und Ute auf, versuchte sie einzuholen.

Niemand wartete auf Hanna, auf Versöhnung oder auf ein Gespräch.

43. Theres – Vom Suchen und Finden

Oberammergau, Pfarrkirche St. Peter und Paul, Freitag

Theres sperrte die Haustür hinter sich zu und schlang ihren schwarzen Mantel enger um sich. Sie prüfte die Uhrzeit auf ihrem Handy und wandte sich zur Straße. »Perfektes Timing.« Dann zögerte sie und schlug den Weg zum Haus ihres Vaters ein. Ihr Finger zielte auf den Klingelknopf, nur um sich zu vergewissern, dass er bereits wie besprochen vorausgegangen war. »Er hat an alles gedacht.« Sie war erleichtert, als sich auch nach ein paar Augenblicken nichts im Haus tat. Ebenso erleichtert registrierte sie Wolfins Abwesenheit. *So weit alles wie abgemacht.*

Theres machte sie sich auf den Weg zur Kirche. Sie betete nicht – normalerweise. Heute betete sie, dass alles nach Plan lief.

An der Friedhofstreppe nahm sie zwei Stufen auf einmal und stieß die Gittertür auf. Unter ihren Schritten knirschte der Kies auf dem Weg zur Kirche. Sie verengte die Augen und sah sich um. Neben dem Eingangsportal waren die Hunde angeleint. Stenz sprang auf, Wolfin hob den Kopf, und ihr Schwanz kehrte die Kiesel rechts und links zur Seite, als sie ihr durchs Fell wuschelte. »Gut, dass ihr da seid«, murmelte sie. »Ihr beiden.« Stenz sah sie mit seinen eisblauen Augen an, Wolfin knurrte leicht. »Alles wird gut«, flüsterte Theres den Hunden zu.

Dann trat sie in das Gotteshaus, und ihr Blick schweifte über die Anwesenden im Kirchenschiff. Hannas Bekannte, Freunde, Familie. Sie kamen zusammen für den

Gottesdienst zur Beerdigung, um sich von Hanna ein letztes Mal zu verabschieden und ihre sterbliche Hülle zum Grab zu begleiten. Theres nickte ihrem Vater zu, der einen Platz in der Kirchenbank nahe dem Ausgang gewählt hatte. Theres schritt weiter nach vorn Richtung Altar.

Auf jeder der Säulen im Mittelschiff der Kirche wachten geschnitzte Figuren, eingefangen in ihren eigenen, kunstvollen Szenen. Das Gemälde des Seitenaltars zeigte einen Heiligen in brauner Kutte und mit geschorener Tonsur. *Der heilige Anton. Schlampertoni* hieß er seit ihrer Kindheit und lange davor. Zu ihm betete, wer finden und zurückerhalten wollte, was verloren, verlegt – verschlampert – wurde. Ein Gedanke blitzte durch ihren Kopf. *Beerdigung, Tod, Verlust. Eigentlich gar nicht so unpassend – der heilige Antonius von Padua. Wenn das bei Menschen auch so einfach wäre,* dachte sie. *Verlieren, beten, wiederfinden. Menschen, Geschichten, Wahrheit. Dem Toni sei Dank.*

Hinter dem Portal stippte Theres ihre Finger in den Weihwasserkessel. Die Kirchenbänke neben dem Taufstein im hinteren Bereich des Kirchenschiffs waren leer geblieben. Sie ging weiter nach vorne. Der Marmorboden mit seinen Waben – honiggelb, gräulich, abgetreten – teilte bei Gottesdiensten die Betenden noch immer nach Geschlecht: rechts männlich, links weiblich. Bei diesem Gottesdienst, zu Hannas Beerdigung, trat die Regel hinter der Trauer zurück. Wer zusammengehörte, wer zusammen trauerte, betete zusammen in einer Bank. Draußen schlug Stenz an, und Theres hörte sein Bellen bis in den Kirchenraum.

Jemand tippte ihr von hinten auf die Schulter. Sie drehte sich um und erfasste Anton Sollinger. Er lenkte sie in die Bank, in der bereits Toni Baurieder saß. »Gut, dass ihr da seid«, sagte sie.

Sie sah, wie sich ein Grinsen auf Baurieders Gesicht ausbreitete. Er lehnte sich zu ihr, ohne den Blick abzuwenden, und deutete zum Seitenaltar. »Zwischendurch müssen wir mal checken, ob unser Namenspatron hier seine Jobbeschreibung engagiert erfüllt.«

Theres unterdrückte ein Schmunzeln. Sie blickte nach vorne zu den ersten Bankreihen. Neben dem Altar stand Hannas leuchtend blaues Selbstporträt auf einer Staffelei. Durch die baumhohen Bogenfenster neben den Seitenaltären fiel Licht darauf.

Sie konnte Klara ausmachen. Theres vermutete Hannas Sohn daneben, Thoralf, wenn sie sich richtig erinnerte. Die Frau auf seiner anderen Seite war wohl Hannas Schwiegertochter, Klaras Mutter. Hannas Familie aus München war anwesend.

Draußen blaffte Stenz noch lauter, als wollte er einen Eindringling abwehren, Wolfin fiel ein. Klara wandte sich um, als könnte sie die Kirchenmauern mit ihren Blicken durchdringen, sah dann zu Theres.

Mit dem letzten Glockenschlag glitt noch einmal das Eingangsportal der Kirche auf, Schritte polterten über den Boden. Erst jetzt, als die drei Personen die Kirche betreten hatten, verstummte das Gebell der Hunde. Theres erkannte Gerd Langmann und seine Familie. Einige Köpfe drehten sich, folgten dem Trio, das durch den Mittelgang stapfte. Theres schickte ein Gebet in Richtung des braunkuttigen Heiligen. *Hoffentlich ist das, was wir gefunden haben, der richtige Weg.*

Gerd Langmann steuerte mit seiner Familie die vorderen Bänke an, Ute den Blick starr geradeaus gerichtet.

Gerd und Franz sahen sich noch mal über die Schulter um. Sie erkannten Theres, grüßten und rutschten in eine Kirchenbank.

Der Gottesdienst begann. Paul beschallte den gesamten Kirchenraum mit Gebet um Gebet. Theres kannte die Worte und Verse nur zu gut. Als Kind hatten ihre Eltern sie wöchentlich gezwungen, dem Sonntagsgottesdienst beizuwohnen. Immerhin wusste sie so, wann der Gottesdienst zu Hannas Trauerfeier endete und wann alle die Kirche verlassen würden, um sich im Anschluss bei der Aussegnungshalle zu treffen. Dort war die Verstorbene aufgebahrt.

»Jetzt kommt nur noch der abschließende Segen«, wisperte sie nach einer Weile Anton Sollinger und Toni Baurieder zu. Sie drehte sich zu den hinteren Bankreihen um und bemerkte ihren Vater, der sich leise zum Ausgang begab. »Jetzt«, flüsterte sie den beiden Kommissaren zu, »sollten wir uns auf den Weg machen.«

Zu dritt näherten sie sich der Aussegnungshalle. Ihr Vater wartete dort bereits mit Wolfin und Stenz, ein wenig entfernt von Hannas Sarg unter dem Dachvorsprung. Wolfin legte sich neben Theres' Füßen ab. Stenz stand schwanzwedelnd und angeleint daneben, seine eisblauen Augen fixierten Klara, als sie aus dem Kirchenportal trat und zu ihnen aufschloss. Ihr Blick traf den von Theres.

Hannas Enkelin stellte sich auf die andere Seite des Sargs. Gemeinsam warteten sie auf die anderen Trauergäste.

Theres betete, Klara würde sich an ihre Absprache von Mittwochabend halten.

44. 2021 Zurück – Eine Woche vor dem Fall

Montag, Oberammergau, Hannas Haus & Atelier

»Du?« Hanna ließ die Türklinke los und trat zur Seite. Sie wischte sich ein paar Haarsträhnen aus dem Gesicht, spürte einen feuchten Hauch auf ihrer Wange. Ein guter Teil des Blaus war von ihren Fingerkuppen verschwunden. An Klaras Grinsen erkannte sie, dass sie nun umso mehr Farbe im Gesicht haben musste. Ein Blick in den Garderobenspiegel bestätigte ihre Vermutung. Sie grinste zurück, überlegte kurz. »Immer rein mit dir! Verabredet waren wir heute aber nicht, oder?«

»Bist du schon wieder an einem neuen Werk?«, schmunzelte ihre Enkelin.

Hanna folgte ihr ins Wohnzimmer, wischte ihre Hände an einem Lappen ab. »Immer.« Sie deutete auf die Leinwand.

Klara fasste ihr dunkles Haar zu einem Knoten zusammen, musterte das Bild. »Bist du weitergekommen, deine Geschichte aufzuschreiben?«

»Klara, ich werde meinen Schwerpunkt darin nicht ändern«, erwiderte Hanna und registrierte den missbilligenden Blick ihrer Enkelin.

Hanna setzte sich rittlings auf die Armlehne ihrer Couch. »Wir. Jeder Einzelne. Auch ich. Jeder von uns hat sein eigenes kleines Leben, seine eigenen Stolpersteine, die er oder sie auf die eine oder andere Weise überstehen muss. Wir lieben Geschichten, die die großen schlimmen Fehler offenbaren, die spektakulären Enthüllungen, die uns ablenken von unseren eigenen miserablen Momenten. Was die *anderen* falsch machen, ist einfacher zu begaffen, als unsere eigenen Unzulänglichkeiten zu erkennen. Aber was hat das jemals verändert? Ein Feuerwerk an Silvester mit guten Vorsätzen, und nach Neujahr fallen alle wieder zurück in den alten Trott.« Hanna fuhr sich über die Stirn. »Aber was jeden Einzelnen formt und vielleicht sogar zerstören kann, sind die unsichtbaren Fesseln von außen, die uns festschnüren und uns keine eigene Wahl lassen. Die kleinen Nadeln. Die wieder und wieder unsere Flügel durchstechen, noch bevor wir überhaupt wissen, dass wir Flügel haben.«

Klara stützte ihre Hände in die Hüfte. »Aber wir haben das doch besprochen, Oma. Es ist Zeit zu zeigen, wie die Profiteure des NS-Zeit und deren Ideologie auch nach Kriegsende überleben durften und immer weiter Hass schürten. Und deine Geschichte ist perfekt dafür.«

»Klara, du bist jung, und ich weiß, du willst die Welt verändern. Aber: Ein Bild wird nicht unbedingt besser, wenn du den ganzen Farbeimer drüberschüttest. Mit präzisen Pinselstrichen erreicht man oft viel mehr. Meine Geschichte ist keine Heldengeschichte. Ich bin weggelaufen.«

»Weg von einem Alt-Nazi!«, setzte Klara nach. »Und du hast lange genug unter ihm gelitten.«

Hanna schüttelte den Kopf. »Das Entscheidende ist: In meinem Leben waren Menschen, die mir gezeigt haben, dass meine Welt nicht eingeschränkt sein muss auf das, was andere vorgeben.«

»Andere? Wen meinst du damit, Oma?«, fragte Klara. »Die, die sich die besten Posten sicherten und Parteibücher verschwinden ließen, nicht aber ihre Ideen von

Privilegien, die nur ihnen zustehen, aber niemandem sonst?«

»Genau die«, bestätigte Hanna. »Und die meisten von uns sind so sehr in diesen Strukturen gefangen, dass wir sie nicht mehr erkennen. Wir sehen nicht, welche Wege uns offenstehen, weil sie überlagert sind von dem, was so lange in unseren Köpfen war, in unsere Köpfe gebrannt wurde. Unsere Rolle in der Gesellschaft, als Mann, als Frau. Sieh dir meinen Cousin an, der von seinem Vater gelernt hat, dass es richtig ist, seine Frau an Heim und Herd zu ketten, und diese Idee nun in den Kopf seines Sohnes pflanzt.« Sie suchte den Blick ihrer Enkelin. »Aber wir können ausbrechen. Immer. Wir können selbst entscheiden, wie unser Leben aussehen soll. Jeder von uns und unmittelbar. Das ist nicht einfach nur etwas, was andere für uns tun können. Und das will ich erzählen. Das ist meine Geschichte.«

Klara legte den Kopf schief. »Machst du jetzt einen Rückzieher, Oma? Das ist genau der Grund, weshalb du den Schwerpunkt überdenken solltest. Und nicht die Kuschel-Version veröffentlichen.«

Hanna holte tief Luft und schloss für einen Moment die Augen. »Willst du eine Tasse Tee«, fragte sie und machte sich auf Richtung Küche. »Noch mal: Du bist jung, Klara. Du kannst deine eigene Geschichte schreiben. Aber über meine Geschichte bestimme ich.«

»Was hast du zu verlieren?«, schnappte Klara.

Hanna fuhr sich mit der Hand über die Stirn und spürte eine tiefe Müdigkeit in ihren Knochen. »Ich will keinen Streit. Auch wenn die Beziehung schwierig ist zu meiner Verwandtschaft in Murnau: Ich habe nicht vor, sie einfach an den Pranger zu stellen. Das macht mich nicht besser als sie.«

Klara schob ihr Kinn nach vorne. Hanna sah die Wut in ihrem Gesicht. Als Klara an ihr vorbeirauschte, spürte sie den Luftzug wie einen Schlag ins Gesicht. Durch den Flur donnerten Klaras Schritte.

»Klara … Warte!«

Die Haustür fiel zu. Hanna legte den Kopf in den Nacken.

»Hitzkopf«, murmelte sie, dann stapfte sie durch den Flur. Hanna sah Klara durch die Windschutzscheibe starren, die Lippen aufeinandergepresst, die Miene hart. Dann fuhr ihre Enkelin davon.

Zurück im Wohnzimmer, setzte Hanna sich an ihren Laptop. Sie kopierte die Datei mit ihrer Geschichte auf einen USB-Stick. Wenig später klingelte ihr Handy. Eine Nachricht ihrer Enkelin leuchtete im Display auf.

»Nächsten Montag, okay? Lass uns noch mal in Ruhe treffen und reden. Treffpunkt Gabriele-Münter-Haus und dann das Schlosscafé in Murnau?«

45. Klara – Flucht nach vorne

Oberammergau, Pfarrkirche St. Peter und Paul, Freitag

Klara stand neben Hannas Sarg. Sie wischte sich übers Gesicht, streifte ihre tränennasse Hand an ihrer Jeans ab. Der Wind zerrte an ihren Wangen. Sie schniefte. *Gleich ist es so weit.* Sie überblickte noch einmal die Grabreihen des Friedhofs, beobachtete die anderen Trauergäste. Sie strömten aus der Kirche auf den Sarg zu, um Hannas sterbliche Hülle der Erde zu übergeben. Klaras Herz pochte schneller. Sie sah zu den beiden Kommissaren, die unter dem Dach der Aussegnungshalle Schutz gesucht hatten, dann sah sie zu dem Metzger und seiner Tochter, mit den Hunden an ihrer Seite.

Klara spürte das Kribbeln und die Aufregung in ihrem ganzen Körper. Dann erinnerte sie sich an das Gespräch von Mittwochabend mit den Freunden ihrer Großmutter, Theres und Josef Hack und Paul, dem Pfarrer. Sie erinnerte sich, was sie gemeinsam vereinbart hatten. *Ich wünschte, ich könnte einfach weglaufen.*

Ihr Blick glitt zu Hannas Familie aus Murnau. Viel erkannte sie nicht auf ihren Mienen, Zufriedenheit vielleicht, Erleichterung, Gleichgültigkeit. Das Gesicht der Frau war am schwersten zu deuten. Ihre Augen hingen an Hannas Sarg, sie blinzelte kaum. Es schien sie alle Mühe zu kosten, ruhig zu stehen. Ihr Körper bebte.

Für einen Moment verlor Klara sich in Zweifeln. *Hätte ich am Mittwoch weniger feige sein sollen? Einfach klingeln, statt bei denen nur vorbeizufahren?* Sie musterte die drei weiterhin. *Hätte sich was geändert? Hätte es mir irgendwas genutzt?*

Als der Pfarrer sein letztes Gebet gesprochen hatte und der Sarg im Grab verschwunden war, als sich alle nach ihren Beileidsbekundungen verabschiedet hatten und nur noch der engste Kreis blieb, wusste Klara, es war Zeit. So hatte sie es Mittwochabend vereinbart mit den Menschen, die ihrer Oma wichtig gewesen waren. Bevor Theres die Tonis angerufen hatte.

Klara sah die Kommissare näher treten. Ihre Hand fuhr in ihre Jackentasche. Ihre Finger schlossen sich fest um den kleinen USB-Stick darin.

Klara holte Luft und trat in die Mitte. Dann zog sie die Hand aus ihrer Tasche.

46. Theres – Bellende Hunde

Oberammergau, Pfarrkirche St. Peter und Paul, Freitag

Hinter dem letzten Trauernden, der nicht zur Familie gehörte, glitt quietschend die Friedhofstür zu. Vor der Aussegnungshalle blieb nur die Familie in einer Art Halbkreis zurück, dazu Paul, Babba, die Kommissare, Theres. Wie Zaungäste standen Gerd, Ute und Franz Langmann dabei, ein Stück von dem noch offenen Grab entfernt.

Paul tauschte einen Blick mit Theres, ging dann auf die Familie aus Murnau zu. Er deutete zur anderen Seite des Grabes. »Das ist Hannas Sohn und Klara, Hannas Enkelin.«

Gerds Miene verdunkelte sich, der Kopf seiner Frau ruckte zu den Münchnern und wieder zurück, kurz entglitten ihre Gesichtszüge. »Nein. Hannas Kind ist tot«, biss Ute. »Ich hab …« Sie unterbrach sich.

»Ihr erstes Kind hat Hanna verloren«, widersprach Theres und kippte ihre Hand in der Luft, um Utes Aussage zu relativieren. »Davon erzählt sie in ihrer Geschichte – von ihrer Zeit in Murnau und ihren ersten Jahren in München. Soweit sie diese in ihren Notizbüchern festgehalten hat. Ihre zweite Schwangerschaft erwähnt sie erst später – digital, in den Dateien auf einem USB-Stick.« Sie wandte sich Klara zu, mit einer Geste forderte sie Hannas Enkelin auf, mehr in die Mitte zu treten.

Blass, aber gefasst wirkte Klara, als sie ihre Hand nach vorne streckte mit dem USB-Stick darin.

»Als Hanna starb«, begann Klara mit fester Stimme, »war sie nicht allein …«

Theres bemerkte, wie Utes Kopf hochruckte. Auf Gerds Gesicht zeichneten sich Fragen ab und Ungeduld, Franz zeigte Gleichgültigkeit.

»Und? Was soll das heißen«, blaffte Gerd. »Sie ist verunglückt, und ihr Köter war bei ihr. Der Deckel ist zu, der Sarg in der Erde. Beim Leichenschmaus könnt ihr euch meinetwegen über ihr trauriges Ableben austauschen oder in Erinnerungen an ihr erbärmliches Leben schwelgen.« Er deutete auf die Oberammergauer und Hannas Sohn und Enkelin. »Die Freunde und die Familie, für die sich meine Cousine entschieden hat. Zu Lebzeiten hat sie mich nicht gekümmert, ihr Tod kümmert mich noch weniger. Wir gehen jetzt.«

»Nein.« Toni Baurieder stellte sich auf der anderen Seite neben die Familie. »Wir hören zu, was Klara zu erzählen hat.«

Klara reichte Anton Sollinger den USB-Stick, der nickte ihr zu. »Also dann, Klara!«, forderte er sie auf. Theres' Mundwinkel hoben sich zu einem ermutigenden Lächeln.

Mit verschränkten Armen stellte Hannas Enkelin sich vor die Langmanns. »Letzte Woche, vor Omas Tod, hatten sie und ich Streit. Ich war nicht einverstanden, was sie mit ihrem Buch vorhatte. Ich fand es … zu feige. Aber Hanna hatte recht. Sie hat sich für den richtigen Fokus entschieden. Unsere Entscheidungen sollten uns freistehen, ungezwungen, in Kenntnis aller Möglichkeiten und ohne uns in Schablonen drängen zu lassen, die andere für uns gewählt haben, um uns einzuschränken. Am Montag war ich mit Hanna in Murnau verabredet.

Wir wollten uns treffen und aussprechen. Aber das sollte nicht sein«, fasste sie zusammen und drehte sich zu den beiden Kommissaren.

Anton schob die Hände in seine Jackentasche und trat näher. »Der Tipp eines anonymen Anrufers brachte den Murnauer Förster zu Hannas Leiche. Wer der Anrufer war, konnten wir anfangs nicht nachvollziehen, ebenso wenig was passiert war. Alles sah aus wie ein Unfall.«

Gerd schnaubte, warf die Arme hoch. »Ein Unfall. Wie traurig für alle. Herzlichen Glückwunsch, das ist dann ja geklärt – Hanna ist immer noch tot. Können wir jetzt gehen? Selbst wenn es kein Unfall war, interessiert es mich nicht. Und auch ihre dumme Geschichte interessiert mich nicht, die sie veröffentlichen wollte. Genauso wenig wie die dumme Geschichte dieses Mädchens. Als ob das irgendjemanden interessieren würde.«

Utes Blick schoss zu ihm. Sie klappte den Mund zu, ehe der kleinste Laut entweichen konnte. Gerd wendete sich halb ab. »Was soll dieses Drama? Gehen wir!«

Unauffällig stupste Theres Wolfin an und schickte sie an einen anderen Platz. Anton und Paul schlossen zu Toni auf und verstellten Langmanns den Weg.

»Halt!«, brummte Josef Hack, gab die Leine aus der Hand und Stenz frei. Der Hund sprintete auf die Langmanns zu. Knurrend und bellend blieb er vor ihnen stehen.

Klaras Pfiff holte Stenz zurück an ihre Seite. Sie tätschelte den Kopf des Hundes, beugte sich kurz zu ihm hinab.

»Stenz bellt nicht ohne Grund«, kommentierte Josef Hack und nickte Klara zu.

»Du warst bei ihr, nicht wahr, Stenz? Aber du warst nicht der Einzige.« Hannas Enkelin richtete sich wieder auf und fuhr fort. »Ich wollte unbedingt alles richtig machen für Hanna. Ich wollte sichergehen, dass ich nach dem Streit mit ihr wenigstens das Richtige tue. Ein wenig habe ich gebraucht, um zu finden, was passiert ist. Schließlich ist aber Hannas Geschichte der Schlüssel dazu – und ihre Daten. Am Montag sind mir auf Hannas Website LogIn-Versuche aufgefallen, die gescheitert sind. Die benutzte IP-Adresse konnte ich herausfinden und lokalisieren. Auf Hannas Handy, das wir von der Polizei zurück erhalten haben, und auf ihrem Laptop habe ich mir die Telefon- und Chatprotokolle angesehen. Am Montag, in Murnau, kam Hanna nicht mehr zu unserer Verabredung, nicht mal angerufen hat sie mich, dabei hat sie am Montag fleißig WhatsApp genutzt und auch telefoniert.«

»Mit den konkreten Informationen und dem Verdacht, der sich erhärtete, konnten wir die Verbindungs- und Bewegungsdaten auswerten, zuordnen und Klaras Verdacht bestätigen«, schaltete sich Anton Sollinger ein. Er blickte von Klara zu Langmanns, fixierte eine bestimmte Person und hob sein Kinn.

Klara wischte sich Tränen aus den Augen und wandte sich zu Ute. »Du«, sagte Klara, ein wenig zitterte ihre Stimme. Stenz drängte sich an sie, wie um sie zu bestärken. »Du warst bei Hanna, als sie stürzte. Du hast sie zurückgelassen. Du warst der anonyme Anrufer, der den Förster verständigt hat. Deine Handynummer stimmt mit allen Daten und Zeitpunkten überein. Sogar ihr letzter Anruf ging noch an dich. Wahlwiederholung. Mit den Protokollen konnten die Kommissare das zurückverfolgen.«

Ute schüttelte den Kopf, ihr Gesicht wurde blass. Anton Sollinger schritt auf Ute Langmann zu. Kopfschüttelnd trat sie einen Schritt zurück. Wolfin stand mittlerweile hinter ihr, und beinahe fiel sie über die Hündin.

Der Hauptkommissar hielt den USB-Stick hoch. »Hier ist alles drauf, alle Abzüge der Chats, alle Daten, alle Verbindungen.«

Josef Hack räusperte sich. »Und ein Hund erinnert sich immer daran, wenn jemand seiner Herrin Schlechtes tut. Stenz schlägt nicht ohne Grund an.«

»Und es gibt noch etwas«, bemerkte Toni Baurieder. »Das Handysignal lässt sich bis auf Hannas Terrasse nachverfolgen. Ute Langmann hat Hanna im Wald zurückgelassen und ist bei ihr eingebrochen.«

»Aber es wurde doch nichts gestohlen«, warf Thoralf irritiert ein. »Nichts, was uns aufgefallen wäre.«

Klara trocknete noch mal mit dem Ärmel ihre Wange. »Ich versteh es einfach nicht: Was hat Hanna dir getan? Warum musstest du das tun? Und dann auch noch der Einbruch … Oma wollte sich versöhnen mit dir und deiner Familie. Ich weiß, sie hat dir ihre Notizbücher gegeben, damit du sie liest, damit ihr euch aussprechen könnt, wenn etwas in deinen Augen nicht passt. Oma wollte euch einbinden in das, was sie mit ihrer Geschichte vorhatte, und die Familie wieder zusammenbringen. Warum zur Hölle kann man sich so gegen eine Versöhnung stellen?«

Unter Gerds und Franz' Blick schob Ute ihr Kinn nach vorne. Wut zeichnete ihr Gesicht, von Bedauern keine Spur. »Als ob ihr das verstehen würdet …«, zischte sie. »Als ob Hanna das mit ihrem verdammten Eigensinn jemals verstanden hätte. Aber egal, wie oft sie sich widersetzt und widersprochen hat, sie hatte immer Glück.« Utes Stimme überschlug sich, an ihrer Schläfe pochte eine Ader. Ihre Geste zielte aufs Grab. »Aber nichts davon hat sie verdient. Nichts! Und dann will sie meine Zustimmung, wenn sie uns in den Dreck zieht mit ihrer dummen Geschichte. Sie hat geglaubt, sie kann uns lächerlich machen und nichts davon hat Konsequenzen für sie. Sie hat sogar zugegeben, dass ein Teil davon mich nichts angeht.«

Klara runzelte die Stirn. »Und diesen Teil wolltest du in Hannas Haus finden?«

Utes Wangen glühten, sie verengte die Augen. »Ich wollte wissen, wie viel mehr Dreck diese Frau noch über uns schüttet und sich dabei als Heldin darstellt«, fauchte sie. »Und mich als …« Ihre Stimme brach. Sie blinzelte, sah sich um, als würde sie eben erst wieder zu sich kommen. »Und mich als Idiotin.« Wenn auch nur ein Flüstern, zurückhalten konnte sie ihre Worte nicht.

47. Theres – Betreute Monster

Murnau, Schlosscafé

Im schmalen Hof des Schlossmuseums von Murnau schlenderten Theres und Klara an den ehemaligen Wirtschaftsgebäuden vorbei und ein paar Treppen nach unten zum Schlosscafé. Theres zog die Tür auf. Kurz glitt ihr Blick zum stahlgrauen Himmel. Sie wischte sich die Regentropfen von der Stirn. Dunkle Holzstufen wanden sich hinab zum Gastraum, der mit seinen weiß getünchten Wänden Gemütlichkeit ausstrahlte. Am Tisch vor dem Fenster saßen bereits ihr Vater und Paul.

Brot kam auf den Tisch, Getränke, Butter, Salz und gehackter Schnittlauch in kleinen Schälchen, Obazda und Frischkäse. Nach einer Weile, nach ein paar Bissen von seinem Schnittlauchbrot sah Josef Hack auf. »Gerd Langmanns Frau. Wer hätte das gedacht?«

Theres griff nach dem Buttermesser. »Wer denkt jemals so etwas von jemandem?«, fragte sie, seufzte. »Natürlich ist es immer leichter als Außenstehender zu urteilen.«

Klara nahm sich eine Brotscheibe. »Von Oma weiß ich, ihre Schwägerin Ute hatte gehofft, durch die Heirat mehr Besitz und Einfluss zu erreichen, ein komfortables Leben, ein hübsches Haus, eine angesehene Familie. Dafür hat Ute sich gefügt – ihren Eltern, ihren Schwiegereltern, Gerd. Vielleicht hat sie gedacht, im Schatten ihres Mannes kann sie trotzdem eigene Ideen und Wünsche haben und leben. Dumm nur: Der Familie ihres Mannes gehört nichts und Hanna alles. Im Gegensatz zu Ute hat Hanna sich nie gefügt und nie gefolgt. Obwohl sie nach

Utes Meinung nie etwas für die Familie getan hat, hat sie alles erhalten, besaß viel mehr. Hanna wählte ihren eigenen Weg, ein ganz anderes Leben als Ute, aus eigener Entscheidung und trotz aller Rückschläge.«

Paul stimmte Klara zu. Theres beobachtete, wie sein Blick aus dem Fenster glitt, bevor er weiterredete. »Als wäre es eine Kleinigkeit, den Menschen zu verlieren, den man liebt – durch eine unglückliche Entscheidung oder einen Unfall … Und dann hat sie auch noch ein Kind verloren. Als hätte Hanna nicht ihr Päckchen zu tragen gehabt. Als wären Utes geplatzte Hoffnungen Grund genug, um alle anderen zu hassen.«

Theres musterte ihn, ihren Freund aus Kindertagen, wunderte sich, wohin seine Gedanken gerade drifteten. Sein Blick hing immer noch irgendwo außerhalb des Schlosscafés. Dann wandte er sich zurück. »All das aus Hass und wegen der Selbstherrlichkeit von Menschen, die über die Leben anderer bestimmen wollten«, sagte er.

»Übrigens: Die Tonis waren heute Morgen noch mal da, nach der Vernehmung von Ute Langmann«, erzählte Theres.

»Und?«, hakte Paul nach, lehnte sich näher, wie auch Klara und ihr Vater.

Theres räusperte sich. »Anton meinte, in der Vernehmung verhedderte Ute sich in Widersprüchen. Am Ende hat sie doch erzählt, was wirklich geschah. Hauptsächlich hat sie die Nerven verloren wegen Hannas Sturz und sich deswegen entfernt. Sie gestand ein, dass sie Hanna gestoßen hatte. Anschließend fuhr sie nach Oberammergau und schlug Hannas Türscheibe ein. Aber der Zugang zu Hannas Laptop war passwortgeschützt, und weitere Notizbücher fand sie nicht.«

»Deswegen hat sie später versucht, sich auf der Website einzuloggen und an die unveröffentlichten Teile zu kommen«, vermutete Klara.

»Ute wollte die Geschichte vernichten. Hanna hatte sie in ihrem Stolz getroffen. Darüber hinaus war Ute mehr als unwohl beim Gedanken, was die Konsequenzen wären, wenn Hanna Utes Schwiegervater und die ganze Familie bloßgestellt hätte – als rücksichtslos und nur auf den eigenen Vorteil bedacht.«

Unverständnis lag auf Klaras Miene, sie wiegte den Kopf. »Respekt davor, dass sie auf die Idee gekommen ist, Hannas Website zu kapern. Hätte ich ihr nicht zugetraut. Sie konnte natürlich nicht wissen, dass ich für Hanna alles wasserdicht eingerichtet habe. Und ist ja nicht so, dass es keine Sicherungskopien gäbe, aber egal … Viel schlimmer ist doch: Sie hat Hanna im Wald einfach zurückgelassen, ohne mit der Wimper zu zucken. Wie kann jemand so kalt und grausam sein?«

»Wut und Hass«, antwortete Paul. »Ute sind die Sicherungen durchgebrannt. Hannas Vorhaben hätte alles infrage gestellt, wofür Ute gelebt hat. Im Wald hatten sie offensichtlich Streit, und der ist eskaliert. Bis Ute Hanna eine Lektion erteilen wollte und …«

»Sie wollte Hanna beweisen, wer die Macht hat, andere in den Dreck zu stoßen«, traf Klara den Punkt.

Theres trank von ihrem Milchkaffee. Sie rollte Klaras Zusammenfassung durch ihre Gedanken. »Kann man so sagen – in unserer kleinen Runde der Hobbypsychologen.« Sie zwinkerte.

Paul reichte Klara das Schälchen mit dem Schnittlauch. »Stell dir vor, du lebst Jahrzehnte dein Leben. Du bist überzeugt, der Himmel ist grün. Dann kommt jemand und sagt, er ist blau, und stellt deine ganze Existenz infrage. Das löst bei den wenigsten Begeisterungsstürme aus.« Er hielt kurz inne, trank einen Schluck. »Du könntest natürlich dein Leben ändern oder …«

»Du bringst den zum Schweigen, der dich darauf hinweist«, beendete Theres seinen Satz. »Laut den Tonis hat Ute betont, sie hätte nicht gewollt, dass Hanna stirbt. Deshalb hat sie auch den Förster verständigt.«

Ihr Vater winkte ab. »Ich glaube, am Ende wäre sie auch einer kleinen Erbschaft nicht abgeneigt gewesen.«

Klara langte nach einer weiteren Scheibe Brot. »Und das alles, weil Hannas Geschichte zeigt, dass der Himmel eben wirklich blau ist? Bescheuert!«, murmelte sie.

»Für Ute war es genug, um sie in Wut zu versetzen«, stellte Theres heraus.

Paul deutete in die Runde. »Seid ehrlich: Frei machen können wir uns alle nicht von den Meinungen, die andere über uns haben. Ganz gleich, ob wir in einem Dorf oder in der Großstadt leben. Solange man die Menschen in seiner Nähe kennt, will man in einem guten Licht erscheinen und nicht ausgeschlossen werden. Theres, mit eurer Metzgerei & Tages-Bar in Oberammergau wollt ihr schließlich auch nicht, dass die Leute euch für *gscheade Gifthaferl* halten. Wir sind soziale Wesen und suchen immer in einer gewissen Form Gemeinschaft.«

»What?« Klara sah den Pfarrer fragend an.

»Unverschämte, hinterhältige, unbeherrschte … sagen wir: ungute Menschen.« Paul grinste. »Dort, wo wir anonymer sein können – zum Beispiel in der digitalen Welt, beeinflussen uns die Meinungen von anderen weniger.«

Klara schürzte die Lippen, dann nickte sie. »Vor den Augen aller liegt niemand gerne falsch oder hat unrecht. Lieber halten wir an einer Lüge fest – und immerhin: Die Lüge kennen wir und müssen nichts Neues wagen.«

Theres schmunzelte und griff nach der Hand ihres Vaters. »Ich bin froh, dass wir etwas Neues gewagt haben, Babba, du doch auch! Mit der Metzgerei und überhaupt, dass ich meinen Weg gehen konnte – erst nach Wien und dann hier mit der Tages-Bar.«

Ihr Vater zuckte mit den Schultern und verkrumpelte sein Gesicht. »Was willst machen? Kannst ja niemanden festbinden oder ihm vorschreiben, was er zu wollen hat«, brummte er. »Zurückgekommen bist du ja immerhin.« Erst zuckte ihr Vater wieder mit den Schultern, dann sah er stirnrunzelnd in die Runde. »Wisst ihr, ich mag den Gedanken, wie es früher gewesen sein muss. In den Höhlen, meine ich. Essen beschaffen war die Aufgabe des Tages, und jede oder jeder machte, worin sie oder er gut waren. Und wenn alles erledigt war, konnten alle machen, was sie wollten.«

Theres verdrehte die Augen, sah Klara dezent den Kopf schütteln. »Ach komm, Babba! Du kommst doch jetzt nicht mit Jägern und Sammlern ums Eck und wie toll die Frauen doch Beeren sammeln können. Nicht dein Ernst!«

»Hör mir doch mal zu! Ich habe gesagt: Worin sie gut war – oder er natürlich.« Er kratzte sich am Kinn, grinste und tätschelte auf seinen Bauch. »Ich hätte geschlachtet, vielleicht. Aber erlegt hätte ich ein Viech nie. Und du, Res«, sagte er, »du wärst die beste Jägerin von allen gewesen. Ich bin sicher, damals war keiner so blöd, jemanden mit dem Körbchen loszuschicken, der eigentlich besser mit Pfeil und Bogen umgehen kann.«

Hitze schoss in Theres' Wangen, sie drückte die Hand ihres Vaters, und aus dem Augenwinkel bemerkte sie Klaras Lächeln. Seine Anerkennung berührte sie. Im nächsten Moment schlug ihr schlechtes Gewissen mit voller Wucht zu, und sie verfluchte sich. Das Schreiben vom Forstamt fiel ihr ein.

Paul lachte. »Vor allem nicht, wenn es jemandem mit besonderem Feingefühl gelingt, wirklich jedes Beerenkörbchen kaputt zu kriegen oder die Beeren zu verlieren«, zog er sie auf.

Theres rutschte auf der Bank ein Stück zurück, schluckte. »Babba«, sagte sie, und ihre Stimme wurde leiser. »Es gibt da noch was …« Sie zog das Schreiben vom Forstamt aus ihrer Tasche und reichte es ihm. Seine Stirn furchte sich bei jeder Zeile, die er las, tiefer.

»So viel? Das ist einiges mehr an Wild, das erlegt werden muss, als im letzten Jahr«, murmelte er, schluckte. »Und so hoch wird die Strafe, wenn du deine Abschussquote für das kommende Jahr nicht erfüllst?«

Sie nickte. »Jedes zu wenig geschossene Tier kostet uns etwas – um den Schaden für die Forstwirtschaft aufzufangen, Babba. Zu viele Tiere bedeuten, zu viele Mäuler, die den Baumbestand abfressen und junge Triebe vernichten.«

»Ich dachte, wir hätten mal ein entspannteres Jahr vor uns.« Er seufzte und fuhr sich über das Gesicht. »Nicht eines, in dem wir auch noch ein Wunder brauchen.«

»Wunder? Ach was, ich muss einfach mehr auf die Jagd. Und du vielleicht doch wieder mehr in den Laden.« Theres stützte sich nach vorne auf den Tisch, das Kinn auf ihren Händen. »Die Nachlässigkeiten, die Versäumnisse, die … Fehler aus der Vergangenheit holen einen immer ein.«

Klara räusperte sich. »Ich glaube, die Vergangenheit holt einen ein, solange man sich nicht um die Monster darin kümmert«, sagte Klara. »Und manchmal erwischen die Monster einen. Bis man sich ihnen stellt.«

Theres richtete sich auf und ließ Klaras Worte kurz wirken. Dann grinste sie. »Wenn man sich stellt, mh?«, wiederholte sie. »Ich denke, du hast recht, Klara. Wie sollte man sonst sehen, dass die Monster zu besiegen sind – oder die Versäumnisse? Und vielleicht verwandelt man auf diese Art ein Monster zurück in … etwas weniger Schreckliches.«

ENDE

Nachwort

Im Buch trifft Hanna in schwierigen Situationen ihre Entscheidungen, sie kennt ihre Möglichkeiten und Alternativen und verteidigt sie.

Für jede*n muss die Möglichkeit offenstehen, voller Respekt für das eigene Leben und mit Rücksichtnahme auf ihre*seine Mitmenschen und unseren Planeten zu entscheiden, welcher Weg, welcher Beruf, welche Liebe, welches Leben, wo, für sie / ihn / div passt, sich zu irren und dann neu zu entscheiden. Immer wieder.

Immer wieder entstehen Bewegungen, Institutionen, getrieben von Menschen, die versuchen, Vorteile und Privilegien für sich und eine Minderheit zu sichern. Diese Gruppen schaffen Feind- und Hassbilder und diskreditieren dabei andere Lebensentwürfe. Angst wird dabei zum Instrument, und das »Gegeneinander« zum Credo, das die Gier und die Privilegien weniger und die Beschränkung vieler überblenden soll.

Manchmal schleicht sich dieser Vorgang harmlos und scheinbar wohlwollend an: mit dem Angebot von Erleichterungen, zum Beispiel, einer Rolle für die Frau, die an der Seite oder hinter ihrem Mann am Herd ihr Leben führen und infolgedessen von Entwicklungsmöglichkeiten ausgeschlossen werden darf / kann / soll – und irgendwann muss. Menschen werden beschränkt, anstatt ihre Fähigkeiten und Qualifikationen ausbauen zu können, eine eigene Meinung zu erlangen, kritisch zu denken, zu hinterfragen.

Wenn wir uns aber weiterentwickeln wollen als Gesellschaft, kann dies nur über eine offene, diverse, pluralistische Gesellschaft gelingen, in der wir uns über verschiedene Standpunkte austauschen können, in der vielfältige Ideen entstehen dürfen, die am gesellschaftlichen Diskurs gleichberechtigt teilnehmen, und in der diejenigen Chancen erhalten und nutzen können, die die Fähigkeiten, die Leidenschaft und den Respekt vor anderen und vor dem Leben besitzen, gleich welchen sozialen, biologischen Hintergrund ein Mensch hat.

Wenn wir uns weiterentwickeln und überleben wollen, müssen wir auch Strukturen hinter uns lassen, die wir kennen und uns Halt geben, die uns mitunter aber auch einfach nur festhalten. Das gilt auch für Traditionen, unsere Muster aus der Vergangenheit, die wir übernommen haben. Diese sind mitunter wohltuend und wert, gepflegt zu werden, dürfen aber auch hinterfragt werden, wie viel sie nutzen, um Menschen zu verbinden, statt sie zu trennen. Das darf natürlich auch gelten für den einen oder anderen Begriff aus dem bayerischen Sprachschatz, den ich in den Text geworfen habe.

Ich liebe den Charme, mit dem Mundart in einem Wort ausdrückt, wofür es ansonsten viele bräuchte, zum Beispiel:

Stoffel: bayerisch für eine meist männliche, kurz angebundene, flegel-, tölpelhafte Person

Gschwerl: Gesindel, Pack, Bagage, kein guter Umgang

Dirndl: bayerisch für Mädchen sowie für ein traditionelles bayerisches Kleidungsstück, das besonders gerne zu traditionellen Festlichkeiten getragen wird.

Dipferlscheißa: bayerisch für Erbsenzähler, jemand, der alles übergenau nimmt *gscheades Gifthaferl*: bayerisch für eine dreiste, unhöfliche, grobe, mitunter barsche Person mit explosivem Temperament, mit geduldsmäßig kurzer Zündschnur

Gscheidhaferl: Besserwisser, neunmalklug

München, Frühjahr 2021
Monika Pfundmeier

PS: Bei Anregungen, Fragen, konstruktivem Feedback
→ schreibt mir: kontakt@monika-pfundmeier.com

Danke

Das Jahr war … zerschlagene Träume, Rückschritte, Einschränkungen, Verluste, Absagen. Eines, das den Blick zurechtrückte, das Gute in all seiner Schärfe herausgefräst hat, das Glück hier und mit genau diesen Menschen auf meinem Weg zu leben – und aber ebenso den Schmerz. Ein Jahr ohne Mitte. Nach dem – oder gerade wegen dem – es sich lohnt, weiterzumachen, das Gute mehr und besser zu machen, zu schützen und zu stützen, die und was man liebt.

Danke, denen, die trotz eigenem *struggle*, eigener Sorgen noch Lächeln, Zuspruch, Rücksicht für und an andere geben, andere und mich unterstützen: Thomas und Mariam Montasser, Katrin Trometer und Julia Krug-Zickgraf – für Sicht, Feedback, Antrieb; dem BENEVENTO-Team; Alexandra Thoni, Stadtmarketing Murnau; besonders Marion Hruschka, Stadtarchiv Murnau, für Stadtgeschichte, Gabriele Münter und den Drachen; ebenso dem Forstbetrieb Oberammergau, M. Achhammer, bei Fragen zur Jagd; Pfarrer Max Bauer bei Fragen zur Kirche. Danke für jede Einzig-Art, das Feedback, die Anregungen an Ully Wimmer, Susanne Petermann, Claudia Lippmann, Sandra Marquart, Jasmin Jahn, Marion Rückert, Ralph M.

Danke an alle Freundinnen, Freunde, Kolleginnen, Kollegen in der Welt der Worte und meiner ganz anderen Projekten, die mich verstehen und inspirieren, anstoßen, besser zu werden, zuhören, wenn die Dinge holpern statt rollen. Big THX Alexandra Fischer – fürs Riesenrad, die Blubber, den Boden unter den Füßen!!!

Birgit S., Eri, Eva, Franziska, Jessi, Taz, Owen, Philipp, Stefan: Danke und Danke – überrascht von diesem Jahr: Anke v.m., Ramona, Alex. Dankbar bin ich für manches Wort, manches Glück, manchen Moment, der Sterne durch die Nacht gestupst hat.

Danke, Karla Paul, für Scheinwerfer durch Nebel, Oliver Wenzlaff für die Sternschnuppen, den Mut, den Austausch, besonders Maria Nikolai und Marita Spang, Heidi Troi – auch / insbesondere virtuell.

Und

Danke meiner Familie, meinem Zuhause, meinem Herzen – wo ich auch bin.

Fakten. Fiktion.

Gabriele Münter (19.2.1877–19.5.1962) prägte Anfang des 20. Jahrhunderts gemeinsam mit ihren Kolleginnen und Kollegen der Künstler*innenvereinigung *Blauer Reiter* die Entwicklung der Malerei und Kunst. In einem meist selbstbestimmten Leben brach sie mit Konventionen ihrer Zeit, reiste als unverheiratete Frau, konzentrierte sich auf ihr Studium und ihre Passion, die Kunst, lebte und liebte den Austausch mit befreundeten Künstlern und Literaten, Menschen jeglicher Couleur. Der Schriftsteller Ödön von Horvath war Gast und Freund in ihrem Haus in Murnau, dem *Russenhaus,* wie auch u.a. die Familie Probst (Stichwort »Weiße Rose«), und viele mehr. Sie verbrachte eine große Spanne ihres Lebens in Murnau, litt unter dem Ersten Weltkrieg und einer toxischen Liebe, liebte und kehrte stets zurück zu ihrer Malerei und überdauerte den Wahnsinn des Nationalsozialismus und des Zweiten Weltkriegs. Eine Zeit versuchte sie als Künstlerin zu überleben und sich anzupassen an die Vorgaben des Regimes, doch es gelang ihr nicht, sich dem Diktat und der Begrenzung zu unterwerfen und ihre Werte weit genug zu verbiegen. Dank ihr existiert ein Großteil der Kunstwerke der *Blauen Reiter* noch. Von den Nazis als »entartete Kunst« erklärt, gelang es ihr, diese vor den Schergen des Dritten Reichs zu verstecken. Oftmals wurde ihr Haus in Murnau durchforstet von der SS, nach Spuren, nach jener Kunst, die der Zensur des NS-Regimes entwischte, und ob sie sich den Anweisungen des Regimes widersetzte. Sie setzte ihr Leben aufs Spiel, um die Werke ihrer Freunde und ihre eigenen, vor allem die gedankliche Freiheit dahinter, zu schützen, gegen ein Regime, das vorgeben wollte, welches Denken erlaubt und gewünscht war.

Allein am 2. Mai 1945 kam es zu vier Hausdurchsuchungen, und Münter und ihr Lebensgefährte mussten Ruhe bewahren. Das Versteck der Werke der Künstlergruppe *Blaue Reiter*, die von den Nationalsozialisten als entartet deklariert worden war, befand sich hinter einer verborgenen Remisentür im Keller von Gabriele Münters Haus. Die SS-Leute haben es nicht entdeckt. Es gab – wie in meinem Buch dargestellt – kein Feuer in Murnau, das bei einer der Durchsuchungen in Gabriele Münters Haus abgelenkt hätte.

1962 starb sie in Murnau und ist neben dem Gefährten ihrer späteren Jahre, Johannes Eichner, auf dem Friedhof in Murnau begraben. 1957 zu ihrem 80. Geburtstag vermachte Münter die über die NS-Zeit geretteten Bilder dem Lenbachhaus in München. Damit war die Sammlung *Blauer Reiter* begründet, die nach wie vor als größte Ausstellung der Kunst der *Blauen Reiter* im Lenbachhaus gezeigt wird und inspiriert. Zu den bekanntesten Mitgliedern der *Blauen Reiter* zählen: Franz Marc, Wassily Kandinsky, Marianne von Werefkin, Alexej Jawlensky.

Näheres dazu unter:

Ausstellungskatalog Schlossmuseum Murnau (hier speziell: hic Murnau, hic Pinge! / Christine Ickerott-Bilgic)
http://www.muenter-stiftung.de/de/das-munter-haus-2/
https://www.merkur.de/lokales/garmisch-partenkirchen/gabriele-muenter-murnauer-erinnern-sich-mm-2323902.html

Schenkung Gabriele Münter, Lenbachhaus: Beitrag aus BR-Mediathek: https://www.youtube.com/watch?v=ju2RoB7h5xQ

https://schlossmuseum-murnau.de/de/sonderausstellung-teil1/

1964 zog die Hebamme Elli Zöpf mit ihrer Familie in das ehemalige Münterhaus und wohnte bis 1998 dort. Von 1954 bis 1970 verhalf Elli Zöpf in Murnau vielen Kinder auf die Welt. Sie führte sogar durch das Münterhaus, das 1998 und 1999 renoviert wurde und nun ein Museum ist.

Natürlich ist die Romanfigur **Hanna** als Schülerin von Gabriele Münter Fiktion, ebenso die Begegnung mit Elli Zöpf und deren Sohn beim Einzug. Elli Zöpfs Sohn, im entsprechenden Alter passend zum Zeitrahmen, heißt nicht Klaus. Ich habe mich entschieden, nicht den echten Namen der Person zu verwenden.

Die fiktionale Künstlerin **Hanna Schuster** heißt ganz bewusst Schuster und nicht Langmann wie ihr Cousin, obwohl die Väter Brüder sind. Dafür sind mehrere Gründe und Szenarien in Lebensläufen möglich, ein Grund im Roman für die Wahl unterschiedlicher Namen war schlicht die bessere Unterscheidbarkeit.

Inspiriert ist Hannas Schicksal von einigen in der Nachkriegszeit nicht unüblichen Konstellationen. Hanna ist ein Beispiel für ein häufiges Kinderschicksal in den Nachkriegsjahren. Im Roman hatte Hanna Glück, als Waise bei ihren Großeltern bleiben zu dürfen. Spielball verschiedener Interessen zu sein, ist im Falle meines Buches von einem realen Schicksal inspiriert. Oftmals wurden Waisen oder auch schwer erziehbare Kinder in

Kinder-/Erziehungsheime gesteckt, die zum Teil noch in der Struktur und dem Gedankengut des Gehorsams der Kriegs- und Vorkriegsjahre geführt wurden, das nach dem Zweiten Weltkrieg nicht einfach aus den Köpfen verschwunden war, sondern überdauern durfte. Viele sahen lange – zu lange – darüber hinweg. Arbeitsberichte und -beschwerden aus der Nachkriegszeit belegen beispielsweise, dass Alt-Nazis in ihre vorherigen Posten zurückkehren durften – zum Teil aus Ermangelung an qualifizierten Arbeitskräften.

Die im Buch dargestellten Auflagen zu Theres' Jagdgebiet entsprechen nicht unbedingt den Vorgaben der Bayerischen Staatsforste für das Gebiet um Oberammergau. Diese basieren auf dramaturgischen Überlegungen und generellen bundesweiten Entwicklungen im Bereich Jagd und Forst sowie der Bedeutung des Waldes in Hinblick auf die allgemeinen Klimaentwicklung.

Weiterführende Infos & Quellenverzeichnis

Herrgottswinkel: spezielle Ecke in Haushalten, die dem katholischen Glauben sehr verbunden sind; in der Regel in der Nähe des Esstischs, wo ein Kruzifix aufgehängt wird und gelegentlich weitere Devotionalien wie Heiligenbilder, Rosenkränze, o.Ä.

Kollar: Kragen am Hemd eines Geistlichen

Taufbücher: Tatsächlich ist es nicht ohne Weiteres möglich, Taufbücher aus anderen Kirchengemeinden einzusehen – selbst als Pfarrer nicht. Auch hier gilt Datenschutz. Im Roman findet Pfarrer Paul hier dennoch seine Mittel und Wege und den guten Draht zu Kollegen, samt einer begründeten Ausnahme, an die Infos und eine erste Spur zu Hannas Verwandten zu kommen.

Ramsachkircherl (sog. Ähndl): an einem der vermutlich schönsten Orte Bayerns. Der Ort, in dessen Nähe sich Hanna zu Anfang des Buches mit der Frau ihres Cousins trifft, gilt als eine der ältesten Kirchen Oberbayerns, die Gründungslegende reicht zurück ins 8. Jahrhundert und deutet auf den heiligen Mang hin (hl. Magnus von Füssen). Baulich weisen die ältesten Teile der jetzigen Kirche ins 14. Jahrhundert zurück, ebenso eine urkundliche Erwähnung aus dieser Zeit. *Ähndl* bedeutet so viel wie *Ahnin, Urahnin.*
https://www.ammergauer-alpen.de/Media/Attraktionen/Ramsachkircherl

Drachenstich: die Legende vom Drachenstich gibt es in verschiedenen Versionen und je nach Erzählung in unterschiedliche Varianten. Der Schusterjunge taucht in den meisten der Erzählungen als entscheidende Figur auf. Die Quellen wurden mir freundlicherweise vom Stadtarchiv Murnau und der großartigen Archivarin Frau Hruschka und ihren Mitarbeitern zur Verfügung gestellt. Schwerpunktmäßig beruht meine Nacherzählung auf »Der Drache von Murnau«, aus: *Jugendblätter für Unterhaltung und Belehrung* von Isabelle Braun, 1895, eine bayerische Sage nacherzählt von Elise Ris.

Murnauer Moos: Moorige Landschaft in der Umgebung Murnaus, im bayerischen Sprachgebrauch wurde Moor oft als Moos benannt.

München/Münchner Leben, Leopoldstraße in den 1970ern:
https://www.sueddeutsche.de/muenchen/leopoldstrasse-muenchner-boulevard-1.1461916

Deutschland nach dem Krieg:
https://www.deutschlandfunk.de/altnazis-im-justizministerium-erschreckender-bericht.2852.de.html?dram:article_id=368060
https://www.geo.de/magazine/geo-epoche/10792-rtkl-entnazifizierung-ein-volk-vor-gericht#257585-neuanfang-mit-altem-personal
https://www.sueddeutsche.de/politik/ns-vergangenheit-und-verfassungsschutz-ueber-die-seilschaften-der-altnazis-1.1150775

Kinderheime in Deutschland in den 1950er-Jahren:
https://www.shz.de/deutschland-welt/endstation-fuersorgeheim-id503626.html
https://www.stuttgarter-zeitung.de/inhalt.kinderheime-in-der-nachkriegszeit-pruegel-bis-die-seele-bricht.c3d5ed02-68bf-42e3-a6a1-84bb7b586e14.html
https://www.welt.de/politik/deutschland/article5239904/Die-Gewaltherrschaft-in-deutschen-Kinderheimen.html
https://www.kuladig.de/Objektansicht/O-2696-20101205-3

Mehr Dialekt-Schätze unter:
https://www.sprachschach.de/bayerische-schimpfwoerter/

Das Kreuz mit der Passion

Ein Doppelmord in Oberammergau, und das ausgerechnet vor Beginn der Passionsspiele. Die Opfer: Sonja und Franzl Thaller, Betreiber einer florierenden Gin-Brennerei. Was steckt dahinter? Neid, Gier – oder Ärger mit den Schauspielern, die für *KöniGin* werben sollten? Mittendrin: Theres – Jägerin, Metzgerin und Besserwisserin, die nicht nur die Traditions-Metzgerei ihres Vaters sondern auch die dörflichen Gepflogenheiten umkrempelt. Schnell merkt sie: Wer »Das-haben-wir-immer-so-gemacht« ignoriert und zu oft mit den attraktiven Kommissaren spricht, gerät nicht nur wegen Mordes unter Verdacht.

MONIKA PFUNDMEIER
KREIZKRUZEFIX
320 Seiten · 13,5 × 20,5 cm
Klappenbroschur
ISBN: 978-3-7104-0236-4 · € 14,00